經典名作

# 老人與海

# THE OLD MAN AND THE SEA
HEMINGWAY

海明威 著

# 目錄

# 老人與海

〈小說〉

海明威 著
董衡巽 譯

# 關於《老人與海》

一九三六年，海明威在一篇報導中寫道：「有一個老人獨自在加巴尼斯港口外的海面上打魚，他釣到一條馬林魚，那條魚拽著沈重的釣絲把小船拖到很遠的海上。兩天以後，漁夫們在朝東方向六十英里的地方找到了這個老人，馬林魚的頭和上半身綁在船邊上，剩下的魚肉還不到一半，有八百磅重。」原來那老人遇到了鯊魚。「鯊魚游到船邊襲擊那條魚，老人一個人在灣流的小船上對付鯊魚，用槳打、戳、刺，累得他筋疲力盡，鯊魚卻把能吃到的地方都吃掉了。」

這個事實就是《老人與海》最基本的故事。海明威醞釀了十幾年，對它進行加工創造。他不僅以海上打魚的豐富知識充實了這個故事，進行細緻具體的形象描寫，而且賦予它一種寓意——人在同外界勢力的鬥爭中雖然免不了失敗，但仍應該要勇敢地面對失敗。

海明威的短篇經常表現這個主題。不管這種外界勢力是戰爭、自然災害、戰場上的敵人還是運動場上的對手，他的主人公從不退卻。他們頂替厄運，勇敢向前，甚至視死如歸。他們是失敗了，但是這些失敗者卻具有優勝者的風度。這種有名的「硬漢子」精神，在《老人與海》中得到最充分的表現。

用書中老漁夫桑提亞哥的話說：「人可不是造出來要給打垮的。一個人可以被毀滅，卻不能被打敗。」這是對「硬漢子」精神的概括。根據這一點，我們就能理解為什麼海明威說：「這是我這一輩子所能寫的最好的一部作品了。」（一九五二年三月四日與七日致華萊士．梅耶的信）

《老人與海》的藝術描寫公認是精湛的。像一切傑作一樣，這篇小說去盡枝蔓，發掘深入。海明威說：「《老人與海》本來可以長達一千多頁，把村裏每個人都寫進去，包括他們如何謀生、怎麼出生、受教育、生孩子等等，但我試圖把一切不必要向讀者傳達的東西刪去。」（《海明威訪問記》）這是說，一切無關主題的人和事被作者砍得一乾二淨；從另一方面說，一切關係到主題開掘之處，作者絕不吝惜筆墨，而馳騁想像，大力描寫。

那麼，《老人與海》中的各種形象有沒有象徵意味呢？批評家們多有猜測。海明威是反對的，尤其是反對鯊魚象徵批評家之類的說法。他嘲笑說：「象徵主義是知識份子的新花樣。」他聲稱：「沒有什麼象徵主義的東西。大海就是大海。老人就是老人。孩子就是孩子。魚就是魚。鯊魚全是鯊魚，不比別的鯊魚好，也不比別的鯊魚壞。人們說什麼象徵主義，全是胡說。」他這段話是致美國藝術史家伯納德．貝瑞遜的信（一九五二年九月十三日）中說的。

貝瑞遜回答說：「《老人與海》是一首田園樂曲，大海就是大海，不是拜倫式的，不是梅爾維爾式的；好比荷馬的手筆，行文沈著又動人，猶如荷馬的詩。真正的藝術家既不象徵化，也不寓言化——海明威是一位眞正的藝術家——但是任何一部眞正的藝術作品，都散發出象徵和寓言的意味。這一部短小但並不渺小的傑作也是如此。」

海明威看了這段話十分滿意，認爲「關於象徵主義的問題說得很好，透進了一股新鮮空氣。」他馬上把這段話推薦給出版社，作爲宣傳《老人與海》的簡介。

可見，海明威所反對的是牽強附會，而並不反對讀者從《老人與海》中去體會「象徵和寓言的意味」。正如他在《訪問記》中所說：「讀我寫的書是爲了閱讀時的愉快，至於你從中發現了什麼，那是你閱讀時的理解。」

# 老人與海

他是獨個兒搖隻小船在灣流❶打魚的老頭，已經八十四天沒釣著一條魚了。頭四十天，有個男孩跟到一塊兒。可是過了四十天一條魚都沒撈著，孩子的爸媽便對他說，老頭現在準是徹底salao❷，就是說倒楣透了，所以孩子照爸媽的吩咐跟了另外一隻船，它第一個星期就捉了三條好魚。眼看老頭每天搖著空船回來，孩子心裡怪難受的，總要下海灘去，不是幫他

---

❶ 黑西哥灣暖流的簡稱。這股水勢旺盛的暖流從古巴西南方一帶開始，經過古巴北面向東，再向東北流入北大西洋，下文裡多處提到的洋流，就是這股暖流。

❷ 這是被古巴人念白了的一個詞兒。西班牙語的salado原意是加了鹽的；也許因為加鹽過多而味苦，這個詞兒在古巴等中美洲國家產生了轉意：倒楣的，不吉利的。下文遇到西班牙字詞，一般只在括弧裡譯意，不再加註。

搬回那堆釣繩，就是幫他扛走拖鉤和魚叉，再還有捲攏用來裹著桅杆的那張船帆❸。帆是用些麵粉袋補過的，一捲攏，看上去就像一面老打敗仗的旗子。

老頭的樣子枯瘦乾癟，脖頸兒盡是深深的皺紋。顴骨上有些皮癌黃斑，太陽從熱帶海面反射上來，就是造成這種沒什麼大害的皮膚癌❹。黃斑一直往下，蔓延到他臉的兩側；他那雙手因為用繩索對付沈重的海魚，留下了褶子很深的累累傷疤。不過沒有一處傷疤是新的，全是老疤，像缺水缺魚的沙漠裡那些被風侵蝕的岩溝一樣老。

他這人處處顯老，唯獨兩隻眼睛跟海水一個顏色，透出挺開朗、打不垮的神氣。

「桑提亞哥，」孩子對他說。這時候小船已經給拖上沙灘，他們正爬著岸坡。「我可以跟您出海了，我們那條船已經賺了些錢啦。」

老頭教過孩子打魚，孩子也愛他。

「不要，」老頭說。「你上了一條走運的船，跟他們待下去吧。」

「您還記得吧，那一回您八十七天沒打著魚，後來咱們一連三個星期，天天打的都是大魚呢！」

「記得，」老頭說。「我知道你離開我，不是因為你怕靠不住。」

「是爸爸叫我離開的，我是孩子，得聽他的。」

「我知道，」老頭說，「這都是常情。」

「他不大有信心。」

「是那樣，」老頭說，「咱們可就有信心了，對不對？」

「對，」孩子說，「我請您上餐館❺喝瓶啤酒，喝完了咱們把全套傢伙扛回家去，行嗎？」

「哪能不行呢？」老頭說，「打魚人的交情。」

他倆在餐館坐著，好些漁夫都拿老頭打趣，他也不生氣。那些上點年紀的漁夫瞅著他，

---

❸ 美國華納兄弟公司把這部小說搬上銀幕（一九五八年拍成，史本塞・屈塞為主角）前，請海明威審閱電影劇本。他在這個地方做了增刪。經他修改後的句子是：「……總要下海灘去，不是幫他搬回那堆挺沉的釣繩，就是幫他扛走桅杆和船帆。」這一改，孩子和老頭的負擔就比較均勻了，文字也更有條理了。

❹ 海明威的老友和私人醫生索托隆戈認為，按科學來講，這種良性皮膚癌是不存在的。他估計小說主人公的臉部可能是因過度日曬而生的「黃褐斑」（chloasma）。

❺ 這個餐館（the Terrace）在海明威的長篇小說《海流中的島嶼》裡也講過，實指古巴北岸某村鎮一家著名的餐館（西班牙語原叫La Terraza）。海明威常從該鎮乘他的汽艇去打魚，也多次光顧這個磚石結構的臨海餐館，在餐館外大樹下和當地漁夫閒聊。村鎮名叫闊希馬爾（Cojimar），在哈瓦那市以東四英里。

覺得難過。但是這種心情他們沒有外露，卻很有禮貌地談起海流，談他們把釣繩漂下去多深，談這陣子連續不變的好天氣，談他們出海的新見識。當天捕撈順利的漁夫們已經回去，把他們打的馬林魚剖開，平放在兩條厚木板上，每條木板由四個人分兩頭抬著，搖搖晃晃地抬到魚棧，等冷藏車來，給運到哈瓦那市場。捉住鯊魚的人，已經把魚送到小海灣另一側的鯊魚加工廠，那兒用滑車把魚吊起，挖肝、去鰭、剝皮，再把肉剖了片，準備醃上。

刮東風的時候，總有一股腥臭從鯊魚加工廠飄過來；但今天只有極淡的一點兒氣味，因爲風向已經倒轉往北，接著便停了。餐館這兒挺舒暢，又有陽光。

「桑提亞哥，」孩子說。

「嗯，」老頭答應。他手裡端著酒杯，正在想多年前的事。

「我去給你打些明兒用的沙丁魚，行嗎？」

「別去。你去打棒球吧，我還划得動船。」

「我想去一趟。要是不能跟您打魚，有什麼地方讓我出把力也好。」

「你買酒請了我啦，」老頭說，「你已經是個大人了。」

「您頭一趟讓我跟船，那時候我多大？」

「五歲。那天我釣上來的一條魚太活太猛了，差點兒把船搗爛，你也差點兒送命。還記得嗎？」

「我記得魚尾巴啪嗒啪嗒地亂撞，坐板直發裂，木棒托托地打得響。我記得您把我推到船頭那堆濕淋淋的繩子上，只先得整個兒船都哆嗦，聽見您砍樹似地掄起木棒打魚，我滿身都是魚血那股甜滋滋的氣味。」

「你眞的記得，還是後來才聽我說的？」

「打咱們頭一回一塊兒出海那天起，什麼事我都記得。」

老頭用他那有圈曬斑的、一雙信任而慈愛的眼睛望著他。

「你要是我的孩子，我就帶你出海去冒風險了，」他說。「可你是你爸媽的孩子，再說你跟的那條船又走運。」

「我去打些沙丁魚，可以嗎？我還知道，打哪兒可以拿來四條小魚做魚食。」

「我今兒用完還剩下幾條，我撒了鹽裝在盒子裡了。」

「我給您拿來四條新鮮的吧。」

「一條夠了。」老頭說。他的希望和自信原本沒有枯死，現在更鮮活起來，就像爽風一吹，總使人感到的那樣。

「兩條。」孩子說。

「那就兩條，」老頭同意了，「你這不是偷來的吧？」

「我倒樂意那麼做，」孩子說，「不過我是買的。」

「謝謝你啦，」老頭說。他向來憨直，沒想過他從幾時起養成了謙和的態度。但他知道他已經養成了這種態度，知道這並不丟臉，也不損害眞正的自尊心。

「看這股海流，明兒是個好天氣。」他說。

「您要上哪兒去打魚？」孩子問。

「去得遠遠的，風向變了再回來。我想天不亮就出海。」

「我要讓他也到遠海去打魚，」孩子說，「那麼樣的話，你釣了個大傢伙時，我們也好過來幫你。」

「他不喜歡跑老遠去打魚。」

「您說得對，」孩子說，「可是我只要見了他看不見的東西，比方說找食的鳥，就能讓他去追海豚。」

「他的眼睛那麼不行嗎？」

「他快瞎了。」

「奇怪，」老頭說，「他從來不捉海龜，那才傷眼睛哩。」

「不過您在莫斯基托斯海岸❻那一帶捉了好些年海龜，您的眼睛還挺好。」

「我是個特別的老頭兒。」

「但您要捉一條老大的魚，現在力氣行嗎？」

「我看行。再說還有好些竅門兒。」

「咱們把東西扛回去吧，」孩子說。

「扛完我好拿了快網❼去撈沙丁魚。」

他們從船上取了用具。老頭把桅杆架上肩，孩子抱起木箱，裡面盤著編得結結實實的棕色釣繩，還拿了拖鉤和帶把子的魚叉。裝魚餌的盒子跟木棒一起留在船後梢下面，每回把大魚拖到船邊上，就用這本棒來制伏。按說誰也不會到老頭船上來偷什麼的。不過呢，最好把船帆，把那很重的一堆繩子送回家去，一來免得給露水浸壞，二來老頭雖然拿穩本地人不會偷他東西，他卻認爲，把拖鉤和魚叉留在船上是不必要的誘惑。

他們一同順著上坡路走到老頭的窩棚跟前，從敞開的門口進去。老頭把桅杆連同裹著它的船帆挨牆靠著，孩子把木箱等等放在旁邊。桅杆差不多跟這單間的窩棚一般長。窩棚是用王棕樹上耐久的護芽葉❽，當地稱爲guano（棕樹葉）的東西編搭的，裡面有一張床、一張桌子、一把椅子，泥地上有個用炭火燒飯的地方。四面棕色的牆壁，是把纖維堅韌的棕樹葉

---

❻ 尼加拉瓜的東海岸（舊譯「莫斯基托海岸」）。

❼ 快網（cast-net），是撒到水裡、旋即收起的簡單魚網，有別於「建網」或是「張網」等定置的魚網。

❽ 古巴特產一種高達三十米的優美棕櫚樹，號稱王棕（royal palm），它的羽狀樹葉有三米多長，可以蓋屋頂，但原文所謂bud-shields不知其詳，姑且譯為「護芽葉」。

子壓平了交疊成的，牆上有一幅彩色的耶穌聖心圖和一幅考伯瑞的聖母像[9]。這都是他妻子的遺物。早先牆上還有他妻子一張彩色的照片，但他摘下了，因爲他看了覺得怪孤單的，現在照片擱在屋角的架子上，上面蓋著他的乾淨襯衣。

「你有什麼吃的呢？」孩子問。

「一鍋黃米飯就魚吃，給你來點兒好嗎？」

「不用，我回家吃。要不要我生火？」

「不要，回頭我來生，不然我吃冷飯也行。」

「我可以用一下快網嗎？」

「當然可以。」

其實根本沒有什麼快網，孩子還記得他們倆是幾時賣了網的呢。但兩人天天都要這麼胡謅一遍。什麼一鍋黃米飯啦，魚啦，其實都沒有，孩子也知道。

「八十五是個吉利數字，」老頭說。「我要是捉回來一條魚，剖開洗好還有一千多磅重，你見了高興嗎？」

「我要拿快網去撈沙丁魚了，你坐在門口曬曬太陽，好嗎？」

「好。我有張昨天的報紙，我要看看棒球新聞。」

孩子不清楚昨天的報紙會不會也是隨口胡謅的。不過老頭床底下掏出了報紙。

「佩利克在bodega（酒店）給我的。」他做了解釋。

「我撈了沙丁魚再來。我打算把您要用的魚跟我的都拿冰鎮著，到了早上咱們分。等我回來，您可以跟我講講棒球比賽了吧。」

「洋基隊不會輸的。」

「可是我怕克利夫蘭的印第安人隊會贏。」

「小傢伙，要相信洋基隊。想想那個偉大的棒球明星狄馬喬⑩吧。」

「底特律的猛虎隊，還有克利夫蘭的印第安人隊，我怕他們都很強呢。」

「當心啊，要不然就連辛辛那提的紅隊啦、芝加哥的白短襪隊啦，你都要害怕了。」

「您仔細瞧瞧報，等我回來告訴我。」

「你看咱們該買張尾數是85的彩票嗎？到明兒就八十五天了。」

---

⑨ 考伯瑞是古巴東部一個銅礦區的市鎮。南面小山上有著名的慈悲聖母院，每年九月八日善男信女們都會前往朝拜。海明威把授與他的諾貝爾獎紀念章送給了慈悲聖母院，現在存放於該院的奇蹟禮拜堂中。

⑩ 狄馬喬（J.P.Di Maggio，一九一四～一九九九），一九三六～一九五一年紐約洋基隊的外野手，被譽為「棒球運動史上最卓越的外野手之一」。

「買也可以，」孩子說。「不過按您創的紀錄，買張87的怎麼樣⓫？」

「那樣的事不會有第二回的。你估計你找得著一張85的嗎？」

「我可以訂購一張。」

「一張就要兩塊半，咱們跟誰去借呢？」

「那好辦，我什麼時候都能借來兩塊半的。」

「我看我也能借到，不過我盡量不借。開頭是借債，再下去就是討飯了。」

「不要著涼了，老頭，」孩子說，「別忘了現在是九月天啦。」

「是大魚跑來的月份，」老頭說，「五月間誰都幹得了打魚的活兒。」

「我馬上撈沙丁魚去。」孩子說。

孩子回來的時候，老頭在熟睡在椅子上，太陽已經落下。孩子從床上抱來舊軍毯，展開了蓋在椅背下老頭的兩肩上。這副肩膀也怪，雖然很老，仍然挺有勁。脖子同樣結實，只要老頭腦袋耷拉在前頭睡著了，脖子上便看不大出有褶子。他的襯衣縫補過很多回，結果簡直像那張帆，補丁都曬掉了色，深的深，淺的淺，花不隆咚的。但是老頭的頭、臉可眞老相了，眼睛一閉，他的臉就缺了活氣。

報紙攤在他膝頭上，被他一隻胳臂壓著，晚風吹不走。他光著腳。

孩子從他那兒走開了。再回來的時候，老頭還在睡。

「醒醒吧！」孩子說，把手放在老頭的一邊膝蓋上。

老頭睜開了眼，過了一會兒，心神才從老遠的夢境回來。接著他現出了笑容。

「你拿來什麼啦？」他問。

「晚飯，」孩子說，「咱們這就吃晚飯。」

「我不怎麼餓。」

「來吃吧，您不能光打魚不吃東西啊。」

「我也這麼做過，」老頭說，一面站起來，把報紙折了收好。然後他動手疊毯子。

「把毯子留下來，圍在您身上吧，」孩子說，「只要我活著，就不能讓您空著肚子出去打魚。」

「那你就愛護身體，盡量活長些吧，」老頭說，「咱們今兒吃什麼？」

「黑豆煮米飯、煎香蕉、一個燉菜。」

孩子是用雙層金屬飯盒從餐館把飯菜提來的。兩份刀叉和湯匙，每份都包了餐巾紙，裝在他衣兜裡。

「這是誰給你的？」

「馬丁老板。」

---

⓫ 前面孩子說過，有一回老頭八十七天沒打著魚，但隨後他倆「一連三個星期，天天打的都是大魚。」孩子的意思似乎是說，87預示著成功。

「我一定要謝謝他。」

「我已經謝過他了，」孩子說，「您用不著再謝啦。」

「我要把一條大魚的肚子肉送給他，」老頭說，「他這麼照顧咱們，不只一回了吧？」

「我看是這樣。」

「那我得送他些比魚肚子肉更夠意思的東西才行。他替咱們想得很周到。」

「他還給了我們兩瓶啤酒。」

「我頂喜歡罐裝啤酒。」

「我知道，但這是瓶裝的，是哈特威啤酒⑫，回頭我把瓶子送回去。」

「多虧你張羅，」老頭說，「咱們該吃了吧？」

「我一直在勸你吃呢，」孩子和氣地回了他一句，「我想等你準備好了才打開飯盒。」

「我現在準備好了，」老頭說，「剛才我不過是要點兒時間洗洗手。」

您上哪兒去洗呢？孩子想。村子裡的水龍頭在大路那頭，要走兩條街才到。我得給他拎水到這兒來，帶一塊肥皂，一條好毛巾，孩子想。我怎麼這樣不動腦子呢？我得給他再弄件襯衫，弄件過冬的厚上衣，弄雙什麼鞋，再來條毯子。

「你拿來的燉菜眞好吃。」老頭說。

「跟我講講棒球吧！」孩子懇求他。

「美國聯盟裡頭，就像我說過的，得勝的是洋基隊。」老頭說得興高采烈。

「他們今兒輸啦。」孩子告訴他。

「這不要緊，大明星狄馬喬又那麼瀟洒了⓭。」

「他們隊裡還有別人哪。」

「那自然，可是有他出場就很不一樣。另外那個聯盟⓮裡頭，布魯克林隊跟費城隊賽，

---

⓬ 哈特威（Hatuey）是十六世紀初印第安一個部落的酋長。西班牙殖民者入侵古巴東部時，他率眾游擊抗抵，因叛徒密告，被西班牙人捉住，活活燒死。他的壯烈事蹟受到後來古巴文學作品的謳歌，他的名字也被用來命名古巴的啤酒。

⓭ 狄馬喬說確實有「身體上的病痛」（本文下面提到他有雞眼），但仍能以他「球藝的完美和動作的從容優雅」而受人喜愛。

⓮ 美國主要各棒球隊分別組成兩大「聯盟」，一個叫「美國聯盟」，「另外那個」即是「全國聯盟」，每年棒球比賽季節，先由每個聯盟的各隊先進行每季的比賽，最後由兩盟各自勝出的隊伍進行季後賽，再決定該年的總冠軍。

我看布魯克林隊準贏。不過我還惦著狄克．西斯勒⑮，還記得他在老球場打的那些好球。」

「他那幾棒眞絕。像他抽那麼長的球，我沒見別的人打過。」

「你還記得有一陣子他常上餐館來嗎？當時我很想陪他去打魚，可是我膽子小，不敢開口。後來我讓你去邀他，你也怕生。」

「我知道。那可太錯啦。他本來或許會跟咱們一起去的，那咱們就會一輩子記得了。」

「我很想陪大明星狄馬喬去打魚，」老頭說。「人家講他爹是個打魚的，說不定他從前跟咱們一樣窮，所以會懂得咱們的。」

「大明星西斯勒他爹沒窮過，他爹像我這個年紀就參加大聯盟的比賽了。」

「我像你這個年紀，當上了水手，跟著一條橫帆船到了非洲。傍晚時分我見過海灘上的那些獅子。」

「我知道，您跟我說過。」

「咱們聊非洲呢，還是聊棒球？」

「依我說，聊棒球，」孩子說，「跟我講講大棒球明星約翰．J．麥格羅吧。」他把J念成**Jota**⑯。

「早先他有時候也上餐館來，不過他喝上老酒就要撒野，說話專噎人，難伺候著呢。在他心上，賽馬跟賽棒球一樣牽掛。至少他什麼時候兜裡都揣著幾份馬的花名冊，打電話也常常念叨著馬名兒。」

「他是個偉大的教練，」孩子說，「我爸認爲那時候他是最偉大的教練。」

「因爲他來這兒次數最多，」老頭說。「要是德洛歐⑰年年還來這兒，你爸就要把他當做最偉大的教練了。」

「說眞的，誰是最偉大的教練呢？是盧克，還是邁克．貢薩雷斯？」

「我看他們兩個不相上下。」

「要說最偉大的漁夫就是你。」

「不！我知道有些人比我行。」

「**Que va**（哪能呢）！」孩子說，「有很多打魚的好把式，還有些挺了不起的，但像您這樣的就只有您一個。」

「謝謝你！你說得我很高興。就希望別跑來一條特大的魚，戳穿咱們是瞎吹。」

---

⑮ 也許指的是喬治．西斯勒（George H. Sisler, 一八九三～一九七三）美國聖路易斯城褐隊的優秀一壘手。海明威可能把他的名字喬治記錯成「狄克」了。西斯勒在一九三〇年結束了他的棒球生涯，所以本文故事的發生時間大概設想在三十年代。

⑯ 字母J，在西班牙語中念作「霍他」（Jota）。麥格羅（John J. Mc Graw, 一八七五～一九三四），於一九〇二～一九三二年擔任紐約扇人隊的教練。

⑰ 德洛歐（L. E. Durocher, 一九〇六～），從一九三九年起在美國擔任棒球隊教練。

「只要您還像您說的那麼有力氣，就不會有那樣的魚。」

「我可能不像我想的那麼有力氣了，」老頭說。「不過，我還知道好些竅門兒，我也有決心。」

「您現在該睡了，這樣您明兒早上精神才足。我要把這些東西送回餐館去。」

「那麼再見！明兒清早我來叫醒你。」

「您是我的鬧鐘。」孩子說。

「我的鬧鐘就是一把年紀，」老頭說，「上了年紀的人爲什麼醒得這麼早呢？是想把一天過得長些嗎？」

「我不知道，」孩子說，「我只知道男孩子睡得早，起得晚。」

「那麼能睡，我會記得的，」老頭說，「反正到時候我會叫醒你的。」

「我不喜歡他來叫醒我，好像我不如他似的。」

「我懂。」

「好好兒睡一覺吧，老頭。」

孩子走了。他們剛才吃飯的時候，桌子上沒有燈。現在老頭也是摸黑脫了長褲上床的。他把長褲捲起來當枕頭，把那張報紙塞在裡面，便蜷身裹上毯子睡，身子下的鋼絲床上也鋪著些舊報紙。

不多久他便入睡了，夢見他少年時代的非洲，夢見那些綿延很長的金色海灘，那些白花花的、白得扎眼的海灘，還有高陸的岬角和褐色的大山。現在每個夜晚他都回到那一帶海岸，夢裡還聽見一陣陣浪潮咆哮，看見一隻隻當地小船穿浪駛來。那樣睡著，他會嗅到甲板上瀝青和麻絮的氣味⑱，嗅到清晨陸上微風吹來的非洲氣息。

平常，他一聞見陸風就會醒來，穿上衣服去叫起那孩子。但是今夜陸風的氣味來得很早，他在夢裡也知道還太早，便接著再睡，夢見群島上⑲那些白色山峰宛然拔海而起，又夢見加那利群島的大小港灣和泊口。

他夢見的，再也不是狂風巨浪，不是女人，不是大事，不是大魚、搏鬥、角力，也不是他的妻子。他現在只夢見異域他鄉，夢見海灘上的那些獅子。在暮色中，牠們小貓般地打鬧著玩，很惹他喜愛，就像他喜愛那個孩子一樣。他從來沒有夢見過那個孩子。

他一下子就醒了，朝敞著的門外望望月亮，打開捲起的長褲穿上，到窩棚外面撒了尿，就從大路上過去叫孩子。清晨的寒氣凍得他發抖，但他知道抖抖就會暖和的，而且過會兒他就要划船了。

---

⑱ 麻絮和瀝青是用來填塞、塗抹船縫的。

⑲ 「群島」似指非洲摩洛哥以西、大西洋上的加那利群島。因為這十三個由火山運動形成的島嶼中，有五個島都是直接從海裡隆起的單座山峰，其中最高的達三千六百多公尺，同這裡海明威的描述相似。

孩子住的房子沒有鎖門，他把門推開，光著腳悄悄走進去。孩子熟睡在第一間屋的帆布床上，老頭憑著殘月投來的光輝看清了他，便輕輕握住他的一隻腳不放，直到孩子驚醒，掉過臉來望他。老頭點點頭，孩子就從床邊椅子上取過長褲，坐在床沿上穿。

老頭走出門去，孩子跟在後面，仍然一副昏昏欲睡模樣。

老頭把胳臂摟著他的肩膀說：「對不起。」

「Que va（哪兒的話）！」孩子說。「男人就得這樣。」

他們順著大路到老頭的窩棚去。一路上黑漆漆的，有不少赤腳男人扛著自家的船桅在往前走。到了老頭的窩棚以後，孩子拿了魚叉、拖鉤和一籃子盤起的釣繩，老頭把船帆包著的桅杆背上了肩。

「您想喝咖啡嗎？」孩子問。

「咱們先把東西放到船上再喝吧。」

他們在清早供應漁夫早餐的地方喝了咖啡，是用空的煉乳罐子盛的。

「您睡得好嗎，老頭？」孩子問。他這會兒漸漸清醒過來，儘管還不容易擺脫睡意。

「挺好的，馬諾林，」老頭說，「我覺得今天很有信心。」

「我也這麼覺得，」孩子說。「現在我得去拿咱們各人的沙丁魚，還有給您的新鮮魚食。他呀，總是把我們那條船的東西自個兒扛去，他向來不愛讓別人拿東西。」

「咱們可不這樣，」老頭說，「你才五歲我就讓你幫著拿。」

「我知道，」孩子說。「我馬上回來。您再喝一份咖啡吧，我們家在這兒可以記帳。」

他光腳踩著珊瑚石，走向放魚餌的冰窖去了。

老頭慢慢喝咖啡。一整天他就只會有這點兒營養，他知道他應當喝。好久以來，吃飯這件事老叫他心煩，他從來不帶午飯出海。船頭有一瓶水，那便是他當天必需的一切了[20]。

孩子把報紙包的沙丁魚和兩條魚食取了回來，於是他們腳下踏著沙礫，沿下坡道兒走到小船那兒，把船稍稍一抬，就勢推到水裡。

「出海順利！老頭。」

「出海順利！」老頭說。他把槳柄的繩結套到槳栓上，身子向前去推槳打水，就在昏茫中逐漸划出灣口了。另有些漁船從別處的沙灘駛出海去，雖然月亮此時已經下山，老頭看不見那些船，卻聽見船槳入水撥動的響聲。

不時聽見有隻船上什麼人在說話。但大多數的船都靜靜地，只傳來槳葉的濺落聲。它們出了灣口便四下分散，每個漁夫都奔向他希望找到魚群的海域。老頭知道自己正駛向遠處，

---

[20] 電影劇本把這段敘述改成了一次對話。孩子問：「為什麼誰都不帶吃的上船？為什麼大家只帶喝的水呢？」老頭回答：「因為你不一定每回都有錢買吃的，像現在這樣，你沒有吃慣，你不吃也不會難受。」海明威接下去給老頭添了一句：「再說，你要是剛吃飽又釣著一條大魚，那你就要有麻煩了。」

他把陸地的濁氣拋到後面，划進了海洋上清早爽淨的氣息。看見馬尾藻在水裡發光的時候，他正划過漁夫們叫做「大水井」的海面。起這麼個名兒，是由於下面忽然有個七百噚（一噚六英尺）的深坑，又因急流撞在洋底峭壁上打起旋渦，各種魚類都聚攏來了。這裡密集著小蝦、可當魚餌的小魚，在最深的窟窿裡時而有成群的烏賊，夜晚牠們一浮近水面，就成了各種來往大魚的食物。

一片昏黑中，老頭感到晨光即將來臨。划著划著，他聽見飛魚潑刺刺地扇尾出水，張直翅子哧哧地躍入暗空。他很喜歡飛魚，因爲在海上給他作伴的，主要是牠們。他也替鳥兒們發愁，特別是那些深灰色嬌小的燕鷗，牠們總在飛來飛去找吃的，但幾乎每次都一無所獲。他想：「鳥兒活得比我艱難，只有攔路奪食的惡鳥、身粗力大的猛禽除外。爲什麼當初創造鳥兒們，造得都跟那班普通燕鷗一樣嬌嫩細弱呢？爲什麼當初不想想海洋有她殘忍的時候呢？她平常倒和善，挺美，可是她會變得殘忍，變起來又那麼突然。這些飛下來點水覓食的鳥兒，細聲細氣地叫得可憐，牠們給造得太嬌弱了，在海上眞活不下去啊。」

在他一向的想法裡，海總是**la mar**[21]。當人們喜愛她的時候就用西班牙語這樣稱呼她。有時候，喜愛她的人也說她的壞話，不過即使那樣，總是說得她好像是個女人。有些年輕漁夫，就是用浮標做釣繩浮子[22]、靠鯊魚肝賺大錢買了汽艇的那些人，卻用陽性詞兒**el mar**來稱呼她。

他們把她說成是個競爭對手，是個水域，甚至是個敵人。但是老頭始終把她看成陰性的，看成一時大開恩典、一時不肯開恩的力量；要是她胡來、使壞，那都是因爲她不由自主地愛逞性子。他想，月亮影響她㉓，就如同影響一個女人的情緒一樣。

他不快不慢地划著，並不費勁，因爲他穩穩保持著習慣了的速度，再說海面又平，水流只偶爾打些漩兒。他讓順水替他幹三分之一的活兒；由於天濛濛亮了，他看出自己已經比原來指望這個鐘頭划到的還要遠。

我在深水地帶捉摸過一個星期，什麼也沒撈著，他想。今兒我要到鰹魚和長鰭鮪魚成堆的地方搜個遍，沒準兒裡頭混著條大魚。

天還沒全亮，他就拋出了全部魚食，他的船現在順水漂著，一個魚食刺在水下四十噚。第二個七十五噚，第三第四個各在一百和一百二十五噚碧藍的水裡。每個魚食都頭朝下倒掛著，鉤把兒牢牢地縫扎在魚餌肚裡，伸在外頭的鉤彎和鉤尖全用些新鮮沙丁魚遮住了。一條條沙丁魚都被扎穿了雙眼，在伸出的鋼鉤上串結成半個花環。釣鉤上沒有一處不叫大魚覺得又好聞又可口的。

---

㉑「海」（mar）這個名詞，在西班牙語裡有時用陰性冠詞（la），有時用陽性冠詞（el）。

㉒一般的浮子用軟木塞或是空的翎管做成，很簡陋。浮標則用木杆、鐵皮罐或其他金屬來做，有的還裝了鈴、哨、燈光，講究多了。

㉓月球引力對潮汐的影響，漁夫自然是很熟悉的。

孩子給他的兩條新鮮小鮪魚其實是長鰭的，現在都鉛錘似地掛在入水最深的兩根釣繩上。剩下那兩根，他給安上了前次用過的一條藍鰺和一條黃鰺；不過兩條鰺保存得還很好，又有鮮嫩的沙丁魚給牠們帶來香氣和吸引力。每根釣繩條大鉛筆那麼粗，拴在一根帶嫩汁的綠竿子上，只要魚食被扯一扯、碰一碰，竿子就會彎進水裡。而且每根釣繩都有各長四十噚的兩盤繩子做後續，每盤又可以接上其他備用的幾盤，因此萬一有需要，可以讓一條魚牽著三百多噚的長繩還照樣游著。

老頭現在盯著看三根斜出船邊的竿子有沒有墜到水裡，一面輕輕划槳，把幾條釣繩都保持得上下筆直，深淺也各就各位。天相當亮了，這會兒太陽隨時都會升起。

太陽從海裡透出淡淡一點兒，老頭看見別人那些低貼水面、離岸不遠的漁船在海流上擺開。不久，太陽比剛才更亮了，給水上鋪了爍爍的一層；接著，當它完全離水升空的時候，平展的海面把日光反射過來，他覺得非常扎眼，只好避光划船，低頭看水，望著直通水下暗處的釣繩。他投的釣繩比誰都下得直，因此在暖流深幽的各個層面，總有個魚食正好在他計劃的位置等待著過路的游魚。人家都讓釣繩隨波漂移，有時候這些漁夫以爲釣繩下去一百噚深了，其實呢，只有六十噚。

我的繩子可總是一點兒不偏，他想。只可惜我再也不交好運了。可是誰知道呢？說不定今兒就交運。每天都是新開張的一天。能交運自然好，不過我倒寧可把事情做到家，那麼運氣來了，也不會臨時慌張了。

太陽比先前又高了兩小時，朝東望望不那麼刺眼了。這會兒只瞅得見三隻漁船，看上去很低，遠遠挨著岸邊。

我的眼睛一輩子都給早上的太陽刺得疼，他想。偏偏眼睛還挺好。晚半天兒我對直看著太陽也不會兩眼發黑。向晚的太陽，光也更足哩。但早上看著怪疼的。

就在這當兒，他看見前頭有隻軍艦鳥[24]，張著長長的黑翅膀在天空盤旋。牠側著向後斜掠的翅膀猛地一落，然後又打圈子。

「牠逮著了什麼東西，」老頭說出聲來。「牠不光是在找。」

他向這黑鳥盤旋的地方沈著地緩緩划去。他並不慌張，他那幾根釣繩仍然上下一溜直。但是他稍稍加緊拔了拔水，所以動作還是很有章法，只不過他想利用一下黑鳥，手腳比先前快些。

黑鳥在空中飛高了，張著一動不動的翅膀又打轉兒。隨後，牠陡地來個俯衝的時候，老頭看見一串串飛魚跳出水來，沒命地在海面上奔逃。

「海豚，」老頭又出聲了，「大海豚！」

他把兩支槳擱到船上，從船頭下面取出小小一根釣繩。繩頭有幾圈鐵絲，綁著一個中號

---

[24] 這是熱帶海洋上的一種猛禽，常強迫其他海鳥在半空中吐出口銜的魚給牠。因此十八世紀的英國水手們給牠取了個「軍艦鳥」的名字，把牠比做蠻橫的炮艦、打劫的海盜船。

鉤子，他在鉤上吊了一條沙丁魚做餌。釣繩被他垂到船邊外，一頭拴在船尾一個有頂環的螺絲杆兒上。接著他又給一根釣繩掛了餌，讓繩子盤在船頭的陰涼角落裡。他回過來划船，望著那隻翅膀很長的黑鳥正低低地在水上飛旋搜尋著。

他正望著，黑鳥又側著翅膀下來，打算俯衝，隨後卻毫無效果地亂扇著翅膀去追飛魚。老頭看見水面有點兒鼓，是那些大海豚追逐飛魚從下面頂起的。一隻隻海豚緊跟著飛魚的行蹤，在下面穿水破浪，只等飛魚力竭墜海，就會火速趕到。這是一大群海豚啊，他想。牠們鋪得很廣，飛魚沒有多少僥倖的機會了。黑鳥也沒機會沾光。這些飛魚都大得牠叼不了，溜得也太快了。

他望見飛魚一再蹦出水面，黑鳥一再做牠的無效動作。這群海豚從我眼皮底下跑了，他想。牠們跑得太快太遠，但我說不定會捉住一隻離群走失的，說不定我的大魚就在牠們身邊。我的大魚準在附近的什麼地方。

陸地上空的雲彩這會兒重重高山似地聳起，海岸不過是一道細長的綠線，背後橫臥著青灰色的低巒。現在，水是一泓深藍，深得幾乎發紫。他向上望去，只見暗蒼蒼的水波裡，浮游生物紛紛揚揚，像萬點落紅，同時太陽也在這兒照出奇光異彩。他盯住他那幾根釣繩，要看到它們筆直垂入水下瞅不著的深處才放心。他很高興瞧見這麼多的浮游生物，因爲這就表示有魚。隨著太陽更高，它那映水的奇光就意味著好天氣，陸地上空那些雲團的形狀也透露著同樣的消息。但現在黑鳥遠得快要不見蹤影了，水面空空蕩蕩，只露出幾簇曬淡了的黃色馬尾藻，還有個僧帽水母在船旁近處浮起了牠那怪神氣的、紫裡泛彩的膠質氣囊。起先牠側了一下身子，不久便自動扳正了。牠像個氣泡那麼快樂地漂浮，後尾那一條條有致命毒性的紫色長觸絲拖在水裡有一碼長。

「Agua mala（水母，）老頭說，「你這個婊子。」

他坐著輕輕搖槳，一面朝水裡望，瞅見一些小魚跟垂懸觸絲同樣顏色，他們鑽在觸絲中間，躲在漂浮氣泡的一小片陰影下往來穿游。小魚都能抗毒，人卻不能。要是老頭打魚的時候有些觸絲纏住了釣繩，纏得發黏發紫，他的胳臂上手上就會有一道道又腫又痛的傷痕，跟碰了毒漆藤、毒漆樹一樣。只是僧帽水母的毒來得快，像鞭子似地一抽就疼。

這種閃著虹彩的氣泡美倒是美，但它們是海裡最具欺騙性的東西，所以老頭愛看大海龜把牠們吃掉。海龜見了牠們，先迎面前去，然後閉上眼睛使得全身無懈可擊，這才把牠們連觸絲一起吃個乾淨。老頭愛看海龜吃牠們，也愛在暴風雨停止後踩著牠們在海灘上走，愛用他長滿老繭的腳底踏上去，聽牠們的氣囊噗地一聲壓破的聲音。

他喜歡綠海龜和玳瑁，牠們優美敏捷，價值很高。對於又大又蠢的蠵龜，就是一身黃甲披掛、交配方式離奇、閉著眼睛快活地吃僧帽水母的那種海龜，他的友好態度裡夾著幾分瞧不起。

雖然在捕龜船上幹過多年，他並不覺得海龜有什麼神祕。他替各種海龜抱屈，連身子跟他的船一般長、體重可達一噸的巨大棱皮龜也在內。大部分人對海龜都殘酷無情，因爲把一隻海龜剖殺以後，牠的心臟還要跳動幾個小時。老頭想，我也有這樣的一顆心臟，我的腳啊手啊很像海龜的。他吃白的海龜蛋，好增長體力。整個五月他都吃海龜蛋，爲的是養壯身子，九月十月間可以去打道道地地的大魚。

每天他還喝一杯鯊肝油。盛油的那隻大桶，就放在許多漁夫存漁具的棚子裡。所有的漁夫，誰想喝便可以去舀。漁夫們多半都討厭那個味兒。但是比起他們要那麼早起床，這也不算多難受，況且喝了還可以防傷風，防流行性感冒，對眼睛也好。

這時候老頭一抬頭，看見黑鳥又在盤旋了。

「牠找著了魚啦，」他自言自語。這會兒既不見飛魚破水而出，也不見小魚兒各處竄散。但是，老頭正望著，一條小鮪魚躍到空中，一翻身又頭朝下落了水。這鮪魚給太陽照得銀亮，牠落回水裡以後，別的鮪魚接二連三地出水，四面亂蹦。牠們攪起水花，一跳老遠地去搶小釣繩上的那個活餌，包圍牠，推著牠轉㉕。

要是牠們跑得不太快，我可要下手了，老頭想。他看著這夥鮪魚在水上揚起一片白霧，看著黑鳥忽的飛下來，直撲那些慌得浮上水面的小魚兒。

「這隻鳥很幫忙。」老頭說。船後梢那根釣繩本來有一圈被他踩著的，這時候在他腳下變緊了。他把槳擱下，抓牢繩子剛往上收，便覺出了一條鮪魚掙扎抖動的力量。他越收繩，魚抖得越厲害。他透過海水看了一眼魚的青脊背和金閃閃的腹側，就把牠從舷外甩進了船裡。魚趺在船艄陽光下，全身緊箍箍的像顆子彈，瞪著兩隻發楞的大眼睛，一邊急抖牠那尖溜利落的尾巴，不要命地啪啪猛打船板。老頭爲了行好，給牠當頭一擊再踢一腳，但牠的身子還在艄影裡哆嗦。

「長鰭鮪魚，」他說出聲來。「牠可以做個挺棒的魚食。會有十磅重。」

他記不得他一個人跟自己出聲講話是幾時起的頭。從前，一個人待著，他就唱唱歌；在小漁船或捕龜船上一個人值夜掌舵，他有時候也唱。他開始獨自出聲講話，大概是那男孩子離開他以後的事。但他記不清了。他同孩子一塊兒打魚的時候，兩個人通常只在必要的時候才說話。

他們聊天都在晚上，要麼是在不能出海的壞天氣。到了海上，沒有必要決不開口，這是一種美德，老頭也這麼認爲，也挺遵守這條規矩。可是眼前沒有什麼人會受到打擾，他於是想到什麼，就把它講出來了。

「人家要是聽見我大聲說話，會以爲我瘋了呢，」他自說自道。「既然我沒瘋，才不管

---

㉕ 在這個地方，電影劇本寫道：「那個活餌給老頭拖在船後面。魚群包圍著牠，推著牠轉。」海明威在前一句話上加了個問號，用括弧括起（也許他認為活餌不應當拖在船後面，而應當隨著釣繩筆直下垂）。對於後一句，他提了意見：魚群不是在推這個活餌，而是在推一群像白那麼大的小魚。」可能是因為《老人與海》發表後有人批評小說有幾處技術上並不準確，他在電影劇本上特別注意糾正。

他的呢。發財的人，船上有收音機給他們廣播，給他們報告棒球賽呀。」

眼前不是惦記棒球的時候，他想。眼前只該惦著一件事，就是我天生要幹的這行。這一群魚的附近說不定有條大魚，他想。我從這群追食的長鰭鮪魚當中，只釣上來一條離群跑開的。這一夥都在飛奔到遠海去找食。今兒在水面露頭的，個個都游得飛快，直奔東北。天天到了這個時候都這樣嗎？要不然，是我瞧不出的什麼變天兆頭嗎？

現在他望不到那一線綠岸了，只見矮崗低巒，坡青巔白，彷彿頂著積雪，雲堆兒看起來像是高踞小崗之上的重重雪山。大海十分幽暗，日光給水裡投下一道道時現鮮彩的透明柱。原先星星點點的無數浮游生物，這會兒都被高懸天心的太陽照得無影無蹤了；老頭看見的，只是一一插入碧波深處的變色透明巨柱，尤其是一英里深的水裡他那幾根筆直下垂的釣繩。

漁夫們把同一大類的各種魚都叫做鮪魚，只是拿去賣了，或者是去換魚食的時候，才用牠們的專名兒來表示區別。這會兒這一大類的魚統統又沈到下面了。太陽挺燙，老頭覺得脖頸兒曬得慌，邊划船邊感到背上的汗直往下滴。

他想，我本可以讓船順水去漂，趁便睡睡，給腳趾頭上繫一道繩子把我拽醒。不過呢，今兒已經第八十五天啦，我得好好幹他一天。

正想著，他望望釣繩，瞅見三根伸出船外的綠竿子當中，有一根陡然一墜。

「咬啦！」他說，「咬啦！」他說著就把槳抽上來了，一點兒也沒叫船碰著。他探身出去夠著了釣繩，用右手大拇指跟二拇指鬆鬆地捏著。他感覺下頭沒有拉力，沒有力量，就輕輕拿著繩子。過會兒，又來了一下。這回是試探性的一拉，拉得不牢也不重。他很清楚是怎麼回事。水下一百噚，就在手工鍛造的鉤子從小鮪魚頭部伸出來的地方，有條鮪魚在吃那一串掩蔽著鉤尖和鉤彎的沙丁魚。

老頭小心翼翼地捏著釣繩，又用左手悄悄把繩結從竿子上解開。這一來，他就可以讓繩子從他兩指間滑下去，同時魚一點也不會覺得被拽住。

游這麼遠，又趕上這個月份，準是條大魚，他想。吃吧，魚啊，吃吧，魚啊，請吃吧。食料多新鮮哪！可你老待在六百英尺深的冷水裡，黑咕隆咚的。在那個黑地方再打個轉兒就回來吃吧。

他覺出下頭小心地輕輕在拉，跟著一下拉得重點兒，準是有個沙丁魚頭不容易給扯下鉤來。再接著便毫無動靜了。

「快點兒，」老頭講出來了，「再轉過來吧。你聞聞，味兒不香嗎？趁沙丁魚沒壞就吃了吧，另外還有那條鮪魚。肉厚實著呢，涼絲絲香噴噴的。別害臊，魚啊，吃吧！」

他用拇指和食指捏住這根繩子等著，同時望著它和其餘的幾根釣繩，因為說不定魚已經在往上來或者往下去。過了會兒，又有了那麼微微碰著的一拉。

「牠會咬的，」老頭出聲地說，「上帝保佑牠咬吧。」

但牠沒咬，跑了。老頭覺不出絲毫動靜。

「牠不可能跑了，」他說。「基督見證，牠不可能跑了的。牠在繞圈子呢。沒準兒牠以前上過鉤，多少還記得。」

一會兒，他覺得繩子稍稍給碰了一下，他很高興。

「剛剛牠不過兜了一圈，」他說。「牠會叼去的。」

他受著那輕微的拉力很高興，但接著卻感到有個什麼東西結結實實，重得簡直不敢相信。這是整個魚的分量。他把兩盤備用繩的第一盤抖散，讓繩子順溜溜地往下放，放，放。釣繩從老頭指頭當中輕輕滑下去的時候，拇指和食指的夾力雖然小得幾乎覺不出，他還是感到下面死沈死沈的。

「多奇怪的一條魚啊，」他說，「牠把魚食橫叼在嘴裡了，這會兒正衝著往外游呢。」

然後牠一轉身會吞下去的，他想。他沒有直說出來，因爲他知道好事說早了就不一定應驗了。他明白這是一條多麼大的魚，猜想牠嘴裡橫叼著那尾鮪魚，正在黑處游開去。就在這時候，他覺得牠停住不動了，但是還那麼重。沒多久倒越發重了，他也跟著再放長了繩子。有一陣工夫，他把拇指和食指緊緊捏攏，而繩子的重量仍在增加，直往下墜。

「牠銜住了，」他說，「現在我要讓牠好好兒吃下去。」

他讓釣繩從兩指間滑過，一面往下伸出左手，抓住兩盤備用繩鬆著的一頭，繫在剩下那兩盤備用繩的繩結上。現在他準備齊了。除了手頭用著的一盤外，他還有每盤四十噚長的三盤繩子可以接應。

「再吃點兒吧，」他說，「好好兒吃吧。」

吃吧，好叫鉤尖兒直穿心窩送你的命，他想。安閑自在地游上來吧，讓我把鐵叉扎到你身上。對，就這麼著。你完事兒了嗎？你塡飽肚子了嗎？

「得了！」他嚷了一聲，就雙手猛拉釣絲，收了一碼繩子上來，跟著又再拉，每回都投入全副臂力和身體左右擺動的重量，甩開兩個膀子替換著拔繩。

可一點兒效果都沒有。魚只顧慢慢游開，老頭要把牠往上提，哪怕是一英寸也做不到。他的釣繩很粗實，是專釣大型海魚的，他把它緊綳在背上，緊得繩上水珠兒飛迸四濺。隨後繩子在水裡開始發出緩緩前去的哧溜聲，他可還照舊抓著它，同時挺身壓緊坐板向後仰，來抵消繩下的墜力。小船逐漸慢悠悠地向西北移動了。

魚一直不停地游，連船帶魚都在平靜的水上行進。另外那幾個魚食還留在水裡，不過沒法兒管了。

「那孩子要是跟我來就好了，」老頭出聲地說。「我給一條魚往前拖著，簡直像駁船上的纜樁似的。本來我可以把繩子繫到船上，可是那麼做牠會扯斷的。我得盡量把牠留在鉤上，非放繩子不可的時候就放些給牠。謝天謝地，牠正往前奔呢，沒有朝下鑽。」

要是牠一心一意要朝下鑽，我眞不知道該怎麼辦。要是牠沈了底死了，我也不知道該怎麼辦。不過我不會閑著。我能耍的招兒多的是。

他身背釣繩，眼望著繩子在水裡的斜度，望著他的船不斷地向西北走。

牠會累死的，老頭想。牠不能老這麼拖著。可是過了四個鐘頭，魚仍然拖著小船一個勁地朝遠海游去，老頭也仍然挺起腰骨穩穩坐著，背上繃著繩子。

「我鉤住牠那會兒是晌午，」他說。「但我一直沒看見牠的模樣兒。」鉤住魚以前，他就把草帽緊緊拉到眉稜骨上了，現在箍得腦門子怪疼的。他也覺得口渴，便一面留神不扯動繩子，一面跪下來盡量朝船頭爬，伸隻手搆著了水瓶，揭開蓋子喝了點兒。然後他靠著船頭歇了歇。歇的時候，他坐在沒有支起的桅杆和布帆上，盡可能不想事兒，只是耐心熬著。

過了會兒，他朝後一望，才發覺根本看不見陸地了。沒關係，他想。就衝著哈瓦那的那片燈光，我總能划回去的。還有兩個鐘頭太陽才下山呢，或許不到那時候魚就浮上來了。要不然，牠或許跟月亮一個時候出來。再不然，牠或許要到出太陽的時候才出來。我的手沒抽筋，全身是勁，倒是牠的嘴給鉤住了。這可是多有能耐的一條魚啊，拉了這半天的釣繩。牠一定緊緊咬住了鐵絲箍。要是我看得見牠就好了，哪怕只瞧牠一眼也好，叫我知道我碰上了怎麼個對手。

按照老頭觀望星座的估計，魚游了這一整夜都沒有改道兒，也沒有改方向。太陽落下去，天跟著也冷起來。老頭的背上、老胳膊、老腿上，汗一乾，全都涼颼颼地。白天的時候，他把蓋在魚食盒子上的那個布口袋拿了下來，鋪開曬乾。等太陽落了，他便把口袋圍著脖子繫住，讓下半截搭在他背上，再小心地，把它從肩膀上的那根繩子下面塞過去拉平。除了用布口袋墊著釣繩，他先頭還學會了把上身趴在船頭邊歇歇，這一來他差不多覺得舒服了。實際上，這個姿勢只不過比活受罪略好幾分，可是在他看來，差不多就算舒服啦。

只要魚照舊這麼幹，我就拿牠沒轍，牠也拿我沒轍，他想。

有一回，他站起來朝船邊外頭撒尿，順帶看看星星，對證一下船走的方向。釣繩從他肩膀上徑直下去，在水裡像一縷磷光。現在魚和船都比早先走得慢，哈瓦那的燈火也不如平時亮，所以他明白了，水流一定是在把魚和船朝東邊沖。要是哈瓦那的那片光我瞅也瞅不著，咱們準是更往東去了，他想。因爲魚奔的路要是照舊沒變㉖，那片燈光我一定還能看見好幾個鐘頭呢。眞不知道今兒兩大聯盟各自的棒球賽怎麼個結果，他想。要能有個收音機聽聽可就美透啦。一轉眼他又想，怎麼老惦著這事兒吧，去惦著你眼前幹的活兒吧，你可千萬別幹什麼蠢事。

一會兒，他說出聲來：「孩子要跟我來了就好了，可以幫幫我，也看看這回打魚。」

誰老了都不該單身過活，他想。可總免不了會單身。我得記住，趁那條鮪魚還沒壞就吃下去，好保住力氣。記著，甭管你多不樂意吃，到早上你一定得把牠吃了。記住啊，他在心

---

㉖ 我們知道，桑提亞哥是從哈瓦那市以東西英里的闊希馬爾村鎮出海的，起初向東駛去（日出時「他覺得非常扎眼」）。中午他鉤住的大魚，把船拖著朝西北走。如果大魚一直沒有改變方向，現在夜裡老頭應當逐漸接近哈瓦那市，越來越看清市裏的燈光。既然情況並非如此，他知道是海水向東的流勢改變了魚和船的方向。

裡叮囑自己。

夜裡有兩隻小鯨魚游到船的附近來，他聽見牠們又打滾又噴水。他分得出雌雄：雄的噴水很響，雌的噴水像嘆氣。

「牠們眞好啊，」他說。「牠們耍鬧，逗著玩，相親相愛。牠們跟飛魚一樣，都是咱們的弟兄。」

隨後，他對上鉤的大魚憐惜起來了。牠是好樣兒的，也很奇特，誰知道牠多少歲啊，他想。我從來沒遇過力氣這麼足的魚，也沒遇過行動這麼奇特的魚。沒準兒牠學乖了，不肯跳。本來牠亂跳一陣，胡跑一氣，就可以叫我完蛋。可是沒準兒牠以前上鉤好多回了，懂得了牠就得這樣來鬥。牠哪知道對手只有一個人，哪知道這還是個老頭兒呢。

不過，牠是多大的一條魚啊，要是肉味兒鮮，上來能賣多好的價啊。牠像個雄魚那樣的叼魚食，像個雄魚那樣拉縴拖船，牠跟人鬥，一點兒也不驚慌。不知道牠有沒有什麼打算，是不是就像我一樣，反正豁出去了？

他還記得先前那回他碰到一對兒馬林魚，鉤住了當中的一條。雄魚總是讓雌魚先吃食；雌的一上鉤就慌了神兒，發狂似地拚命掙扎，不多久便筋疲力盡了；雄的一直守著她，竄過釣繩來跟她一起在水面打轉。牠挨她很近，牠的尾巴又跟大鐮刀一般鋒利，幾乎也一般大，一般形狀，老頭怕牠一掀尾巴砍斷了繩子。老頭用拖鉤把雌魚拖過來，把牠細劍似的長嘴、連那砂紙般粗糙邊兒一把抓住，拿木棒猛打牠的頭頂，打得牠快變成鏡子襯底的銀白色，再由孩子幫著把牠搬上船，那雄魚卻老挨著船舷守著。然後，正當老頭收起繩索，預備著魚叉㉗的時候，雄魚在船旁一下子騰空跳得老高，要看看雌的下落，接著便朝下潛入深水，牠那一對像翅膀似的淡紫色胸鰭完全張開，牠一身淡紫的寬條紋也統統露出來了。老頭還記得牠多麼漂亮，而且一直守到末了才走。

我打魚見到過的事兒，那是最叫人難受的了，老頭想。孩子難受，所以我們求牠包涵，趕快把牠宰完拉倒。

「孩子在這兒就好了。」他喃喃地說。上身趴在船頭一圈圓鼓鼓的木板邊，從他背著的繩子上感覺到大魚眞有勁，穩穩地朝牠打好主意要奔往的目標游去。

就因爲我搗了鬼，牠只好打這麼個主意，老頭想。

牠原先的主意，是待在黑咕隆咚的深水裡，待在任什麼圈套、坑害、搗鬼都挨不著牠的遠海裡。我的主意呢，是上那兒找出牠來，上牠那個任誰都不去的地方，世界上任誰都不去的地方。現在我們兩個糾纏在一起了，打晌午起就這樣。我也罷，牠也罷，都沒人來幫襯。

當初我也許是不該做個打魚的，他想。可是我生來就是幹這一行的料。我得牢牢記著，等天亮了，把那條鮪魚吃下去。

天亮前不久，他背後三處水裡的魚食，不知被什麼東西啃了一處。他聽見竿子折了，釣

---

㉗ 預備魚叉，準備要打雄魚了。

繩從船邊兒上飛手地往外溜出。儘管天黑，他還從鞘裡抽出刀子，一邊使左肩頂著大魚的全部牽力，一邊朝後仰，就著船邊的木棱斬斷了釣繩。隨後他又斬斷了另外一根最靠手邊的釣繩，摸黑把各盤備用繩子的鬆頭繫上。他一隻手幹活兒挺巧，打結的時候一腳踩住繩子，讓手能拉緊。現在他有六盤備用繩了，每個斷線魚食剩下兩盤，大魚嘴裡的魚食也帶著兩盤，這六盤繩子都連成了一條藤串兒。

等天亮了，他想，我要爬回去，把四十噚深的魚食繩也給切斷，把餘下的兩盤繩子接起來。我要損失兩百噚加泰羅尼亞㉘的好corder（繩子），還有那些魚鉤跟鐵絲箍。這都可以重新添補。但要是什麼魚上了鉤，卻撞斷繩子放跑了這條大魚，誰能照這樣另補一條來呢？鬧不清剛剛來啃魚食的是什麼魚。可能是條馬林魚，要麼是條箭魚，再不然是條鯊魚。我還來不及掂一掂，就只好連忙把它甩開了。

他出聲地說：「孩子跟我來就好了。」

可是孩子沒跟你來，他想。你只光桿兒一個，倒不如趁這會兒爬回去夠著最後那根釣繩，別管天黑不黑，把它砍斷，把餘下的兩盤繩子連上。

他這麼做了。摸黑去做眞不容易，何況有回魚身一顚，扯得他咕咚撲倒，眼眶下面破了個傷口，鮮血順著他臉頰骨流下一小截兒，不過沒到下巴頦兒就凝結、變乾了。他又爬回船頭，胸靠著木板歇歇氣。他把布口袋拉正，小心地把釣繩挪到肩膀上沒給勒疼過的一部分，一面聳肩扛穩繩子，一面小心試試魚的拉力是否有減點兒了沒，然後伸手去探一下船在水裡走得多快。

不知道剛才牠的身子幹嘛那麼一晃，他想。鐵絲想必是滑到牠那個大背脊梁上了。牠的背脊一定不會像我的這麼疼。但不管牠多了不起，也不能沒完沒了地老拖著這隻船跑。現在，凡是可能礙事的東西全都撤了，我手邊還有一大堆後備繩子，再不需要什麼了。

「魚啊，」他輕聲說，「我要陪著你，陪到我死。」

我估計牠也要陪我到底的了，老頭想。他等著天亮。黎明前這一陣子很冷，他緊貼著木板擋擋寒。橫豎牠能撐多久，我也能撐多久，他想。曙色朦朧中，只見釣繩伸出船外，直沒水裡。船身不快不慢地前進。當太陽剛冒個邊兒的時候，光線射在老頭右肩上㉙。

「牠奔向北了。」老頭說。海水這麼流，早晚會把我們遠遠沖到東邊的，他想。牠要是順過來，跟海水奔一個方向才好呢。那就看得出牠漸漸力乏了。

等太陽再升高了些，老頭明白了，大魚並不累。只有一個好跡象，釣繩的斜度表明牠游得不像先前那麼深了。這倒未必是說牠要跳起來，不過，跳也有可能。

「上帝保佑，讓牠跳吧，」老頭說。「我有的是繩子，能對付牠。」

---

㉘ 加泰羅尼亞在西班牙的東北地區，那裡出產的釣繩和魚具在中南美洲享有盛名。

㉙ 老頭胸貼船頭，曙光照到右肩，說明船在向北走，也說明了魚要往西北去的力氣很大，與海流向東的沖力大致相等，因此按平行四邊形法則，產生了向北的合力。

說不定我再稍稍繃緊點兒，能叫牠疼得跳起來，他想。好在天亮了，隨牠跳吧，那麼著，牠脊梁骨邊上的那些氣囊就灌滿了氣，牠也不至於沈底去死。

他試著繃狠一些。但是自從他鉤住大魚以後，繩子簡直緊得快斷了，而且他朝後仰過去想再拉直牠，就覺得背痛難熬，知道自己沒法兒再給繩子的張力加碼。千萬不要往上猛地一拽，他想。每拽一回都會拉寬鉤尖兒扎的傷口，那樣的話，牠跳起來，說不定會甩脫鉤子的。不管怎麼著，太陽出來，我比往常好受些了，起碼這一回我不必眼睛正對著陽光了。

釣繩上掛著黃的海藻，老頭懂得這只是給大魚添了累贅，樂得讓它掛著。夜裡大放磷光的，就是海灣的黃色馬尾藻。

「魚啊，」他說，「我喜歡你，佩服你，可是不等今兒天黑，我就要你的命嘍！」

希望眞能做到才好，他想。

從北面朝著船這邊飛來了一隻小鳥。這是隻鶯兒，在水面上飛得很低。老頭看出牠已經非常疲乏了。

鳥兒落到船艄上歇會兒。然後繞著老頭的頭打個旋兒，歇在釣繩上，覺得在那舒服些。

「你多大啦？」老頭問鳥。「這是你頭一回出遠門嗎？」

他說話的時候，鳥兒望望他。牠乏得連繩子牢不牢也沒心打量，單把兩隻細腳鉤緊了釣繩，身子卻晃盪著。

「繩子穩著呢，」老頭告訴牠。「再穩沒有了。一夜都沒刮風[30]，按說你也不能乏成那副樣子啊。如今鳥兒們這麼經不起累，可怎麼好呢？」

還有那些隼鳥要到海上來攔截牠們呢，他想。但他沒跟小鳥講，反正小鳥不懂他的話，而且牠不要多久就會領教隼鳥的厲害了。

「好好兒歇歇吧，小鳥，」他說。「歇完就上陣去碰運氣吧，不管是人，是鳥，是魚，誰都是這樣。」

他不由得話多起來，因爲他的背脊挺了一夜，變僵了，現在疼得眞夠瞧的。

「鳥兒，你要樂意，就待在我這兒作客吧，」他說。「這會兒刮小風了，可惜我不能扯起帆來順風送你上岸去，我這兒還有個朋友呢。」

就這時候，魚身忽然一歪，連帶把老頭摜倒在船頭，要不是他撐起來放長繩子，眞要給掀到水裡去了。

釣繩一動，鳥兒早飛啦，老頭連牠飛走都沒見著。他小心用右手摸一下釣繩，才發覺手上淌出了血。

「既然這樣，總有什麼東西把牠弄疼了。」他自言自語，一邊往回拽釣繩，看看能不能把魚拉得轉。但是一拉覺得快斷了，他便穩住，朝後仰過去頂著釣繩的墜力。

「魚啊，現在你覺得不好受了吧，」他說，「上帝見證，我也一樣啊。」

---

㉚ 美洲鶯秋季南遷，夜間飛行。

這時候，他的眼睛四處尋找那鳥兒，因爲他本想留牠做伴，偏偏鳥兒已經飛走了。

你並沒待多久，老頭想。可是除非到了岸，你去的一路上都不如這兒太平。我怎麼讓大魚那麼驟然一扯，把我的手給劃破了呢？我準是變得蠢透了，要不然，那會兒我也許是在看著、想著小鳥。現在我可要一心盯著活幹，回頭還得吃掉那條鮪魚，免得短了氣力。

「可惜孩子不在這兒，又沒有鹽。」他出聲地說。

他把釣繩的壓力換到左肩上，小心地跪穩，把右手伸進海裡去洗，泡了一分多鐘，望著一縷血緩緩漂走，水也隨著船行不斷沖著他手邊過去。

「牠慢多了。」他說。

老頭倒樂意讓手在鹹水裡多浸些時候，但他怕大魚冷不妨再打個晃。所以他起來站穩，舉著手讓太陽曬曬。這無非是皮肉給繩子擦破了個傷口罷了。不過正傷在手上常使勁兒的地方。他知道，只要這場較量沒完，他這兩隻手都很需要。他不喜歡還沒開始眞正拚起來，反倒先挨了一下。

「現在，」他看手已經曬乾了便說，「我得吃那條小鮪魚啦。我可以用拖鉤去夠牠，在這兒舒舒服服地吃。」

他跪下來，拿拖鉤在艄板下面戳住鮪魚，拖到身邊，不讓牠挨近那堆繩子。他再一次使左肩去背釣繩，依靠左手左臂的力量撐緊它，一面從鉤尖兒上摘下鮪魚，把拖鉤放回原處。他用一隻膝蓋壓著魚，把牠從頭割到尾，割成一條條深紅色的肉，都是楔子似的長條兒。他先貼著魚椎骨下刀，依次向外，一直切到魚肚的邊兒。他切完了六條，便攤在船頭木板上晾，在長褲上擦了擦刀，然後拎起魚尾，把骨架子仍進海裡。

「看樣子，就是一條我也吃不完。」他邊說邊取了其中一條，用刀橫剁成兩段。他覺出釣繩上那股沈著、頑強的拉力，同時他的左手也抽筋了。這隻手在很吃重的繩子上卻抽筋了，拳緊成一團，他厭嫌地瞅了瞅它。

「這算什麼手，」他說。「你要抽筋只管抽，抽成爪子算啦。對你也沒什麼好處的。」快吃吧，他想，低頭望著暗蒼蒼一片水中釣繩的斜線。馬上就吃下去，好給這隻手添把勁兒。怨不得手，你跟大魚磨菇了好些鐘頭了，你還會跟牠一直泡下去。馬上把吃了吧。

他撿起一片魚肉放進嘴裡，慢慢嚼著。還不算難吃。

好好兒嚼吧，把那些肉汁兒都嚥下去，他想。要能來點兒酸橙、檸檬什麼的，要不來點兒鹽蘸著吃，倒也不賴。

「手啊，你覺得怎麼樣啦？」他問那隻肌肉抽搐，快像僵屍一樣硬邦邦的手。「爲了你的緣故，我還要再吃些。」

他把剁成兩段剩下的那片也吃了。他細嚼著，然後吐掉魚皮。

「手啊，現在好點兒了嗎？哦，是不是還早，不到知道的時候呢？」

他又拿了一整條魚肉嚼了起來。

「這個魚身子棒、血氣足，」他想。「幸好昨兒我捉住的是牠，不是海豚。海豚肉太發甜。這個魚差不多沒什麼甜味，滋養還留在身上。」

現在可得顧著正事，別的都甭管了，他想。有些鹽就好了。不知道剩下的魚肉會不會給曬得發臭，我儘管不餓，還是吃了好。大魚這會兒挺沈靜，挺安穩。我要把晾著的全吃掉，那樣我就準備妥當了。

「手，忍忍吧，」他說，「我吃是爲了你好。」

可惜我沒什麼吃的餵大魚，他想。牠是我的兄弟啊。不過我得打死牠，得維持著這麼做的一份氣力。他盡心盡力地把楔子似的六條魚慢慢都吃下肚了。

他挺直腰板兒，在長褲子擦擦手。

「上帝保佑，讓手快別再抽筋了吧，」他說。「因爲我還不知道大魚要怎麼個鬧法兒呢！」

不過呢，他想，牠看上去安安靜靜，像是照牠的意思在做。但牠打的是什麼主意呢？他想。我又打的是什麼主意呢？牠那麼大塊頭，我得看牠打什麼主意臨時再定。

牠要是跳起來，我倒可以叫牠送命。偏偏牠老待在水下不冒出來，那我也只好老坐在船上守著牠。

他把那隻抽筋的手在長褲上搓著，想叫指頭軟和些，但是手不肯張開。讓太陽暖暖，或許它會伸開的吧，他想。等這條身強力壯的生鮪魚在我肚裡消化了，它或許就會伸開的吧。萬一非用它不可，那不管多疼也要把它掰開。可是我不想馬上就這麼蠻幹，讓它自個兒張開主動恢復原狀吧。畢竟，夜裡因爲要把那些釣繩割斷了重新連在一起，我叫它太受累啦。

他的眼光向海上掃過去，才知道他現在多麼孤單。但是他看見昏暗的深水裡亮著一道道光柱，船邊那根釣繩一直向前伸去，平靜的海面莫名其妙地竟有些起伏。這時候雲彩漸漸在展寬堆高，預報要有信風了㉛。他朝前望望，只見一行野鴨飛過水上，忽而給藍天襯托得歷歷分明，忽而影影綽綽，忽而又很分明。他明白了，一個人在海上絕沒有孤單的時候。

他聯想到有些駕個小船出海的人，生怕一眼瞧不見個岸影兒；他也知道，在天氣能突然翻臉的那些月份，人家害怕是有道理的。不過眼前的幾個月是颶風的時令，只要颶風沒來，這幾個月的天氣就是一年當中再好不過的了。

果眞有颶風，你又下了海，那你早些日子總會從天上看出點兒苗頭。那些人在岸上看不出來，因爲他們不懂得要注意什麼跡象，他想。再說呢，從陸地上看，雲影的樣子也準是不一樣。好在我們這兒一時還不會來颶風。

他望望天，看見綿白的積雲聚了堆兒，像是好意送來的一大摞冰淇淋，更往上去是羽毛般薄薄的捲雲鋪在九月間高高的天空。

「輕輕的brisa（東北風），」他說。「天氣成全我，但不成全你這條魚。」

---

㉛ 巴在赤道以北，那一帶的信風（又名貿易風），總是從東北吹向赤道，所以桑提亞哥從東北面的海上返航回家正好順風。

他的左手仍然拳著，但是他慢慢在撐開它。

我討厭抽筋，他想。自己的身體居然也跟我耍花招。

要是你因爲食物中毒，當著別人的面上吐下瀉，就夠不像話了。可是你獨個兒幹活，居然抽筋——他腦子裡想的字眼是calambre（西班牙語的「抽筋」）——那尤其不像話。

要是孩子在這兒，倒可以給我的搓搓，從下半截兒胳膊起，給它舒舒筋，他想。不過它會舒活的。

過了會兒，他還沒瞅見繩子在水裡的斜度有變化呢，他的右手就覺出繩子的牽力開始不一樣了。接著，當他仰身拽住繩子，在大腿上猛拍緊打左手的時候，他看見釣繩在慢慢向上斜起。

「他就要上來了啦，」他說。「快著點兒，手，拜託快張開吧。」

釣繩不停地慢慢往上，船前方的海面跟著凸起，魚也露頭了。牠一點一點不斷地出來，兩側往外冒水。魚在太陽底下很光，頭部和背部都是深紫色，兩側的條紋給太陽一照，顯得很寬，是淡紫的。牠的箭形上頜有打棒球的木棒那麼長[32]，一把細劍似的越往前越尖；牠挺直全身跳出水來，一轉眼又像潛水夫一樣順順溜溜地鑽進水裡。老頭看見牠那大鐮刀船的尾巴沒入水下，釣繩馬上便開始飛快地滑出去了

「牠比我的船還長兩英尺。」老頭說。繩子放得雖快，卻很穩當，魚沒有驚動。老頭雙手恰到好處地把住繩子，稍微過一點它就會斷了。他知道，要是不能用穩定的拉力叫魚慢下

來，魚就可能拖走全部的繩子，把它扯斷。

牠是一條大魚，我得叫牠服了我，他想。我決不能讓牠知道牠有多大力氣，也不能讓牠知道牠跑起來會叫我多狼狽。我要是牠的話，我現在就會使出全身的勁兒往前奔，非把什麼給拉斷了撞破了絕不停。不過，感謝上帝，魚類沒有我們宰魚的人聰明，儘管牠們更高尚也更有能耐。

老頭見過很多大魚。他一輩子見過很多一千多磅重的，還捉住過兩條像那麼大的，可從來沒有自己一個人捉過。如今一個人，又在無邊無岸的茫茫大海，他卻跟他從來沒見過也沒聽說過那麼大的一條魚拴在一根繩子上。而且他的左手仍像收縮的鷹爪子一樣緊緊拳著。

不過它會放鬆的，他想。它一定會鬆開來給右手幫忙的。有三樣東西跟我是親兄弟：這條魚和我的兩隻手。它一定得鬆開。抽筋可太委屈它了。魚倒是又緩了下來，照牠平常的快慢在往前游。

不明白牠剛才幹嘛跳起來，老頭想。牠那一跳，差不多像要給我看看牠的塊頭有多大。橫豎我現在是知道了，他想。我也想讓牠瞧瞧我是個怎麼樣的人。不過那麼一來，牠就會瞅見這隻抽筋的手啦。讓牠把我想得比我現在更有威風吧，我眞也要顯顯威風的。我要是變成這條魚，有牠的樣樣長處，不光是有我這份堅定的心跟聰明，那就好了，他想。

---

㉜ 大約一公尺長。按規定，棒球棒的長度不得超過一〇七公分。

他舒服地靠著木板，難受了便忍著。魚穩穩當當地游著，船也慢慢穿過青蒼的水面。從東邊刮起風，隨著掀起一陣小浪。到了晌午，老頭的左手不抽筋了。

「魚，這對你可是壞消息喲！」他說，在護肩的布口袋上挪動了一下釣繩。

他雖說舒服，其實卻是難受，只不過他根本不承認罷了。

「我不信教，」他說。「但我要念十遍『我們的天父』，再念十遍『萬福瑪利亞』，保佑我捉住這條魚。要是捉住了，我發願會去朝拜考伯瑞聖母。這是我許的願。」

他呆板地念起了禱告。有時候他疲乏得記不起禱告詞了，過一會兒又念得很快，好叫禱告詞不招自來地脫口而出。「萬福瑪利亞」比「我們的天父」好念，他想。

「萬福，沐浴天恩的瑪利亞，主與你同在。你在婦女中是有福的，你懷胎的耶穌也是有福的。聖母瑪利亞，現在也好，將來我們臨死的時候也好，都請你爲我們有罪過的人祈禱吧。阿門。」完了，他又補了一句：「萬福的聖母，請保佑這條魚死了吧，儘管牠很了不起。」

念完禱告，他覺得鬆快多了，其實仍跟先前一樣難受，也許還更難受點，然後便靠著船頭木板，把左手的五個指頭機械地做起伸屈動作來。

雖然和風輕吹，但這時候太陽曬得挺燙。

「那根從船尾伸出去的釣繩，我最好在上頭重新安個魚餌，」他說，「要是大魚拿定主意再待一夜，我還得再吃點兒東西才行，現在瓶子裡的水也不多了。這地方想必只釣得著一隻海豚，不過把牠趁新鮮吃了倒也不壞。今兒半夜，能有條飛魚蹦上船來就好了，但我沒有燈來招引牠們。飛魚生吃最美，用不著細切。現在我得留著全副力氣。基督在上，原先我哪知道牠這麼大呢！」

「不過我要叫牠送命，」他說，「不管牠多雄壯多氣派。」

雖然這麼做很不公平，他想。可是我要讓牠看看一個人能做什麼事，能吃什麼苦。

「我跟孩子說我是個特別的老頭兒，」他自言自語，「現在我得拿出證明來。」

他過去證明過上千回，現在都不能算數，現在他又來證明了。每一回都是重新來過的一回，他做的時候絕不想從前做的成績。

可惜牠不睡覺，不然我也可以睡一下，夢見那些獅子了，他想。爲什麼給夢裡剩下來的，主要就是那些獅子呢？別想啦，老頭兒，他叮囑自己。這會兒靠著木板靜靜歇一下吧，什麼事兒都別去想。牠在出力氣趕路呢，你就盡量別費力吧。

時間漸漸要到晚半晌兒了，小船還是不停地緩緩走著。輕快的東風現在給他增添了阻力，老頭隨著小浪頭的沖打微微顛晃著，粗繩勒背的疼痛他也覺得鬆活、柔和了些。

下午繩子一度又往上來，但是大魚只不過在略高一層的水裡繼續向前游。太陽照著老頭左邊的肩膀、胳膊和他脊背，所以他知道大魚已經轉過來奔向東北方了。

既然見過大魚一面，他就想得出牠游水的樣子：紫色的胸鰭像翅膀似地張開，豎起的大尾巴一路劃破昏暗。不知道牠在那麼深的地方看得見多少東西，老頭想。牠的眼睛挺大，馬的眼睛小得多，倒能在暗處看東西。從前我在黑的地方看得很清楚，雖不是漆黑的地方，可是眼力差不多跟貓一樣好。

給太陽烤著，再加上他老在活動著指頭，現在左手完全舒展開了，他就開始讓它多承擔些牽力，同時聳動幾下背肌，稍微換換繩子勒疼的位置。

「魚，你要是不累，」他講出聲來，「那你一定很特別。」

現在他很累，也知道快到夜晚了，所以盡量去想些別的事來岔開。他想到了那兩大聯盟，用他的話來說就是**Gran Ligas**（西班牙語的「大聯盟」），他知道這時候紐約的洋基隊正在跟底特律**Tigres**（老虎隊）比賽。

我已經兩天不知道那些球賽的結果了，他想。不過我一定要有信心，一定要搆得上那位大明星狄馬喬的榜樣——他呀，哪怕腳後跟上雞眼再疼，幹什麼都好得沒話說。雞眼是怎麼回事？他暗暗自問。雞眼就是**Un espuela de hueso**。我們打魚的沒有雞眼。人的腳後跟上長了雞眼，會跟鬥雞的距鐵㉝一樣刺得疼嗎？像兩隻鬥雞那樣給距鐵刺傷，給啄掉眼睛，兩眼全瞎，還照樣鬥下去，我看我可吃不消。人比起一些強大的飛禽走獸來，高明不了多少。我倒情願做那個待在海下暗處的動物。

「除非來的是鯊魚，」他自言自語。「要是鯊魚跑來了，那就求求上帝可憐可憐牠跟我兩個吧。」

你相信狄馬喬會像我守著這條魚一樣，長時間守著一條魚嗎？他想。我敢擔保他也會的，而且守的時間會更長，因為他年輕力壯。他那老爹也是個打魚的。不過他的雞眼會不會太疼呢？

「我不知道，」他出聲地說，「我從來沒長過雞眼。」

夕陽西下的時候，他為了增強自己的信心，回憶起當年他在卡薩布蘭加㉞的酒館，跟那個身體最棒的碼頭工、從西恩富戈斯㉟來的黑人大漢比腕力的事。他們倆胳膊肘子抵著桌上的那道粉筆線，前臂豎直，手跟手攥緊，就這麼賽了一天一夜。兩個人都努力要把對方的手扳倒桌面上。看客們賭了不少錢，煤油燈下，屋裡人進人出，但他的眼睛只盯著黑人的胳臂、手及黑人的臉。賽了八小時以後，每隔四個鐘頭就換一次裁判，好讓裁判睡覺。他和黑人的手指甲都出了血，兩人互相直視，彼此看著對方的手和前臂；那些打賭的卻在屋裡進進出出，坐在靠牆的高腳椅子上觀望。牆壁是木板拼的，上了鮮藍的漆，燈光把他們的影子投在牆上。黑人的影子其大無比，每當微風搖動吊燈的時候，那影子也在牆上來回地搖晃。

---

㉝ 公雞開鬥前，套在牠腿後面的一個金屬（甚至有用銀製的）套子，突出的部分是個尖錐或刺鉤。公雞這樣武裝起來相鬥，結果總弄得地上毛血狼藉。海明威也參加過鬥雞賭博。

㉞ 在美洲和非洲，取名卡薩布蘭加的地方有好幾處。這裡指哈瓦那灣東岸，與古巴首都隔水相對的一個小鎮，那裡有造船廠和裝煤站。

㉟ 古巴南岸的港市。

兩人你來我往，不相上下，難以定局，人家給黑人餵了甜酒，給他點好香煙。甜酒下肚，黑人便要做一次巨大的努力，有一瞬間，他把老頭的手逼得從正中偏離了將近三英寸，其實老頭那年月並不老，還是El Campem（冠軍）的桑提亞哥哩！但老頭接著又把手扳直回來，完全拉平了。當時他算定自己已經對這個英俊的黑人體育健將占了上風。

天剛亮，正當打賭的那幫人要求算和局，而裁判搖頭的時候，他一使勁，就壓得黑人的手往下再往下，終於倒在木桌上。比賽從星期天早上開始，到星期一早上才完。打賭的人有好些個原先都要求算和，因爲他們得上碼頭去扛大袋大袋的蔗糖，或者是去給哈瓦那煤炭公司幹活。不然的話，大家本來都樂意讓雙方一直賽到結束日。現在，他總算把它結束了，而且還在任何人必須去上工的時刻以前。

打那以後的很長一段時間，人人都管他叫「冠軍」。到了春天，雙方又賽了一回。不過別人沒賭多少錢，他上次既然打垮了西恩富戈斯城那個黑人的信心，現在便贏得很容易。後來他還賽過幾回就再也不幹了。他拿穩只要他眞的想勝，不管是誰他都能打敗，但他認定會妨害右手打魚。他用左手練習著試賽過幾回，但是左手老不聽他的，不肯讓他使喚，所以他對它信不過。

現在太陽要把它烤透了，他想。除非夜裡太受凍，它不應該再害我抽筋吧。眞不知道今兒夜裡會出什麼事兒。

一架駛向邁阿密的飛機打頭頂上經過，他望見飛機影子把一群飛魚嚇得跳出水面來。

「有這麼多的飛魚，照理就會有海豚。」他說。一面朝後仰過去繃了一下釣繩，看看能不能把他的大魚拽過來一點兒。但是不行，繩子還是那麼緊，繩子的水珠兒直顫，再繃的話非斷不可。小船慢慢向前去，他望著飛機，望到不見影兒了才罷。

坐在飛機上一定怪稀奇的，他想。不知道從那麼高的地方望下去，海會是什麼樣子？只要別飛太高，看魚總該看得清楚吧。我倒挺想飛上去二百噚，飛得很慢很慢，從上頭看看魚。從前在捉海龜的船上，我爬過桅杆頂上的橫木架，就爬那麼一點兒高，我也很開了眼界。從那兒一望，海豚的色兒更綠，牠們身上的紋路、紫斑，你都看得見，牠們游來那麼一大群，個個你都看得見。黑沈沈的海流裡那些向前急奔的魚，為什麼背脊都是紫的，紋路斑點多半也是紫的呢？海豚看上去當然發綠，因為牠本來是金閃閃的，可是牠餓慌了要吃食的時候，就跟馬林魚一樣，身子兩邊都顯出紫道了。那會是因為生氣奔得快，才顯出來的嗎？

天剛黑那陣子，大魚拖著船經過海島般的一大片馬尾藻。輕輕地波浪裡，海藻起伏翻騰，像是海洋蓋了一張黃毯子，正摟著誰在做愛似的。這會兒他那根小釣繩被一隻海豚咬住了。他第一眼看見牠，牠正躍入半空，給夕陽照得遍體金光閃閃，拚命在空中彎身撲尾。當牠驚恐得猛烈扭動、一再跳起的時候，他爬回去蹲在船艄，一邊用右手右臂拉住大釣繩，一邊用左手把海豚拖過來。每次收了一段繩子便用光著的左腳踩緊，等海豚靠攏了船艄，還在不顧死活地左衝右撞呢，老頭就彎身到船艄外面，把這金光燦然、點點紫斑的海魚拖上船來。牠的上下頜骨抽風一樣連連急嗑著釣鉤，扁長的身子和一頭一尾啪啪不停地撲打著船底，直到他用木棒對牠那金燦燦的頭部狠揍一通以後，牠才抖了幾抖，不動了。

老頭從鉤上卸下死魚，給釣繩新安上一條沙丁魚，再拋進了海裡。然後他慢慢爬回船頭，洗了左手，在長褲上擦了擦。接著他將很吃重的繩子從右手換到左手拽著，在海裡洗了右手，一面望著太陽墜入海洋，也望望大繩的斜度。

「牠一點兒也沒變。」他說。但是看了沖手流來的水，他發覺魚顯然比先前游得慢了。

「我要在船尾上把兩支槳捆在一塊兒，叫牠夜裡走慢些，」他說。「今兒一夜牠若能撐下來的話，我也能。」

之後，晚點兒再來將海豚剖開，免得肉裡的血白白淌掉，他想。這件事可以晚點兒去做，就手把槳也捆上，給魚加個負擔。現在讓魚照舊安安靜靜的，太陽剛落，不要太驚動牠。太陽才落的一段時候，不管哪樣的魚都很難熬。

他把右手晾乾了再拽住繩子，盡可能放鬆背部，讓繩子把他拉到前頭靠著木板，這樣船頭擔受的牽力就跟他承受的一樣多，或者更多了。

我在學著幹活呢，他想。起碼是這一部分活。另外。也別忘記牠自吞了魚食後還沒吃過東西，牠那麼大塊頭，得有好多東西下肚才行。我倒吃過了整整一條鮪魚，明兒還要吃海豚。他管牠叫dorado（西班牙語的「海豚」），待會兒剖開洗乾淨了，說不定我該吃牠一點兒。牠比鮪魚難吃。不過話說回來，現在幹什麼都不容易。

「魚啊，你覺得怎麼樣了？」他出聲地問。「我覺得挺好，我的左手好些了，再一天一夜我都有吃的。拉船吧，魚。」

他並不是真的覺得挺好，因爲給粗繩勒著的背脊幾乎疼過了頭，變得發麻了，這使他不大放心。不過比這個更糟糕的事我也挺過來了，他想。一隻手才破了一點兒，另外那隻也不抽筋了。兩條腿好好兒的。再說眼前我在糧食儲備上也比牠強。

這時候天黑了，九月間太陽一落下天就黑得很快。他趴在已經用舊了的船頭木板上，盡可能地休息。最早的幾顆星星出來了。他雖不知道「參宿七」㊱的名稱，卻見到了它，知道不多久星星都會出來，他又要跟所有這些遠方的朋友見面了。

「大魚也是我的朋友，」他自言自語。「我從來沒見過、沒聽說過這麼了不起的魚。可是我得殺死牠，幸好我們不必去想怎麼殺死星星。」

想想看，要一個人天天得想法兒殺死月亮，那會怎麼著？他想。月亮就會溜了。再想想，要一個人天天得想法兒殺死太陽呢？我們眞是幸運，他想。

後來他又發愁大魚沒吃的了，不過愁歸愁，他要殺牠的決心可沒鬆動過。牠可以供多少人吃呢？他想。可是他們配吃牠嗎？不，當然不配。瞧牠那麼舉止光明，堂堂正正，沒有一個人配吃牠的。

---

㊱「參宿七」是獵戶座裡最明亮的一顆星。《老人與海》發表後，有七名讀著寫信給海明威，說桑提亞哥不可能九月間在他那個海域看得見「參宿七」。

這些事我都不懂，他想。好在我們不必想法兒殺死太陽、月亮、星星。單是靠海吃海，要殺死我們的親兄弟，就夠受的了。

他想，現在我得琢磨給不給魚加負擔。加了有好處也有危險。要是魚眞要掙開，兩支槳還捆在那裡，弄得船一點兒沒有原來的輕巧，那我就會白丟好些繩子，連魚也會丟掉。要是船輕了，我跟魚受罪的時間就長些，但我安全些，因爲魚還有股飛奔的猛勁沒使過呢。不管怎麼著，我得剖開海豚肚子，免得肉壞了，我也要吃些補點兒力氣。

現在我要再休息一個鐘頭，然後，等牠眞的安安穩穩了，才回船尾幹我的活，決定要不要捆槳。這段時間我可以看看牠怎麼行動，牠有沒有什麼變化，捆槳是個高招兒，但現在到了該講安全的時候啦！牠還是個硬脾氣的魚，先前我看見鉤子鉤在牠的嘴角裡面，牠一直把嘴閉得緊緊地。鉤扎肉的苦不算什麼，肚子餓的苦，還有牠不懂牠在跟什麼對拚，這才眞要命哩！你這會兒休息吧，老頭兒，讓牠去拉縴好了，等下回輪到你上陣再說。

按他的估計，他休息了兩個鐘頭。現在還早，月亮還沒出來，他沒法兒算準時間。他也沒有眞的休息，只不過多少緩了口氣罷了。他的肩膀仍然擔受著魚的拉力，但是他把左手撐著船頭的邊棱，越來越依靠船身去牽制魚了。

要是能把繩子繫到船邊上，那多省事啊，他想。不過牠只要稍一扭身就可以扯斷繩子，我得拿我的身體軟軟墊著繩子的拉拽，兩手隨時準備著要把繩子放長。

「可是你還沒睡呢，老頭兒，」他喃喃地說。「已經過了半天一夜再加一天，你都沒有睡覺。你得想法兒趁牠安靜沈穩的時候睡一會兒。你要不睡，腦袋瓜子會糊塗的。」

我的腦袋瓜子挺清楚，他想。簡直太清楚啦，跟星星兄弟們一樣清楚，但我還是得睡覺。星星要睡，月亮跟太陽要睡，就連大海在平平靜靜、沒有急流的那些日子裡也要睡哩。

可別忘了睡，他想。你要逼著自己睡，再想個對付繩子的穩當辦法。現在回船尾去剖海豚吧。你既然得睡，靠綁起槳來壓速度就太危險哪。

我不睡也行，他自說自道。可是那麼著，便太危險了。

他開始爬回船艄，留神不去扯動大魚，牠自個兒說不定已經半睡了，他想。不過我不要牠去休息，牠得拉縴，一直拉到死。

回到船艄以後，他掉轉身子，讓左手接過他脊背上那根釣繩的墜力，用右手從刀鞘裡抽出刀子。這時候星光明亮，可以看清海豚。他一刀扎進牠的頭部，從艄板下拖出來；再一腳踩住這死魚，很快用刀把牠劃破，從肛門一直劃到下頦尖兒上。然後他放下刀子，用右手去掏牠的內臟，全挖乾淨，把鰓都扯掉。他覺得牠的胃在他手裡發沈、滑溜，撕開一看，原來裡頭有兩條飛魚，都還頂新鮮的。他把兩條飛魚並排放著，把鰓、腸子什麼的扔出船去。這些東西飄沈的時候，在水裡留下一縷磷光。海豚怪涼的，這會兒在星光下，牠像痲瘋病人的皮膚似地現出灰白色。老頭右腳踩住這海魚的頭，剝掉牠一邊的皮；再把牠翻個面，剝掉牠另一邊的皮；把兩邊的肉從頭到尾都剖下來。

他將剩下的魚骨丟到海裡，望望看它在水裡打不打轉兒，卻只見它慢慢下沈的微光。於是他轉身用兩大塊海豚肉包了那一對飛魚，把刀子插回鞘裡，慢慢爬回船頭。他弓起背承受繩上的重量，右手拿著魚肉。

回到船頭，他將兩塊海豚肉攤在木板上，旁邊放上飛魚。隨後他給肩上的繩子換了個新位置，又把左手靠著船邊拽住繩子。接著，他向船外一彎身，在水裡洗了飛魚，還注意了海水潮流沖來的速度。剝過魚皮的手發著磷光，他望望從手邊過去的水流。力度減弱了。當他側著手在船邊上來回蹭擦的時候，星星點點的磷光質浮散開來，慢慢向後飄去。

「牠不是累了，就是在休息了，」老頭說。「現在我還是勉強來吃完這海豚，歇一歇，睡一會兒。」

繁星之下，在越來越冷的夜裡，他吃了半塊海豚肉和一條掏掉內臟、去了頭的飛魚。

「海豚煎了吃多棒啊，」他說。「而生吃是多麼受罪。以後要是沒帶鹽，沒帶酸橙，那我再也不划船出海了。」

我眞沒腦子，否則白天我老往船頭上潑水，就會曬出鹽來，他想。話又說回來，我是到天快黑了的時候才釣著了海豚的哪。反正預先沒有做好準備，不過我把肉全嚼爛吃了，倒也沒想吐。

東邊天上滿是雲，他認得的星星都陸續不見了。

現在，他彷彿是跑進了雲彩的大峽谷裡似的，風也停了。

「再過三、四天會變天的，」他說，「今兒晚上不會變，明兒也不會。快弄好繩子睡一下吧，老頭兒，趁現在大魚還安穩。」

他的右手死攥著釣繩。接著，當他把全身重量壓到船頭木板上的時候，便用大腿頂住右手。然後他將肩上的繩子往下移一點兒，再用左手抓緊它。

右手只要給大腿頂著，就會攥住繩子，他想。要是睡著了的時候，右手鬆開來，讓繩子滑出去，左手會把我驚醒的。右手的差事眞夠嗆，不過它苦慣了。我哪怕只睡上二十分鐘或半個鐘頭也不錯啊。他拱肩縮背，整個身子背著釣繩趴在頭上，讓他的全部重量頂著右手，於是，便睡著了。

他夢見的不是獅子，卻是一大批交配期的小鯨魚，前前後後有八英里或著十英里長。牠們往空中一跳，很高，跟著又落回牠們跳的時候給水面留下的坑窪裡。

再一會兒，他夢見他還在村子，睡在自己的床上，呼呼的北風刮得他眞冷，他的右胳臂全麻了，因爲拿它當枕頭來用著。

過後，他夢起了那長長一溜黃沙灘，瞧見暮色蒼茫中有隻獅子先下了海灘，其餘的獅子隨後也來了。晚風從岸上輕輕吹著停在那兒的大船。他呢，下巴頦兒靠在船頭木板上，等著看還有沒有些獅子要來。他覺得很自在。

月亮出來好半天了，他還繼續睡，魚也穩穩地繼續拖，把船拖進了雲彩的隧道。

右拳朝臉上猛地一拱，他醒了，繩子刷刷地從右掌裡擦出去，擦得好疼。他感覺不出左手還在，儘管他拚命用右手往回拉，繩子還往海裡跑。到最後，左手也抓住繩子，他便朝後仰過去掄緊繩子。這回它可火辣辣地磨疼了脊背和左手，而且左手正在獨負全重，被釣繩勒得很痛苦。他回頭望望後面的一堆繩子，那兒一段段挺順當地朝前續著呢。就這時候，大魚像炸開海面似地跳起來了，馬上又噗通一聲落下去。接著，魚又一再跳起。雖然繩子在往外跑，雖然老頭把它繃得眼看要斷，三番兩次繃得眼看要斷了，小船仍然走得很快。但他已經給魚拽倒，緊貼著船頭，臉也撲在切好的一塊海豚肉上，叫他一動也沒法兒動。

我們盼的事兒來了，他想。我們就迎著上吧。

牠拖走好多繩子，叫牠拿命來賠，叫牠賠，他想。

他看不見魚跳，只聽到魚撐破海面和噗通濺落的響聲。飛跑的繩子把兩手刮得怪疼的，不過他早料到會這樣，所以盡量讓繩子從手上有老繭的地方蹭過去，不讓他滑進掌心，或者刮了手指頭。

要是孩子在這兒，他會把那堆繩子潑濕的，他想。是啊，可惜孩子沒來。孩子若在這兒多好。

繩子照樣往外溜啊溜的，可是漸漸溜慢了，他每放一英寸繩子，都要大魚費一番勁。現在，從木板上，從臉頰骨壓爛的那塊海豚肉上，他抬起頭來。接著，他跪起半身來，再接著，他慢慢兒全身站起來了。他還在放繩子，不過放得越來越慢。他小心地抬腳，回到他眼睛看不到、只能憑腳掌觸覺到的那堆後備繩跟前。繩子還多著呢，大魚要拖這些新續的乾繩子下水，就得把摩擦力繞在裡頭了。

好啊，他想。牠已經跳了十好幾回，給脊梁邊的那些氣囊灌足了空氣，不至於沈到深水裡，死在我撈不起來的地方了。過會牠會打起轉兒來的，那一來我就得忙著制伏牠才行。不知道牠跳得這麼突然是什麼緣故？是餓急了呢？還是夜裡有什麼東西驚了牠？說不定牠害怕了。不過牠是多沈著、多壯實的一條魚啊，牠看上去多大膽、多有信心啊。眞怪。

「你自個兒要大膽、有信心才好，老頭兒，」他說。「你又拽著牠了，可是你收不上來繩子。好在牠不要多久就得轉圈兒了。」

現在老頭使兩邊肩膀跟左手拽著牠，彎身窩起右手捧水，洗掉了臉上黏掛的海豚肉。他怕海豚肉叫他噁心嘔吐，失去力氣。臉洗乾淨了以後，他靠著船邊在水裡洗了右手，再讓它泡泡鹹水，一面望著日出前最早透出的晨曦。他想，魚差不多已經奔向東了。也就是說，牠累了，正順水在漂呢。很快牠就得轉圈兒，那時候我們就得眞幹起來啦。

他估計右手泡的時間夠了，就把它抽上來瞧瞧。

「傷不重，」他說。「男子漢疼了也不在乎。」

他抓釣繩的時候，注意不叫它嵌進繩子在手上新磨的傷口，又挪動一下背上的拉力，這樣他就可以從小船的另一邊把左手浸到海裡去。

「你這個廢物，夜裡幹得倒還不壞，」他對左手說，「不過有一陣子我找不著你。」

爲什麼沒給我生兩隻好手呢？他想。或許要怪我從沒認眞訓練過那隻手。可是，上帝見證，它本來有的是學的機會。按說夜裡它幹得不算壞，它抽筋也只有一回。它要是再抽筋，就叫繩子把它拉斷算啦。

這麼想著時，他知道腦子不清楚了，覺得應該再吃些海豚肉。可是我不能吃，他告訴自己。腦子亂，也比嘔吐得沒力氣強。我的臉剛才跌在海豚肉上，要是吃下去，到胃裡準待不住。只要肉還沒壞，我就留著它防個萬一。不過現在想靠滋補來長力氣可太晚了。唉，你眞蠢，他罵自己。快把剩的那條飛魚吃了呀。

飛魚早洗乾淨了，現在放在那兒。

他使左手拿起來吃，細嚼著魚骨頭，把它整個兒連尾巴都吃了。

它差不多比無論什麼魚都有滋養，他想。起碼它有我要的力氣。我能做的現在都做了，他想。讓大魚飛打起轉兒來吧，跟我鬥吧。

自他出海以來，太陽第三次冉冉升起的時候，魚開始轉圈兒了。

他從釣繩的斜度看不出魚在轉圈兒。要轉還太早吧。他只覺繩子的壓力稍稍鬆了點兒，便開始用右手輕輕把繩子往回拉，它也照例繃得挺緊，但是一拉到它快斷的時候，繩子卻接連不停地往手上跑。他讓兩肩和腦袋從釣繩下面鑽出來，開始穩穩地輕輕地收拉繩子。他甩起雙手，左右開弓地輪換動作，盡可能用身子和兩腿配合著拉。他的老腿老肩膀隨著手拉的左右擺動而擺動。

「是個很大的圈兒，」他說，「終於在轉圈兒啦！」

過了會兒，繩子不肯再往上來了，他便拽，拽得陽光照見繩上水珠兒亂蹦。接著，繩子往外跑了，老頭也跪下來，勉強讓它一點一點兒滑回黑沈沈的水裡。

「牠這會兒正轉在圈上最遠的一段，」他說。心想，我得拚命拉住。拉力會叫牠的圈兒一回比一回小。說不定再過一個鐘頭，我就會看見牠。現在我得叫牠服了我，然後我就得要牠的命。

但是魚仍舊慢慢兒在轉，所以兩小時以後，老頭已經汗水淋漓，累得骨頭都快散了。現在轉的圈兒小多了，從釣繩傾斜的樣子上，他估得出魚正一邊游，一邊不停地往上浮。

有個把鐘頭，老頭眼前老是發黑，汗水醃疼了他的眼睛，醃疼了額頭上靠眉稜骨那兒的一個傷口。眼前發黑他倒不怕，他拉繩子這麼吃力，自然要發黑。不過他有兩回覺得暈眩這可叫他心慌。

「我可不能自個兒不爭氣，爲了打這麼一條魚反而送了命，」他說。「現在眼看牠就要一身光彩地浮上來了，上帝保佑我熬到頭吧。我要念一百遍『我們的天父』，一百遍『萬福瑪利亞』。不過這會兒我可沒法兒念。」

就當念過了吧，他想。回頭我再補念好了。

正在這當兒，他覺得兩手拉著繩子上忽然有一陣猛撞猛扯，來勢又急、又狠、又壓手。牠用牠的長劍嘴往鐵絲箍上敲打呢，他想。一定會有這一著的。牠非這麼幹不可。不過這一來牠或許會跳起來，我可情願牠現在還照樣打轉兒。剛才牠要呼吸空氣，必須跳那幾下。可是吸足了氣以後，再跳一回，鉤子扎的傷口跟著要拉大一回，越拉越大，牠就越會甩掉鉤子了。

「魚，別跳啦！」他說，「別跳啦！」

魚又往鐵絲上戳了好些次，每次魚甩頭去戳，老頭便放一小截兒繩子下水。不能給牠再添疼痛，他想。我疼了沒關係，我自己管得住。牠疼起來要發狂的。過了會兒，魚不戳鐵絲了，又開始慢慢打轉兒。現在老頭緩緩地收繩子上來，但他再次覺得發暈。他用左手掬了些海水澆頭，接著又澆了些，還揉了揉脖頸兒。

「我沒有抽筋，」他說。「牠快上來了，我撐得住。哼！你就得撐著，這還用說！」

他跪下來靠著船頭，又把繩子套到肩上背了一陣。他想好了：這會兒牠轉圈兒我得要歇歇，等牠靠近了，我再站起來收拾牠。

在船頭歇歇，讓魚轉個圈兒，自己連繩子也不收，那多美。但是當繩力一變，說明魚轉身向小船游來的時候，老頭就騰地立起，開始擺動肢體，左拉右拽，他這時刻收上來的繩子都是這樣到手的。

我從來沒這麼累過，他想。這會兒刮起信風了，回頭趁這股風把牠運回去才好呢。眞巴不得有風。

「待會兒等牠往外轉圈兒時，我再歇歇。」他說。「我覺得好多了。等牠再轉兩三圈兒我就捉住牠。」

他的草帽推到後腦勺兒上，當他覺著魚兜開去了，便就著繩子的去勢往船頭裡面一倒。

魚，現在你幹你的吧，他想。到那時候我再來抓你。

海水漲了不少。但吹來的是一陣晴天的和風，他回家就得藉重這樣的風。

「我把住西南方向就行了，」他說。「一個人在海上決不會迷失方向，再說那又是個伸出去挺長的海島。」

在第三個圈上，他才看見了魚。

他起初只看見一大片黑影，牠過了很久才給船底下過去，長得簡直叫他不能相信。

「不！」他說，「牠不會那麼大！」

但牠就是有那麼大。轉完這一圈，牠浮到離船才三十碼的水面上。這時候老頭看見了牠出水的尾巴，比大鐮刀的刀身豎起來還高，在深藍的水上顯現出一種淡淡的紫色。尾巴一路向後拍水，因爲魚緊貼在水面下，老頭看見牠那巨大的軀幹和有上的紫色條紋。牠的背鰭垂著，寬闊的胸鰭完全鋪了開來。

在這一圈上，老頭瞅見了魚的眼睛，還有圍著牠游來游去的兩條灰色小魚。兩個小東西忽而依偎著牠，忽而溜開，忽而在牠的庇蔭下嬉戲自得。每條小魚都是三英尺多長，牠們游快了就像鰻魚那樣全身扭擺著。

現在老頭身一直冒汗，但不是曬熱了，而是別的緣故。魚每次平平靜靜地轉圈兒，他都收回來些繩子，他有把握再把兩圈就能鑽個空子，把魚叉扎到魚身上。

「沉住氣，憋足勁兒，老頭兒。」他說。

下一圈上，魚背露出來了，但牠離船還太遠了點兒。再下一圈，牠仍然太遠，不過牠更加聳出了水面。老頭相信，再收些繩子，就可以叫牠靠攏過來了。

他早已備妥魚叉，繫叉的一盤輕巧繩子裝在圓籃子裡，繩尾拴在船頭纜樁上。

這時候，魚正在轉圈兒過來，又安詳又漂亮，只有大尾巴划動著。老頭拚命把牠往船邊拉。不過一剎那的工夫，魚身偏了一下，馬上牠就扳正，開始又轉一圈。

「我牽動牠了，」老頭說。「剛才我牽動牠了。」

他現在又覺得頭暈，但他盡量對大魚保持著牽制力。剛剛我牽動牠了，他想。或許這回我能把牠拉過來。手，兩隻都來拉吧。腿，兩邊都站穩吧。頭，幫我幹到底、幫到底吧。往常你根本沒出過毛病，這回我要把牠拉過來。

然而，當他打起全副精神，早在大魚靠攏以前就動手，使出渾身的力氣來拽的時候，魚只被拽過來半段路，接著牠便扳正方向，游開去了。

「魚啊，」老頭說。「魚啊，你反正過會兒就得死的，你非要把我也整死是嗎？」

這樣可什麼也辦不成，他想。他的嘴乾得說不了話，但這會兒又騰不不出手去搆水。這一回我一定要把牠拽過來，他想。魚要再轉很多圈兒的話，我可不行了。不，你行，他給自己打氣。你永遠行。

下一圈上，他差點兒成功。但是魚又扳正了方向，慢慢游開去了。

魚，你是在整死我，老頭想。不過你夠格這麼做，兄弟，我從來沒見過什麼東西比你更龐大、更漂亮、更沉著、更高尚了，快來弄死我吧。究竟是誰弄死誰，我不在乎了。

現在你頭腦糊塗啦，他想。你得保持頭腦清楚。要保持頭腦清楚，要懂得即使如何受苦也要像個男子漢的樣子。或者說，像個魚的樣子，他想。

「頭，清醒起來吧，」他說，聲音小得自己也幾乎聽不見。「清醒起來吧。」

魚又轉了兩圈，結果也一樣。

眞不知道我撐不撐得下去，老頭想。他已經落到每回都覺得自己要昏厥的地步。不過，我還要試一次。

他再試了一次，他把魚拉轉來的時候，覺得自己快要昏倒。

魚扳正身子，在半空中擺著大尾巴，又慢慢游開去了。

我還要試一下，老頭自己告訴自己，雖然他的兩手已經磨爛了，眼睛也只是間或一陣陣才看得清東西。

他又試了一次，結果還是一樣。那麼，我再試一回吧，他想。只是他還沒動手就覺得要昏過去了。

他的一切痛苦、他的殘餘體力、他久已失去的自尊心，這回他都調動起來了，對付大魚臨死前的猛力掙扎。魚側過身來，輕輕地偏著身子游動，牠的長嘴幾乎要碰著船邊。牠開始要打船這兒過去了，身子那麼長，那麼寬，吃水那麼深，一閃閃的銀光，一道道的紫條紋，在水裡鋪得沒完沒了。

老頭擱下繩子用腳踩住，盡量往高處舉起魚叉，使出全副力氣，還繞上他新激起的勁頭，把鐵叉扎進魚的側面，恰恰扎到那翅在半空、跟老頭胸口一般高的大胸鰭後面。他覺著鐵尖刺進去了，便伏在叉把上，再往深處推擠，然後用全身重量頂進去。

這一下，死亡來到內臟，魚驚活了，從水裡跳起老高，現出牠全身無比的長度和寬度、牠全部的力與美。牠像是掛在半空中，掛在船上這老頭頭頂上似的。接著嘩啦一聲，牠跌入水裡，把浪花濺了老頭一身，濺了一船。

老頭暈忽得難受，看不清東西。但他還是抖開叉繩，從兩隻蹭掉了皮的手裡慢慢往外放。當眼前不發黑的時候，他看見魚仰翻著，銀亮的肚子朝了天。叉把子成斜角地從魚的前背伸出來，海也給牠心臟裡流出的血染紅了。這血起先在一英里深碧藍的水裡黑沉沉的，像一片沙洲。隨從它就雲彩似地鋪了開來。魚身銀亮，靜靜地隨著波浪飄擺浮沉。

在眼前清楚的一陣子，老頭四下裡仔細看了看；然後他把叉繩在船頭纜樁上繞了兩圈，便低下頭來用兩手捧著。

「叫頭腦一直清楚著吧，」他靠著船頭木板說。「我是個累壞了的老頭兒，不過我扎死了我這個魚兄弟，現在我得幹苦工啦。」

這會兒我得備下繩子跟活套，好把牠綁到船邊上，他想。即使只有我們兩個，即使先給船裡灌水裝上牠再舀出水去，這隻小船也容不下牠。我得樣樣備齊了，才拽牠過來綁牢實，然後支起桅杆扯上帆，往回路去。

他動手去拉，要把魚拽到船邊上，這樣就可以給牠穿根繩子，打從鰓裡進去，從嘴裡出來，把魚頭貼著船頭綁牢。他心裡在說，我想看看牠，碰碰牠，摸摸牠。牠是我到手的財運，他想。不過我想摸摸牠倒不是因爲這個緣故。看來我第二次往裡推叉把的時候，就碰到牠的心臟了，他想。現在拽牠過來拴緊，給尾巴套個結，再給身子當中套一個，把牠順著船身綁上。

「幹活吧，老頭兒，」他說，喝了很少的一點兒水。「現在仗打完了，還有好些苦活得幹呢。」

他抬頭望望天，望望海裡他的魚，又用心看了看太陽。晌午才過不多會兒，他想。在起貿易風哩。這些繩子現在都不必管了，回家我跟孩子再把繩子接好。

「魚，過來。」他說。但是魚不來，卻給海浪顛得打滾。於是老頭把船朝牠划過去。

等船跟牠並排，魚頭碰著船頭了，他看牠那麼大，眞難相信。但他從纜樁上解了叉繩，從鰓裡穿進去，從頷縫兒裡抽出來，在長劍嘴上繞一圈，然後穿過另一邊鰓，再在嘴上繞個圈，把兩股繩子打了結，繫到船頭纜樁上。末了，他截下一段繩子，上船後艄去拼緊魚尾巴。魚已經從原來的銀裡帶紫，變成一色銀白了。身上的條紋，跟尾巴一樣是淡紫的，比人伸開五指的一隻還寬。魚的眼睛有種遺世獨立的神氣，像潛望鏡裡的斜面鏡，或者像宗教遊行隊伍裡的一個聖徒似的。

「當時只有那麼辦，才能叫牠送命。」老頭說。喝了水，他覺得好些，知道自己不至於昏過去，頭腦也清楚。看牠那模樣，有一千五百多磅吧？他想。搞不好還重得多。拿出三分之二來，切洗乾淨，賣三毛錢一磅，一共多少錢呢？

「得有支鉛筆才好算，」他說。「我的腦袋瓜子還沒那麼清楚。不過大棒球明星狄馬喬今兒想必會爲我得意的。我打這條魚，倒沒有雞眼的麻煩，可是手啊背啊也疼得夠嗆的了。」不知道長雞眼是什麼滋味，他想。說不定自己長了雞眼還不知道呢。

他把魚綁到船頭上、船尾上、當中的座板上。魚那麼大，像是在小船旁邊綁了一條大得多的船。他割下一截兒繩子，把魚的下頷頂著上頷扎緊，這一來魚嘴就不會張開，一船一魚就可以盡量利索地往前航行。隨後他豎起桅杆，打滿補丁的布帆既有一根棍子做上桁，又安上下桁，便隨風兜滿，船也開始移動，帶著他半躺在船後艄，逕向西南去了。

用不著羅盤來告訴他哪兒是西南，他只消覺得貿易風吹著，看見船帆鼓著就成了。我最好扔一根小繩子到水裡，上面栓個勺兒鉤[37]，試試撈點兒吃的，也吸收些水分。但他找不著勺兒鉤，他那些沙丁魚都壞了。因此路過馬尾藻的時候，他用拖鉤撈些來一抖，藻裡的小蝦就紛紛掉到船板上。有十好幾隻蝦殼蝦尾都嚼進肚裡。蝦子很小，但他知道有滋養，味兒也不錯。

老頭的瓶子裡還有兩口水，他吃完蝦子喝了小半口。要是把拖累和障礙算上，船走得不慢了。他在路肢窩裡夾住舵把子，掌著方向。魚在旁邊，看得見的，而且他只要瞅瞅他的兩隻手，感覺到背脊靠著船艄也疼，就明白這番經過一點兒不假，不是做夢。

先前事快結束，他暈得難受的那一陣，他還以爲是場夢。接著，看見魚跳出水面來，在跌落以前那麼一動不動地懸空掛著，他實在覺得太離奇，不相信是真事。現在他看東西雖然跟往常一樣清楚，但當時可看不清。

現在他知道魚就在眼皮底下，知道他的手、他的背都不是夢影兒。手上的傷很快會收口，他想。我讓兩隻手出血都出乾淨了，鹹水會把手治好的。道地的海灣水，藍得發青，是天下再靈不過的藥了。我必須做到的事，不過是保住頭腦清醒。兩隻手已經盡了本分，我們走海路也走得不錯。魚的嘴巴閉著，尾巴上下筆直地豎著，我們像哥倆好似的一路往前去。這時候頭腦有點兒糊塗起來了，他想，是魚在帶我回去呢？還是我在帶牠回去呢？要是我把牠拴在後面拖著走，那就沒有問題；要是魚給弄得毫無尊嚴地窩在船上，那也沒問題；但魚跟老頭的船是並排捆著，一起航行的。所以老頭想，牠要樂意就讓牠帶我回去吧，我只是要了花招才比牠強，其實牠沒存心要害我的。

一船一魚走得挺好。老頭把手浸在鹹水裡，努力要保持清楚的頭腦。天上高高堆著積雲，再上面是好些卷雲，老頭因此知道今兒一夜都會有好風。老頭不斷朝著魚望望，好叫自己放心確實是捉住牠了。這是第一條鯊魚來攻牠的前一個鐘頭的事。

---

37 勺兒鉤是在鉤把兒上安一個金屬片或貝殼做的假餌，形狀橢圓，像喝湯用的勺兒；鉤子投入水裡，這圓勺就繞著鉤把兒旋轉，誘魚上鉤。老頭想到勺兒鉤，是因為他沒有活餌可用了。

鯊魚不是偶然跑來的。當那片烏雲般的鮮血沉下去，在一英里深的海裡散開的時候，牠就從下面的深水層奔上來了。牠滿不在乎地急速浮起，馬上就撐破湛藍的水面，到了陽光下。過了會牠又鑽回海裡，重新嗅到血腥氣，開始順著這一船一魚的航線往前追。

有時候牠失去了線索。但是牠會再一次找著，或者僅僅聞見一絲兒腥氣，便窮追緊趕地跟蹤而來。牠是一條很大的鯖鯊（馬科鯊），那副身段，天生便能游得像最快的海魚一樣快，而且除了頜部以外，全身都長得很美。牠的背像箭魚背那麼青，肚子銀白，身上的皮又光滑又漂亮。要說體形，牠像箭魚，只是牠有一對巨頜，這會兒閉得緊緊的，因爲牠正挨在水面下急速地游著，背鰭高高豎著不動，一路把水劈開。頜間合攏來的雙唇裡面，它所有的八排牙齒都向裡傾斜。這對是大多數鯊魚平常那種稜錐形的牙齒，倒像一個人照著鳥爪子那樣拳起來的手指頭。牠的牙齒差不多跟老頭的手指頭一般長，每顆兩側都有剃刀般鋒利的切削邊緣。這樣一條魚，天生是要捕食一切海魚的，即使那些海魚動作快、身子壯、武器好，除牠以外，別無敵手。現在牠嗅到了更新鮮的氣味便加緊趕來了，青色的背鰭不斷地把水劃開來。

老頭看見牠來，知道這是一條毫不害怕，想幹啥就幹啥的鯊魚。他一邊預備魚叉，繫上叉繩，一邊盯著看鯊魚奔來。可惜繩子短了點兒，因爲給他截了好些去捆魚了。

老頭的頭腦現在挺好挺清楚，他滿懷決心，但卻不抱什麼希望。先頭那件事太好了，就長不了，他想。看見鯊魚逼近，他瞅了瞅他的大魚。說不定那本來就是個夢，他想。我攔不住牠來攻我，不過我或許能打中牠。Dentuso（尖吻鯖鯊），他想，叫你媽不得好報。

鯊魚急忙撲向船後艄，牠去啃魚的時候，老頭看見牠的嘴巴張得那麼大，兩隻眼睛那麼奇特，牙齒直往魚尾近處的肉裡那麼嘎吱嘎吱地咬過去。鯊魚的頭伸出水面，脊背也露了出來。老頭聽見大魚皮肉被撕開的聲音，當時他手拿魚叉正朝鯊魚頭部捅下去，捅在兩眼間的橫線跟那道從鼻子往上去的直線相交叉的地方。這兩道線其實是沒有的，只有很笨重的，前面尖、顏色青的一個頭，大大的一對眼睛，還有咬得嘎吱響的、伸出去吞噬一切的頷部。但那交叉點正是腦子的部位，被老頭扎中了。他用兩隻血糊糊的手來扎，使出全身力氣將一把好鐵叉往裡杵進去。他扎的時候不存希望，但很堅決，可下足了狠心。

鯊魚翻過身來，老頭看見牠眼裏已經沒有了活氣，接著牠又翻了個身，給自己身上纏了兩圈繩子。老頭知道牠死了，可是鯊魚還不甘心。這時候，雖然仰天倒著，鯊魚還甩打尾巴，咬得頷骨格格地響，像個快速汽艇那樣一逕揚水過去。水被牠的尾巴打起一片白浪花，牠的身子有四分之三露在水上，把繩子越繃越緊，繃得繩子發顫，終於啪地斷了。在老頭的注視下，鯊魚靜靜地在水面漂了不多一會兒，然後慢悠悠地沉了下去。

「牠啃了四十來磅肉，」老頭講出聲來。牠把我的魚叉跟整條繩子也帶走了，他想。現在我的魚又在出血，別的鯊魚還會來的。

自從大魚傷殘了以後，他就沒心再瞧牠了。魚給咬著的那陣子，他彷彿自己給咬了似的。

不過，我扎死了咬我這條魚的鯊魚，牠是我見過的最大一條鯖鯊。上帝見證，大鯊魚我見過好多好多呢。

先頭那件事太好了，就是不能長久下去，他想。現在我倒情願那是一場夢，情願我沒有出海釣住大魚，仍然獨個兒墊著報紙睡在床上。

「人可不是造出來要給打垮的，」他說。「一個人可以被毀滅，卻不能被打敗。」儘管這樣，我打死大魚，心裡也不好受，他想。艱難的時候眼看要來了，但我連魚叉都沒有。那條鯖鯊心腸毒，本事大，又強壯，又聰明。不過我比牠還要聰明。怕也未必吧，他想。也許是我武裝得好點兒罷了。

「別想啦，老頭兒，」他自言自語。「按這個道兒往前划船吧，有什麼事就迎上去。」

不過我還得想，他心裡在說。因爲我就只剩下這件事好做的了。再就是惦著棒球賽。不知道偉大的狄馬喬要見了我扎中牠腦子那一手，喜不喜歡？那沒什麼了不起，誰都會幹，他想。不過，依你看，我的手疼跟長雞眼一樣礙事嗎？我可沒法兒知道。我的腳後跟從來沒出過毛病，只有那回我游泳踩了一條魟魚，給牠刺了一下腳後跟，連我的小腿都發麻，眞是疼得不得了。

「想點兒高興的事吧，老頭兒，」他說。「現在你一分鐘比一分鐘離家近了。丟了四十磅，船走起來還輕鬆些。」

他明白船到了洋流最裡面會出什麼麻煩，但是現在沒有辦法好想。

「不，有辦法，」他冒出聲來，「我可以把刀綁在一支槳把兒上。」

他用胳肢窩夾住舵柄，一腳踩住帆底繩，騰出手來綁好了刀。

「行！」他說。「我仍然是個老頭兒，不過我不是空手沒帶傢伙的了。」

這會兒風大了點兒，船往前走得挺順當。他只望著魚的上半身，他的希望又有些活了。

不抱希望就太死心眼兒了，他想。另外呢，我看不抱希望也是樁罪過。唉，別去想罪過吧，他心裡在說。就是不提罪過，現在問題也夠多的啦，再說我也不懂罪過什麼的。

我不懂，我也未必相信眞有罪過這個東西。打死大魚或許是樁罪過，就算那是罪過吧，即使我那麼做是要養活自己，供應別人。不過，要那麼說，什麼事都是罪過了。別去想罪過吧，現在來想，也晚得沒救啦。另外還有些人領了俸錢專門去琢磨罪過的呢。讓他們去想吧。你天生要做個打魚的，就像大魚天生要做一條魚那樣。聖彼得羅是個打魚的㊳，偉大的狄馬喬的爸爸也是。

不過，凡是他有牽扯的事，他都愛想想。既然沒有報看，沒有廣播聽，他就想了不少，還繼續往罪過上頭去想。你打死大魚，不光是爲了維持生活，爲了賣給人吃，他想。你打死

---

㊳ 西班牙語的「彼得羅」就是耶穌十二門徒之一的彼得。《新約》〈馬太福音·第四章〉說，彼得和弟弟安得烈跟從耶穌前，本來「在海裡撒網，他們本是打魚的」。因此聖彼得在基督教國家成了漁夫特別敬奉的護佑聖徒。

牠，是顧著自尊心，是因為你當了個打魚的。牠活著的時候你愛過牠，死後你也愛過牠。要是你愛牠，把牠打死就不算罪過；還是相反，罪過更大呢？

「你想得太多啦，老頭兒！」他說出聲來。

可是你扎死那條鯖鯊倒覺得很痛快，他想。其實牠跟你一樣，是靠活魚過日子的。牠不吃臭魚爛蝦，也不像有的鯊魚那樣只顧塡飽肚子。牠很美，很高尙，什麼都不怕。

「我是爲了自衛才把牠扎死的，」老頭自言自語，「我扎得很到家。」

再說，他想，世界上總是一物尅一物，這樣那樣地殺。打魚的行業養活了我，同樣也要叫我死在這上頭。其實，他想，是孩子在養活我，我決不要自己瞞自己，瞞得太過分了吧。

他向船外彎下身去，在鯊魚咬過的地方撕了一塊魚肉。他嚼一嚼，覺得是上等肉，滋味好，又結實又有汁兒，跟牛羊肉一樣，不過顏色不紅罷了，裡頭沒什麼筋頭好挑剔的。他知道上市能賣最大的價錢，就是沒法兒讓這肉香味兒不散到水裡去，所以老頭明白，非常糟糕的時候快到了。

和風一直沒停。它更往東北逆轉了點兒，他知道這意思是說風不會小下來。老頭向前望去，既不見點點帆影，也不見輪船現出船身，噴冒黑煙。只有些飛魚從他船頭的水面下躍起，向兩邊滑翔而去，再就是褐黃色的一叢叢馬尾藻。他連隻鳥都沒看見。

小船走了兩個鐘頭，他在船後艄歇著，一時吃點兒馬林魚的肉，盡量休息休息，恢復體力。就在這當兒，他看見了兩隻鯊魚當中的第一隻。

「Ay（哎）！」他叫了。這個詞沒法譯得傳神，也許只是像一個人感到釘子穿透他的兩手，釘進木頭去的時候，會不由得喊出的一聲吧。

「Galanos！」他喊出了聲音來。他已經瞅見第一個魚鰭的後面，現在露出了第二個魚鰭。他從那褐色的三角鰭和尾巴大幅度的甩動上，認出這是兩隻雙髻鯊。牠們聞出味兒便興奮開了，在餓極糊塗的時候，牠們忽而迷失了氣味的方向，忽而又重新找到。但牠們總在逐漸靠近了。

老頭把帆腳的繩子繫牢，又塞緊了舵把子。接著他拿起了綁著刀的那支槳。因爲兩手嫌疼，不聽指揮，他舉槳舉得盡量地輕，還讓兩手握槳的時候輕輕地張合幾下，讓手鬆活鬆活。然後他才把手合攏來死攥著槳，使手能忍著痛，不往回縮。同時他望著兩條鯊魚游來，這會兒已經看得見牠們那又扁又寬、鏟尖似的頭，那上梢發白的大胸鰭。這是一種氣味難聞、很討人厭的鯊魚，既是嗜殺成性，又愛吃腐臭的東西，餓的時候連船槳船舵都要啃。海龜在水面上睡熟了，跑去咬掉海龜腿腳的就是這些鯊魚。牠們餓起來會向游泳的人進攻，即使人身上不沾魚的腥氣，沒有魚皮的黏液也一樣。

「喂，」老頭說。「過來呀，鯊魚們。」

牠們來了。但牠們不像鯖鯊那樣正面過來。其中一條轉身鑽到船底下不見了，但牠把大魚豎撕橫扯，扯得船身直搖晃。另一條鯊魚用牠細縫似的黃眼睛望望老頭，就張開半圓的嘴奔來，向大魚身上已經給咬過的地方撲去。牠褐色的頭頂和前脊上，在腦子和脊髓相連的部位，清清楚楚現出一道紋路。老頭舉起槳上綁的刀，朝這連結處戳進去，抽出來，再戳進鯊魚那像貓一樣瞇起的黃眼睛裡。鯊魚放開了魚肉，滑下水去了，臨死還吞咽著到嘴的東西。

剩下的那條鯊魚在死命地撕咬著大魚，所以船還搖晃。老頭解了帆腳繩，讓船一下子橫開，魚就打船底下露出來了。他一見鯊魚，立即從船邊給牠一刀。他只扎到肉上，鯊皮太硬實，進刀很淺。這麼一扎，倒使他不但兩手，連肩膀都很疼。但是鯊魚馬上又浮起露頭了，這回老頭趁牠鼻頭冒出水面，向大魚下手的時機，不偏不倚，正戳到牠那平頂腦袋的中心。老頭抽回刀，照準鯊魚那個要害再扎下去。牠卻仍然緊貼著大魚，兩顎卡在肉裡，老頭便刺牠的左眼。鯊魚還貼在那兒。

「不走？」老頭說。他把刀尖朝牠椎骨和腦子中間兒插進去。這兒下刀方便，他覺著軟骨斷了。老頭給槳倒轉個頭，把槳片捅到鯊魚嘴裡去撬開兩顎。他把槳片來回扳轉幾下。當鯊魚鬆了口滾下去的時候，他說：「再往下滾，這傢伙，滾他一英里深，滾去看你那個朋友吧，搞不好那是你媽呢。」

老頭擦了刀面，放下了槳。然後他重新繫上帆腳繩，帆鼓起來了，他便將船撥回原來走的方向。

「這兩條鯊魚一定吃了牠四分之一的肉，最好的肉，」他出聲地說。「還不如當初是做夢，我根本沒把牠釣上來呢。魚啊，這很對不起啦，這一來全亂了套了。」他把話打住，現在他不想再朝魚看一眼。牠呢，血流盡了，給海水沖打著，看上去成了鏡子襯底的銀白色，不過身上還現著條紋。

「魚，我本來不應該出海這麼遠，」他說。「遠得害了你也害了我。對不起，魚。」

喂，喂，他提醒自己，你要注意綁刀的繩子，看它磨斷沒有；再把你的手治好，因為還會有麻煩來呢。

「要有塊磨刀石就好了，」老頭檢查了槳把上的繩子以後說。「我應該帶塊石頭來。」你應該帶的東西多著呢，他想。可你沒帶，老頭兒。現在顧不得去想船上沒有的東西，想想你用船上現有的可以幹點兒什麼吧。

「你給我提了不少好意見，」他講出聲來，「不過我聽厭了。」

船往前走著，他用胳肢窩夾住舵柄，把兩隻手都泡在水裡。

「天曉得後來那條鯊魚吃了多少，」他說。「這會兒船倒是輕多了。」他不願想想魚朝下那一邊給啃得七零八落的慘狀。他知道那條鯊魚每回顛得船打晃，就有一塊魚肉撕掉了，也知道魚肉現在給所有的鯊魚留下了一溜兒香味，寬得像穿海的大路一樣。

這條魚夠一個人吃一冬的，他心裡在說。別想這個啦，歇歇吧，把兩隻手養得像個樣子，好保住剩下來的魚肉。現在水裡有那麼大的氣味，我兩手的血腥氣不算什麼。再說手上出的血也不多。傷口沒一個算得了一回事兒的，出了血倒可以免得左手抽筋。

現在我有什麼事兒可以想的呢？他心裡在問。沒有。我千萬別想什麼，就等下一撥鯊魚來吧。我倒情願當時那是一場夢，他想。但誰知道呢？本來那也可能結果不錯的。

接下來的，是單獨一條鏟鼻鯊。牠像豬奔食槽似地跑來，要是豬的嘴有那麼大，你可以把腦袋都伸進去的話。老頭先由著牠去咬魚，再把槳上的刀扎進牠的腦子。但是鯊魚滾下海的時候向後猛一扭，刀面啪地一聲斷了。

老頭坐下來掌舵，他甚至不看鯊魚在水裡慢慢沉下去。起先牠跟原來一般大，過後小些了，再過後就只一丁點兒了。這種景象，老頭一向看得著迷，但這回他卻看也不看。

「我現在還有拖鉤，」他說。「可惜它不太頂用。我還有兩支槳、一個舵把、一根短木棒呢。」

這幾撥兒把我打敗了，他想。我太老，三棍兩棒揍不死鯊魚的。

不過，只要有槳有短棒有舵把，我還要試試。

他再把兩手伸進水裡泡著。快到晚半晌兒了，除了海天茫茫，他什麼都望不見。

天上的風比先前大，他盼著能很快見岸。

「你累了，老頭兒，」他說，「打從心裡累了。」

臨日落前，鯊魚才再次來襲擊。

老頭看見兩條鯊魚露著褐色的鰭趕來，想必是順著魚肉散布在水裡的一路氣味來的。牠們在這無形的蹤跡上連找都不找，就並排直奔小船游來了。

他塞緊舵把，繫牢帆腳繩，伸手到船艄下頭取木棒。那是從一支破槳上鋸下來的槳把子，大約兩英尺半長，要一隻手拿著才好使，因爲槳把子上有個把手。他窩起右掌抓緊把手，一面望著來的鯊魚。兩條都是雙髻鯊。

我得讓第一條把魚肉咬緊了，才朝牠的鼻尖上打，要麼直衝牠頭頂上打，他想。

兩條鯊魚一塊兒逼上來。看見離得最近的那一條張開兩顎，埋進大魚銀白色的肚子裡，他便將木棒舉高，對著鯊魚的寬頭頂砰地狠砍下去。木棒落處，他覺著那像橡皮般厚墩墩的，也覺著骨頭硬梆梆的。他再朝那鼻尖猛擊，鯊魚才從魚肉上哧溜下海。

另外，那條鯊魚吃了又跑開，這會兒再次大張著兩顎過來了。牠撲到大魚身上，合攏兩顎的時候，老頭看見碎肉從牠嘴角白生生地嘟嚕出來。老頭一棒只打著牠的頭，鯊魚瞅他一眼，又扯下一塊肉。牠正溜開去吞食呢，老頭再朝牠掄下一棒，可是只砍到那橡膠般粗鈍的厚皮上。

「來吧，」老頭說，「再來吃吧。」

鯊魚往魚肉上衝來，老頭見牠兩顎咬攏就揍。他把木棒盡量舉得高高地，從高處結結實實地劈下去。這回他覺得打到了腦底骨上，他朝那兒再打，鯊魚才緩一緩地拽了塊肉，從大魚身上滑下去了。

老頭望著，等牠再來，但是兩條鯊魚都沒了影兒。不一會兒，他看見有一條在水面上打轉兒，卻沒見另一條露出鰭來。

我不能指望把牠們打死，他想。那是我當年才做得到的。不過，我把牠們兩個都傷得不輕，哪一個也不會覺得好受了。我要是有根棒球棒可以兩手握住，準能打死第一條鯊魚，哪怕是現在，他想。

他不想再看大魚，知道牠已經給消滅了一半去了。

就在他跟這些鯊魚搏鬥的時候，太陽已下山了。

「天馬上要黑了，」他說，「那時候我該瞧得見哈瓦那亮成一片了。要是我還偏東，就會看見新海灘的燈火。」

我現在離岸不會太遠了，他想。希望誰都沒有過分替我著急。當然啦，只有孩子會著急。不過他一定會有信心。上點兒歲數的漁夫，有好些會著急，還有很多別的人也會這樣，他想。我住的是一個和善的小鎮。

他不能再跟大魚講話了，因爲魚給糟蹋得太厲害。後來他腦袋瓜裡起了個念頭。

「半截的魚啊，」他說，「本來的整條魚啊，我懊悔出海太遠了，我把咱們倆給毀了。可是你我兩個打死了不少鯊魚，還把不少打成了殘廢。魚老弟，早先你把牠們戳死過多少？你嘴上那把劍可沒有白長的。」

他愛想著這大魚，想牠要是自由地在海裡游，會怎麼收拾鯊魚。我本該砍下牠的劍嘴，用來打鯊魚的，他想。可惜當時沒斧子，後來連刀也沒有了。

要是我有，要是能把劍嘴綁在槳把子上，那是多棒的武器。那咱們就可以一起打牠們啦。但要是牠們夜裡來，你沒什麼武器怎麼辦？你能做些什麼？

「跟牠們拚，」他說。「我要跟牠們拚到我死。」

但是這會兒四處漆黑，不見大片的亮光，不見燈火，只有風在吹著，船帆一直在鼓著，他覺得他似乎已經死了。他合起兩手，看看掌心有什麼感覺。手沒有死，只要把手一張一合，就活生生地疼。他將脊背靠著船艄，知道自己沒死。這是肩膀告訴他的。

我還有禱告要念呢，我許過願捉住大魚就要念的，他想。不過現在我太累，念不了。最好把布口袋找來，蓋在肩膀上。

他躺在船艄掌舵，眼巴巴地等著那片亮光透出天邊。我還有半截魚，他想。或許我碰運氣能把上半截兒帶回去。我應該交點兒好運。不，他說，你出去太遠，破了你的好運啦。

「別胡想了，」他講出了聲。「醒著，把好舵，說不定你還會交上不少好運哩。

「要是有什麼地方賣好運，我倒想買些。」他說。

我拿什麼去買呢？他問自己。可以拿一把丟失了的魚叉、一把破刀、兩隻壞手去買嗎？

「本來你是可以的，」他說。「你本來想拿你接連出海的八十四天去買，人家也差點兒賣給你了。」

我決不要瞎想了，他心裡說。好運氣這個東西，是裝成好多樣子來的，誰認得出呢？不過，隨便哪個樣子的，我想買點兒，要什麼價我都照給。我巴不得能看見那一大片電燈的亮光，他想。我巴望的事兒太多了，但那是我現在巴望的東西。他盡量把身子靠得舒服些好掌舵。既然身上還疼，他知道自己沒死。

晚上，想必是十點來鐘，他看見了哈瓦那城裡電燈映在天上的反光。起初這只是依稀可辨，像月亮升起以前天上的一抹淡白。過後，風越來越大，隔著波濤滾滾的海面，燈光已經明擺著可以看見。他把船駛到這片亮光裡，他估計船馬上要到暖流的邊沿了。

現在仗打完了，他想，牠們大概還要來攻的。可是天這麼黑，又沒件武器，一個人怎麼能抵擋呢？

他這時候身體又僵又疼，他的傷口、他疲勞過度的周身關節都給夜裡的寒氣砭得作痛。希望不必再打了吧，他想。眞希望不必再打了。

但是到了半夜他又打了，雖然這回他明知打也無用。牠們來了一大票，他只看見鯊鰭在水裡劃出的一道道波紋，還有牠們向魚肉撲去、身上閃現的磷光。他抄起木棒，朝牠們頭上打去，聽見牠們在船底咬住大魚的時候，顎牙叩切的聲音、船身顚動的聲音。他照著他只能觸到聽到的地方，一棒棒拚命掄下去，可是覺得木棒給什麼東西咬住，從此就丟了。

他從舵上撥下舵把子，拿來再打再劈，兩手握著它往下砍了又砍。但這會兒牠們正圍著船頭，先是一個跟一個，後來就全擠上去咬。等牠們轉身再來的時候，便把在海面下熒熒發光的那塊魚肉都撕走了。

當有條鯊魚來啃魚頭時，他知道魚肉全完了。魚頭笨重，扯不動，鯊魚的兩顎陷在裡面，他趁此揮起舵把子朝鯊魚腦袋猛砍，砍了一下、兩下，又一下。他聽見舵把子斷裂了，便拿這裂開了的木把子去扎鯊魚。他覺得木把子戳了進去，他知道它很尖利，所以用它再往裡扎。

鯊魚於是扔下了魚頭，一骨碌逃開。

牠是這一票裡面最後的一條鯊魚，再沒什麼讓牠們吃的啦。

老頭這一下累得幾乎喘不過氣來，覺得口裡有種特別的味道。是銅腥味，有點兒甜，他擔心了一陣。但是這味道不多。

他朝海裡啐了一口，說：「把這個吃下去，鯊魚們。再去做個夢，夢見你們害死了一個人吧。」

他知道他現在給打敗了，敗得徹底，沒法挽救了。他回到船艄，發覺舵把子裂成鋸齒似的那一頭插進舵槽挺合適，他還可以用來掌舵。他把布口袋圍好兩肩，把船撥回原道兒。現在船走得很輕快。他什麼都不想，什麼感覺也沒有，如今什麼都無所謂了。他駕船駛回家鄉的港口，駕得盡量穩當，盡量用心。夜裡，鯊群又來襲擊大魚的殘骸，就像有的人撿餐桌上的麵包屑一樣。老頭根本不理會牠們，除了掌舵，什麼都不注意。他只體會到，現在邊上沒有很重的東西，船走得多輕便，多自如。

船挺不錯，他想。它好好的一點兒也沒壞，只不過舵把子折了，那容易換過。

他覺出已經到了海流裡面，他看得見沿岸那些海邊小漁村的燈光，他知道這會兒他在什麼地方，回家不算回事兒了。

不管怎麼說，風是我們的朋友，他想。接著又補了一句：有時候它是。還有大海，那兒有我們的朋友，也有我們的敵人。還有床，他想。床是我的朋友，就是個床，他想。床可是個好東西，你給打敗，倒輕爽多了，他想。我以前不知道敗了多麼輕爽。那麼，把你打敗的是什麼呢？他想。

「什麼都不是，」他冒出聲來，「我出海太遠了啊！」

船駛進小港灣的時候，餐館的燈已經滅了，他知道大家都在睡覺。風不斷加碼，現在正吹得緊。不過港灣裡靜悄悄地，他逕自駛到亂岩下那一小片卵石海灘跟前。沒一個人來幫忙，他只好把船盡自己力氣往上划。然後他走出船來，把它拴在岩石上。

他卸下桅杆，把帆捲起、捆好，再扛起桅杆，開始爬坡。他這才知道自己已累到了什麼程度。他停了一會兒，朝後望望，從街燈投去激起的反光中，看見魚的大尾巴在船艄後面遠遠豎著。他還看見牠那慘白赤露的一條脊骨、黑乎乎一坨的腦袋和伸出去的劍顎，而一頭一尾中間卻空蕩蕩一片精光。

他再抬腿爬坡，在坡頂摔倒了，帶著肩扛的桅杆在地上趴了些時候。他掙著想起來，可很不容易。他扛著桅杆坐在那兒，瞧了瞧石子路。一隻貓打路那邊跑過去忙牠的事兒了，老頭望著牠，也望著面前的路。

最後他放下桅杆站了起來。他抬起桅杆再扛到肩上，順著這路上去。他不得不坐下來，一共歇息五次，才走到了窩棚。

進屋後，他把桅杆靠牆放好，摸黑找到了水瓶，喝了些。接著他便在床上躺下，拿毯子蓋了肩膀，又蓋了脊梁和兩腿。他趴在報紙上睡著了，兩條胳臂直伸出去，手心朝上。

上午，孩子從門口張望的時候，他在熟睡。風刮得猛，流網漁船當天不出海，所以孩子起得晚，像這兩天每天早上那樣，起床後就到老頭的窩棚來。孩子看見老頭照常呼吸著，又看見了老頭的兩隻手，他哭起來了。他輕手輕腳地出了門，去弄些咖啡來，一路走一路哭。很多漁夫圍著那隻小船瞧船邊綁的東西，其中一個捲起褲腿站在水裡，用繩子量魚的骨架。孩子沒下海灘去，先前他去過了，有個漁夫替他照顧著那隻小船。

「他怎麼辦？」這群漁夫當中的一個嚷著問。

「睡著呢，」孩子大聲說。他不在乎他們看見他在哭。「誰也別去打攪他吧。」

「從鼻子尖到尾巴有十八英尺長。」正在大量魚的漁夫喊著。

「我相信。」孩子說。

他跑進餐館，要了一罐咖啡。

「熱的，多放牛奶多加糖。」

「還要什麼嗎？」

「不要了，回頭我再看看他可以吃點兒什麼。」

「多大的一條魚啊，」老板說。「從來沒見過這麼樣的一條魚，你昨兒打的兩條魚也挺好的。」

「我那些該死的魚。」孩子說，又哭起來了。

「你要來點兒什麼喝的嗎？」老板問。

「不必啦，」孩子說，「告訴他們別去打擾桑提亞哥，我一會兒再來。」

「跟他說我多麼同情他。」

「多謝！」孩子說。

孩子捧了一罐熱咖啡到老頭的窩棚，在他身邊一直坐到他醒。有一會兒眼看他就要醒似的，但隨即又墜入了沉睡。孩子到對街借些木柴來熱咖啡。

老頭終於醒了。

「別坐起來，」孩子說，「先喝這個。」他在玻璃杯裡倒了些咖啡。

老頭接過來就喝。

「牠們把我打敗了，馬諾林，」他說，「眞的把我打敗了。」

「牠可沒打敗你，那條魚沒有。」

「牠確實沒有，那是後來的事。」

「佩利克在照顧船跟東西，您想拿魚頭幹嘛用呢？」

「讓佩利克把它剁了釣魚用吧。」

「那個長劍嘴呢？」

「你要你就留著。」

「我要。」孩子說。「現在咱們得計劃一下別的事啦！」

「大家找過我嗎？」

「當然啦，派了海岸警衛隊，也派了飛機。」

「海很大，船小，不容易看見，」老頭說。他體會到，有個人一塊兒講話是多麼愉快，不像單跟自己講，對著海講那樣。「我很想你，」他說，「你打了多少魚？」

「頭一天一條，第二天一條，第三天兩條。」

「很好啊。」

「以後咱倆又要一塊兒打魚啦。」

「別，我不走運，我再不會走運了。」

「讓運見鬼去吧，」孩子說。「我會把運氣帶來的。」

「你家裡會怎麼說呢？」

「那我不管了。昨兒我捉住兩條，不過現在咱們要一塊打魚了，因為我還有好些東西要學的呢。」

「咱們得弄一支好標槍，老帶在船上，你可以從舊福特車上拆一片弓子彈簧片做槍頭。咱們可以到瓜納瓦科阿[39]去把它磨一下。應該把它磨得飛快，沒有燒煉過，就不容易斷。我的刀就斷了。」

「我再弄一把刀來，也把彈簧片磨好。這麼大的東北風要刮多少天？」

---

[39] 瓜納瓦科阿，古巴的輕工業城市，在闊希馬爾以西一英里處。

「或許三天，或許更長。」

「我會把事情統統辦好的，」孩子說。「您把兩隻手養好吧，老頭。」

「我得怎麼照應手。昨兒夜裡我吐了奇怪的東西，覺著胸脯裡頭有什麼地方傷了。」

「把那個地方也養好吧，」孩子說。「您躺下來，老頭，我給您送乾淨的襯衫來了，還有吃的。」

「把我出海這幾天的報紙隨便帶些來。」老頭說。

「您得趕快養好，因爲我有不少要學的，您什麼都可以教我。您這回受了多少罪啊？」

「多著呢。」老頭說。

「我把吃的跟報紙送來，」孩子說。「您好好兒歇著吧，老頭。我會從藥店帶些油膏給您治手。」

「別忘了告訴佩利克，魚頭給他。」

「自然，我記得。」

孩子出門，順著破舊的珊瑚石路往前走，邊走邊又在哭。

那天下午，餐館有一群旅遊的客人。有個女客望著下面的水，在一些空的啤酒罐和死魚當中，看見很長一道白的魚脊梁，後面帶個特大的尾巴。東風在港灣入口外面一直掀起大浪，這東西也隨著起落搖擺。

「那是什麼東西？」她問一個侍者，指著大魚長長的脊椎骨。它現在不過是等著給潮水捲走的垃圾罷了。

「Tiburon（鯊魚），」侍者說，「Eshark[40]。」他想要解釋這是怎麼回事。

「我以前不知道鯊魚還有這麼漂亮、樣子好看的尾巴呢。」

「我以前也不知道。」和她同來的男人說。

在路那頭的窩棚裡，老頭又睡著了。他仍然趴著睡，孩子坐在旁邊望著他。

老頭正夢見那些獅子。

---

[40] 這是把英語的shark（鯊魚）念白了。以西班牙語為母語的一部分人，遇到sh這種雙輔音起首的詞，往往會在前面添個e 的音。

# 海明威訪問記❶

喬治．普林浦敦

**海明威**：你看不看賽馬？

**記者**：有時候看。

**海明威**：那你去讀一讀《賽馬的形式》……那裡面，你看得到眞正的小說的藝術。

**——一九五四年五月在馬德里一家咖啡館裡的談話**

歐內斯特．海明威是在臥室裡寫作的，他的住宅在哈瓦那郊區弗蘭西斯科．德．保拉，在住宅南角有一座方塔，那是他特地爲自己準備的一間工作室，可是他仍喜歡在臥室裡寫作，只有寫「人物性格」需要時才爬上塔室去。

臥室在底層，和住宅的主要房間相連。這兩間房子之間用一本很厚的書把門撐開，那本書寫的是「世界飛機引擎」。臥室很大，陽光充沛，窗戶朝東和朝南，白天陽光照在白色的

---

❶ 海明威不習慣當人面前談論自己的創作，所以這篇訪問記採取的方式是由記者提問，海明威作書面回答。

牆上、黃色的磚瓦地板上。

臥室分隔成兩小間，當中是一對齊胸的書架，與兩邊牆壁成直角。一小間裡放著一張又大又矮的雙人床，床腳整整齊齊排著特大號的拖鞋與運動鞋，床頭兩邊兩張小桌子上都是書，堆得高高的。另外一間有一張平面的大寫字台，一邊一張椅子，桌上整整齊齊地擺著稿紙文件和紀念品。房間最遠的一端靠著一個櫥櫃，櫃子頂上鋪了一張豹皮。其它牆邊都是排著白色的書架，書多得滑到地板上，堆在書架上面舊報紙、鬥牛期刊和橡皮帶捆著的一束束信件中間。

這些塞得滿滿的書架有一個靠東窗，離床三英尺光景，海明威把這個書架最上面一格當作「寫字台」，這一格留的空間不大，只一英尺見方，一邊是書，另一邊是一堆紙張手稿、小冊子，上面用報紙蓋著。書架上恰恰留出一塊地方放一架打字機，打字機下面鋪著一塊看書用的木板，上面有五、六支鉛筆，一塊銅礦石，那是風從東窗吹進來時鎮紙用的。

海明威從一開始就養成了站著寫作的習慣。他卻穿一雙特大號的運動鞋，踩在一張舊羚羊皮上，對著打字機和齊胸高的木板。

海明威開始寫一部作品時，總是先用鉛筆在讀書板上寫，用的是蔥皮打字紙。他在打字機左邊的帶子的板上放了一疊白紙，不時從金屬夾子下面抽紙，夾子上寫道：「花錢買的」。他把紙斜放在板上，左胳膊靠在板上，用手穩住紙，隨著年歲的增長，他寫的字越來越大，越來越顯得孩子氣，不大用標點符號，也很少大寫，常常用一個×代替句點。一張紙寫滿了，便翻過來夾在打字機右邊另一塊夾紙板上。

只有寫得又快又好的時候，或者至少對他來說寫起來方便。例如，寫對話的時候，海明威才抽掉讀書板，使用打字機。

他每天記上工作進度——「免得懵自己」——寫在紙板箱做的圖表上，圖表釘在牆上，就在瞪羚羊的鼻子底下。表上標明每天所寫的字數：四五〇，五七五，四六二，一二五〇到五一二不等，字數較多的日子，是因爲海明威增加了工作量，這樣他第二天到海灣去打魚才不致問心有槐。

海明威是個遵循習慣的人，他不使用另一隔間裡非常合用的寫字台。這張桌子雖然用起來寬敞，但也有雜七雜八的東西：一疊疊信件、百老匯夜總會賣的那種玩具獅子、裝滿各種動物牙齒的粗麻布口袋、子彈殼、一支鞋拔、獅子、犀牛、兩隻斑馬和一頭疣豬的木刻——這些東西乾乾淨淨排在桌上，當然還有書。你記得房間裡的書，堆在書桌上的、床頭桌上的、亂七八糟塞在書架上的，包括小說、歷史書、詩集、戲劇集和散文集。從書名一眼就能看出書的內容是多種多樣的。在他站在「書桌」旁、對著他膝蓋的那架書架上就有維吉尼亞．吳爾夫的《普通讀者》、班．A．威廉斯的《分裂的家庭》、《同路人作品選》、查爾斯．A．皮爾德的《共和國》、泰爾的《拿破崙侵俄》、一個署名貝吉．伍德寫的《瞧你多年輕》、阿爾登．布魯克的《莎士比亞與染匠》、鮑德溫的《非洲狩獵》艾略特的《詩集》，還有兩本寫卡士達將軍❷在小大角河戰役中敗北的書。

這間房子初看雖然亂，但再看你會發現主人大致上是整潔的，他只是捨不得扔掉東西，尤其是叫他動情的東西。有一個書架頂上放著古怪的紀念品：一隻帶孔木珠做的長項鹿，一隻小鐵烏龜，一輛機動車頭、兩輛吉普車和一艘威尼斯運河船的小模型，一隻背後插鑰匙的玩具熊，一隻手拿一副鐃鈸的猴子，一把小型吉他，一架美國海軍雙翼機（掉了一個輪子）小模型歪放在一塊圓草墊上——這堆零星雜物的質量不高，如同小男孩塞在櫥子後面鞋盒裡的小玩意兒。這些紀念品顯然有其價值，正如海明威保存在臥房裡的三隻牛角，不是因為它們大，而是他在叢林中獵獲這些東西時轉危爲安。

海明威說：「我見了這些東西心裡高興。」

海明威心裡可能迷信這類事，但他不願意談，覺得不管這些東西有什麼價值，一談就漏了氣了。他對於寫作也持同樣的態度。在這次訪問過程中，他多次強調：關於寫作技巧的問題不宜過分追究。「有一部分雖然寫得結實，但你一談就壞事了，另有一部分寫得單薄，你一談，結構就散了，你什麼都沒有了。」

結果，海明威雖然很健談，富於幽默感，對於他有興趣的問題所知甚多，但關於創作，他發現很難談。倒不是因爲他對這個問題沒有想法，而是他強烈地感到這些想法不應該說出來，你要問他這些問題，他覺得這是「搞鬼」（他最愛用這個詞），幾乎要發脾氣。

在這次訪問中，他只願在讀書板上寫下答語。有些回答語氣尖刻，是因為他強烈地感受到寫作是一種獨自進行的私人職業，作品沒到最後完成之前沒有必要找什麼證人。

海明威對藝術如此忠誠，好像與大家心目中他那種任性、活潑、四海爲家的個性不大一致。不過，問題在於海明威一方面顯然享受生活的樂趣，另一方面他對自己做的每一件事都同樣抱有獻身的精神，態度基本上嚴肅認眞，不喜歡粗漏馬虎、欺人、半生不熟的做法。

他對藝術的獻身精神最明顯表現在這間黃瓦頂的臥室裡——清早起床後，精神高度集中，站在他那塊讀書板前，只在變換站立的重心時兩腳才挪動一下，寫得順利時渾身出汗，高興得像個小男孩；一時傳不了神，他就焦慮痛苦。他眞是自我制定的記律的奴隸，到了中午前後，他才拿起一根帶節的拐杖，走出家門去游泳池。他每天游半英里。

**記者**：在實際寫作過程中，你喜歡早晨的時間嗎？

**海明威**：很喜歡。

**記者**：你能不能談談這個過程？你什麼時候工作？有沒有一張嚴格的時間表？

**海明威**：我在寫書或寫故事的時候，早晨天一亮就動筆。沒有人打優你，早晨涼爽，有時候冷，你開始工作，一寫就暖和了。你讀一遍你寫好了的部分，因爲你總是在你知道往下

---

❷ 卡士達（一八三九～一八七六），美國將領。曾在南北戰爭中建立功勛，但一八七六年在小大角河率兵進攻印第安營地時全軍覆沒。

寫什麼的時候停筆，你現在往下寫就是了。你寫到自己還有活力、知道下面該怎樣寫的時候停筆，想辦法熬過一個晚上，第二天再去碰它。比方說，你早晨六點開始寫，可以寫到中午，或者不到中午就不寫了。你停筆的時候，好像是空了，但同時你沒有空，你是滿的，這種感受好比你和你所愛的人搞過性愛之後一樣，什麼事也不會讓你不高興，什麼毛病也不會出，什麼事也不要緊，只等第二天早晨你再動筆。難就難在你要熬到第二天早晨。

**記者**：你離開打字機的時候，你能不去思考你關於寫作的種種打算嗎？

**海明威**：當然能。不過，要做到這一點得有過訓練。這種習慣，我已經練成了。不練不行。

**記者**：你重讀前一天已經寫好的部分時進不進行修改？還是等以後整部作品寫完之後再修改？

**海明威**：我每天總是把停筆之前的稿子修改一遍。全文完成之後，自然再改一遍。別人替你打了字之後，你又有機會改正和重寫，因爲打字稿看得清楚。最後一次改稿是看校樣的時候。你得感謝有這麼多次不同的修改機會。

**記者**：你修改的程度有多大呢？

**海明威**：這就視情況而定了。《戰地春夢》的結尾，也就是最後一頁，我改寫了三十九次才滿意。

**記者**：這裡有什麼技巧問題沒有？你感到爲難的是什麼呢？

**海明威**：尋找準確的字眼。

**記者**：你重讀的時候是不是會激起你的「活力」？

**海明威**：重讀的時候正是你得往下寫的時候，因爲你知道你能在那兒激起活力來。活力總是有的。

**記者**：有沒有根本沒有一點靈感的時候？

**海明威**：當然有這種時候。但是，你只要在知道下面將發生什麼的時候停筆，你就能往下寫。只要你能開個頭，問題就不大了，活力自會來的。

**記者**：桑頓．懷爾德❸談到一些記憶法，可以做作家繼續他每天的工作。他說你有一回告訴他，你削尖了二十支鉛筆。

**海明威**：我不記得我一口氣用過二十支鉛筆。一天用七支鉛筆就不錯了。

**記者**：你發現最理想的寫作地方是哪兒？從你在那裡寫的作品數量看，安姆波斯．孟多斯旅館一定是個理想的地方。周圍的環境對寫作沒有多少影響吧？

**海明威**：哈瓦那的安姆波斯．孟多斯旅館是個非常好的地方。這所農莊也是個好的地方，或者說以前是極好的地方。不過，我到哪兒都工作得很好。我是說我不論在什麼環境下都能很好地工作。電話和有人來訪是破壞寫作的事情。

---

❸ 桑頓．懷爾德（一八九七～一九七五），美國現代小說家、劇作家。

**記者**：要寫得好是不是必須情緒穩定？你跟我說過，你只有在戀愛的時候才寫得好。你可以再發揮一下嗎？

**海明威**：好一個問題。不過，我不妨試試得個滿分。只要別人不來打擾，隨你一個人寫去，你在任何時候都能寫作。或者，你狠一狠心便能做到。可是，你戀愛的時候肯定寫得最好，如果你也是這樣，我就不再發揮了。

**記者**：（版稅）收入呢？對寫好作品有害嗎？

**海明威**：如果錢來得太早，而你愛創作又愛享受生活，那麼，要抵制這種誘惑可是需要很強的個性。創作一旦成了你的大毛病，給了你最大的愉快，只有死了才能了解。那時候經濟有了保障，就幫了大忙，免得你擔憂。擔憂會破壞創作能力，身體壞同憂慮成比例，它產生憂慮，襲擊你的潛意識，破壞你的儲備。

**記者**：你記得起你想當作家的確切時刻嗎？

**海明威**：不，我一直想當作家。

**記者**：菲利普．楊❹在評論你的書裡提出，你在一九一八年中了迫擊炮彈片，受了重傷，這場震驚對你當作家起了很大的影響。我記得你在馬德里簡單地提起過他的論著，認爲沒多大道理，你還說，你認爲藝術家的才能不是後天獲得的特徵，根據門德爾❺的意思，是先天固有的。

**海明威**：那年在馬德里，我的腦子顯然不算正常。唯一可提的一點是，我只是簡單地提到楊先生那本書和他關於外傷的文學理論。也許兩次腦震盪和那年頭蓋骨骨折，弄得我說話不負責任。我現在還記得當時告訴過你，我相信想像可能是種族經驗遺傳的結果。在得了腦震盪之後愉快、有趣的談話中，這種說法聽來是不錯的，不過我以為問題多少正在那裡。這個問題等我下一次外傷使我腦子清楚之後再說，現在就談到這裡，你同意嗎？

我感謝你刪去我可能涉及的親屬的名字。談話的樂趣在探究，但是許多東西以及一切不負責任的說法，都不該寫下來。一寫下來，你就得負責。你說的時候，也許是看你信不信。關於你提的那個問題，創傷的影響是十分不同的。沒有引起骨折的輕傷不要緊，有時候還給你信心。但影響到骨頭，破壞神經的創傷對於作家是不利的，對於任何人也都是不利的。

**記者**：對於想當作家的人來說，你認為最好的智力訓練是什麼？

**海明威**：我說，他應該走出去上吊，因為他發現要寫得好眞是難上加難。然後，他應該毫不留情地大量刪節，在他的餘生中盡力寫好，至少他可以從上吊的故事說起。

**記者**：你對於進入學術界的人有什麼想法？大量作家到大學去教書，你是不是認為他們犧牲了文學事業，作了妥協？

**海明威**：這要看你所謂的妥協是什麼意思。是受了污損的婦女的用語嗎？還是政治家的

❹ 菲利普．楊，美國當代海明威研究專家，當時在紐約大學任教，他寫的書是《論海明威》。

❺ 格利戈耳．門德爾（一八二二～一八八四），奧地利植物學家、遺傳學家。

讓步？還是你願意多付點錢給你的食品店老板或裁縫，或是想晚點付？是這種意義的妥協嗎？既能寫作又能教書的作家，應該兩件事都能做到。許多有才能的作家證明他們能做到。我知道我做不到。不過我認爲，教書生涯會中止與外界接觸的經驗，這就可能限制你對世界的了解。然而，了解越多，作家的責任越大，寫起來也越難。想寫出具有永恒價值的作品，是一件責任性的工作，雖然實際寫起來一天只有幾個小時。

作家好比一口井，有多少種井，就有多少種作家。關鍵是井裡的水要好，最好是汲出的水有定量，不是一下子就抽光，再等它滲滿。我看我是離題了，不過這個問題沒意思。

**記者**：你說年輕作家做做新聞工作好不好？你在堪薩斯市《星報》受到的訓練對創作有沒有幫助？

**海明威**：在《星報》工作的時候，你不得不去練習寫簡單的陳述句。這對任何人都有用。做報館工作對年輕作家沒有壞處，如果及時跳出，還有好處。這是最無聊的老生常談，我感到抱歉。但是，你既然問到陳舊的問題，也容易得到陳舊的回答。

**記者**：你在《大西洋兩岸評論》上寫道：寫新聞報導的唯一好處是收入多。你說「你寫報導，是毀了你有價值的東西，你這是爲了賺大錢。」你覺得寫這類東西是自我毀滅嗎？

**海明威**：我不記得我這麼寫過。但這話聽起來是夠蠢、夠粗暴的了，好像我是爲了避免當場說謊才發表這一段明智的談話似的。我當然不認爲寫這類的東西是自我毀滅，不過，寫新聞報導過了一定的程度，對於一位嚴肅的創作家來說，可能是一種日常的自我毀滅。

**記者**：你覺得與其他作家相處中，對促進智力有沒有價值？

**海明威**：當然有價值。

**記者**：二十年代你在巴黎同其他作家、藝術家相處時你有沒有「群體感」？

**海明威**：沒有。當時沒有群體感。我們相互尊重。我尊重許多畫家，有的跟我同歲，有的比我大——格里斯❻、畢卡索、白拉克❼、莫內❽，他當時還活著。我尊重一些作家——喬伊斯、依茲拉和斯泰因好的一面❾……

**記者**：你在寫作的時候，沒感覺到自己受正在閱讀的書籍的影響嗎？

**海明威**：自從喬伊斯寫了《尤里西斯》之後，並沒有感覺到這種影響，他的影響也不是直接的。可是那個時候，我們了解的那些字不許用，我們不得不為了一個單字而鬥爭，他作品的影響在於他把一切都變了，我們有可能擺脫限制。

**記者**：你能從作家身上學到關於寫作的東西嗎？例如，你昨天對我說，喬伊斯不能容忍談論寫作。

---

❻ 胡安·格里斯（一八八七～一九二七），西班牙立體派畫家。

❼ 喬治·白拉克（一八八二～一九六三），法國立體派畫家。

❽ 克勞德·莫內（一八四〇～一九二六），法國印象派畫家。

❾ 依茲拉即美國詩人龐德；海明威認為美國現代女作家葛·斯泰因後來有許多不好的地方。

**海明威**：你和同行的人在一起，通常談論其他作家的作品。自己寫了什麼，談得越少，這些作家就越好。喬伊斯是一位非常偉大的作家，他在寫什麼，他只跟愚笨的人作些解釋。他所尊重的那些作家讀了他的作品，就能知道他在幹什麼。

**記者**：你最近好像避免和作家們在一起，為什麼？

**海明威**：這個問題複雜些。你創作越深入，你越會孤獨。你的好朋友、老朋友多數去世了，其他的遷走了。你不常見得著他們，但是你在寫，等於和他們有來往，好像過去你們一起待在咖啡館一樣。你們之間互通信件，這些信寫得滑稽，高興起來寫得猥褻、不負責任，這和交談差不多。但是你更加孤獨，因為你必須工作，而且能工作的時間越來越少了，如果浪費時間，你會覺得你犯了不可饒恕的罪過。

**記者**：有些人，你的同時代人，對作品的影響怎麼樣？葛屈露德．斯泰因有沒有影響？還有依茲拉．龐德、麥克．潘金斯❿怎麼樣？

**海明威**：對不起，我不善於做屍體解剖。對付這些事情，有文學界和非文學界的驗屍官。斯泰因小姐關於她對我的影響，寫得相當長而且相當不精確。她有必要這麼做，因為她從一部名叫《太陽依舊上升》的書裡學到了寫對話。我很喜歡她，而且認為她學到了如何寫對話是件好事。在我看來，盡量向每個人學習，不管是活人還是死人，這並不新鮮，但是對她影響這麼強烈，是我沒想到過的。她在其它方面已經寫得很好了。而依茲拉對於自己真正了解的課題是非常精通的。這類談話，你聽了感到厭煩嗎？在這個私人談話中去揭三十五年前的隱私，我很討厭。這同你說出事情的全貌是不同的，那還有點價值。

在這裡，說簡單點好了：我感謝斯泰因，我從她那裡學到了字與字之間的抽象聯繫，看我多喜歡她；我重申我對依茲拉作爲大詩人和好朋友的忠誠；我非常關心麥克斯．潘金斯，我一直無法相信他死了。我寫的東西，潘金斯從來沒叫我改過，除了去掉一些當時不能發表的字眼。去掉的地方留下空白，知道這些字眼的人，明白空白的地方該是哪些字。對我來說，他不是一個編輯，他是一位明智的朋友，極好的同伴。我喜歡他戴帽子的方式，和嘴唇抽動時那種奇怪的樣子。

**記者**：你說誰是你的文學前輩——你學到的東西最多的是哪些人？

**海明威**：馬克．吐溫、福樓拜、司湯達爾、巴哈⓫、屠格涅夫、托爾斯泰、杜思妥也夫斯基、契可夫、安德魯．馬韋爾⓬、約翰．多恩、莫泊桑、吉卜林的好作品、梭羅、馬利艾

---

❿ 麥克．潘金斯，指負責出版海明威作品的斯克利布納公司的編輯。

⓫ 約．塞巴斯帝恩．巴哈（一六八五～一七五〇），德國作曲家。

⓬ 安．馬韋爾（一六二一～一六七八），英國詩人、諷刺作家。

特船長[13]、莎士比亞、莫札特、吉瓦多[14]、但丁、維吉爾、丁都萊多[15]、希羅尼默斯．鮑士[16]、布魯蓋爾[17]、帕提尼[18]、戈雅、喬陶[19]、塞尙、梵谷、高更[20]、聖．胡安．德．拉．克魯茲[21]、貢戈拉[22]——全想起來要花一天的時間。這樣一來，好像我是要賣弄我所不具備的學問，而不是眞的想回憶一切對我的生活和創作發生過影響的人。這倒不是一個陳腐的問題，這個問題非常好，是個嚴肅的問題，必須憑良心回答。我把畫家放在裡面，或者說開始這麼做，是因爲我從畫家身上學習寫作與從作家身上學習寫作同樣多。你要問這是怎麼學的？那要另找一天時間向你解釋。我認爲，一個作家從作曲家身上，從和聲學與對應法上學到東西是比較明顯的。

**記者**：你玩過樂器嗎？

**海明威**：玩過大提琴。我母親讓我學了一整年音樂和對應法。她以爲我有能力學音樂，哪知我一點才能也沒有。我們在室內組織小樂隊——有人來拉小提琴，我姊姊拉中音小提琴，母親彈鋼琴。我呢，拉大提琴，拉得——反正世界上沒人比我更糟的了。當然，那一年我還出去幹別的事。

**記者**：你列的那些作家的作品你重不重讀？比如，馬克．吐溫。

**海明威**：讀馬克．吐溫的作品，你得隔兩、三年。你記得很清楚，我每年讀點莎士比亞的東西，常常是《李爾王》。你讀了心裡高興。

**記者**：這麼說來，讀書是一種經常性的消遣和樂趣了。

**海明威**：我總是在讀書，有多少讀多少。我給自己定量，所以總是有所儲備。

**記者**：你讀不讀別人的手稿？

**海明威**：讀別人的手稿會惹麻煩，除非你同作者個人很熟。幾年以前，我被人指控剽竊，有個人說我從他一部未發表的電影劇本中抄襲了《喪鐘爲誰而鳴》。他在某次好萊塢聚會上宣讀過這個劇本。他說至少有個名叫「歐尼」的傢伙在場，聽了他的朗讀。這就夠了，

---

⑬ 弗雷德里克．馬韋爾（一七九二～一八四八），英國海軍軍官、小說家。

⑭ 弗．戈．德．吉瓦多（一五八〇～一六四五），西班牙諷刺作家。

⑮ 傑．羅．丁都萊多（一五一八～一五九四），義大利畫家。

⑯ 鮑士（約一四五〇～一五一六），弗蘭德斯畫家。

⑰ 彼得．布魯蓋爾（一五二五～一五六九），尼德蘭畫家。

⑱ 帕提尼（?～一五二四），弗蘭德斯畫家。

⑲ 波頓．喬陶（一二七六?～一三三七），義大利畫家。

⑳ 保爾．高更（一八四八～一九〇三），法國早期印象派畫家。

㉑ 聖．胡安．德．拉．克魯茲（一五四二～一五九一），西班牙詩人。

㉒ 路易斯．德．貢戈拉（一五六一～一六二七），西班牙詩人。

他起訴要求一百萬美元的賠償。他還控訴電影《西北部騎警隊》和《捕青魚的孩子》的製片人，也剽竊了他那部沒有發表的劇本。

我們上了法庭，當然我們勝訴了。結果那個人沒有償付賠償金的能力。

**記者：**我們還是回到你開列的那張名單上去，談談一位畫家，比如——希羅尼默斯．鮑士，怎麼樣？他作品裡那種夢魘般的象徵，好像和你自己的作品相去很遠。

**海明威：**我有過夢魘，所以了解別人的夢魘。但是你不一定得把它們寫下來。凡是你省略掉你所了解的東西，它們在作品中依然存在，它們的特質會顯現出來。如果一個作家省略掉的是他所不了解的東西，它們在作品中就會像漏洞一樣顯現出來。

**記者：**這是不是說，你熟悉了你開的名單上那些人的作品之後，你就能灌滿你剛才說的那口「井」？還是說，它們會有意識似地幫助你提升爲寫作技巧？

**海明威：**它們是我們學習去看、去聽、去想、去感覺或不去感覺以及去寫的一個部分。你的「活力」就在那口井裡。誰也不知道它是由什麼形成的，你自己更不知道。你只知道你是有「活力」呢，還是得等它恢復。

**記者：**你承不承認你的小說中存在著象徵主義？

**海明威：**我想是存在的，因爲批評家們不斷地找到了象徵。對不起，我不喜歡談象徵，也不喜歡別人問。寫了書、寫了故事，又不被別人要求去解釋，眞是夠難的了。這也搶了解釋者的工作。如果有五個、六個或者更多的好批評家不斷的在解釋，我爲什麼要去干擾他們呢？讀我寫的書是爲了閱讀時的愉快，至於你從中發現了什麼，那是你閱讀時的理解。

**記者：**在這個方面繼續問一個問題：有位顧問編輯發現《太陽依舊上升》中，在鬥牛場登場人物和小說人物性格之間，他感覺到有點兒相似。他指出這本書的一句話說羅伯特．柯恩是個拳擊手；後來，在開鐵欄時你描寫那頭公牛用牠兩隻角又挑又戳，活像個拳擊手。那頭公牛見了一頭閹牛便被牠吸引住，平息下來。

無巧不巧，羅伯特．柯恩聽從傑克的話，而傑克是閹割過的，正像一頭閹牛。邁克一再挑逗柯恩，那位編輯便把邁克看成鬥牛士。編輯的論點這樣開展下去，但是他不知道你是不是有意用鬥爭儀式的悲劇性結構來框架小說。

**海明威：**從這些話聽來，那位顧問編輯好像有點鑽牛角尖。誰說過傑克是「閹割過的，正像一頭閹牛」？他是在很不幸的情況下受的傷，他的睪丸是完好的，沒有受到損傷。因此，作爲一個男子的正常感覺，他都具備，只是無法過性生活。他重要的一點在於——他傷在肉體，而不在心理，所以他不是閹割過的。

**記者：**這些追究技巧的問題，的確叫人惱火。

**海明威：**明智的問題既不叫你愉快，也不叫你惱火。不過，我仍然認爲作家談論自己如何寫作，是非常不好的事。他寫作是爲了讀者用眼睛看，作者去解釋或者論說都是不必要的。你可以肯定，多讀幾遍比初讀一遍所得到的東西要多得多，這一點做到之後，叫作者去解釋，或者叫他在他作品更艱難的國土上去當導遊，就不是作者的事了。

**記者**：和這一點有關，我記得也曾經告誡過，說作家談論自己正在寫作過程中的作品是危險的，可以說會「談沒了」。我之所以問這個問題，是因爲有許多作家——我想起吐溫、王爾德、瑟伯㉓、史蒂文斯㉔——都先把他們寫的東西請聽衆檢驗，然後修改潤色。

**海明威**：我不相信吐溫拿《哈克歷險記》給聽衆「檢驗」過。如果他這麼做，說不定他們會刪掉好的東西，加進壞的東西。了解王爾德的人，說他講的比寫的好。史蒂文斯也是講的比寫的好。他不論寫作還是說話，有時候叫人難以相信，我聽說他年紀大了之後，許多故事都變了。如果瑟伯談的跟他寫的一樣好，他準是個最了不起、最不叫人生厭的說故事人了。我所認識的人中，談自己行業談得最好的是鬥牛士胡安．貝爾蒙特，他的談話最令人愉快，也最邪惡。

**記者**：你能不能說一說，你經過多少精心的努力，才形成你特殊的風格？

**海明威**：那是長久以來一個令人生厭的問題。如果你花上兩天的時間回答這個問題，你就會覺得不好意思，弄得無法寫作了。我可以說，業餘愛好者所謂的風格，就是不可避免的彆扭，那來自你首次嘗試去做前人沒有做過的事情。新的名著幾乎沒有一部與以前的名著相同。一開始，人們只見到彆扭，後來不大看得出來了。當它們顯得那麼彆扭的時候，人們以爲這彆扭就是風格，於是許多人去模仿。這是令人遺憾的。

**記者**：你有一次在信中告訴我，在簡陋的環境中能寫成各種不同的小說，這種環境對作家是有益的。你能用這一點說明《殺人者》——你說過這篇小說、《十個印第安人》和《今天星期五》是在一天之內寫成的——或許還有你頭一部長篇小說《太陽依舊上升》嗎？

**海明威**：我想想。《太陽依舊上升》是在我生日那一天，七月二十一日動筆的㉕。我妻子哈德麗和我一早去買鬥牛的票，那是七月二十四日開始的盛會。和我年齡相同的人個個寫過一部小說，但要我寫上一段還覺得挺困難。所以我在生日那天開始寫，整個節日都在寫。早上在床上寫，到馬德里又寫，那裡沒有節日盛會，我們訂了一間有桌子的房間，我就舒舒服服地伏在桌子上寫。旅館拐角在阿爾凡瑞茲街上有一處喝啤酒的地方，那地方涼快，我也去那兒寫。最後熱得寫不下去，我們就到漢達依去。在那片又大又長的美麗沙灘上，有家便宜的小旅館，我在那兒寫得很好，後來又到巴黎去，在聖母院路一一三號一家鋸木廠的樓上公寓裡寫完初稿。

從動筆那一天開始，一共寫了六個星期。我把初稿拿給小說家納桑．艾奇㉖看，他那時說話很重，他說：「海姆，你說你寫了一部小說是什麼意思？哈！一部小說。海姆，你是在坐旅遊車吧。」我聽了納桑的話並不太灰心，改寫了這部小說，保留伏拉爾勃的什倫斯村陶

---

㉓ 詹姆斯．瑟伯（一八九四～一九六一），美國現代幽默作家

㉔ 林肯．史蒂文斯（一八六六～一九三六），美國新聞記者、作家。

㉕ 指一九二五年，海明威二十六歲。

㉖ 艾奇（一九〇二～一九六四），美國猶太作家。

柏旅館的旅途那部分（關於旅行釣魚和潘普洛納那部分）。

你提到一天之內寫的幾篇小說，那是五月十六日[27]在馬德里聖．依西德路鬥牛場寫的，當時外面正下著雪。頭一篇我寫的是《殺人者》，這篇小說我以前寫過，但失敗了。午餐以後，我上床暖和身子，寫了《今天星期五》。那時候，我活力旺盛，我想我都快瘋了，我還有六篇小說要寫。因此，我穿上衣服，走到佛爾諾斯那家老鬥牛士咖啡館去喝咖啡，接著回來寫《十個印第安人》。這使得我很不好受，我喝了點白蘭地就睡了。我忘了吃飯，有個侍者給我送來了一點鱈魚、一小塊牛排、炸馬鈴薯，還有一瓶巴爾德佩尼亞斯酒。

開膳宿公寓的女主人總擔心我吃不飽，所以派侍者來。我記得我當時正坐在床上邊吃邊喝巴爾德佩尼亞斯酒。那位侍者說他還要拿一瓶酒來。他說女主人問我是不是要寫一整夜。我說，不是，只想休息一下。侍者問，你爲什麼不再寫一篇？我說我只想寫一篇。他說，胡說，你能寫六篇。我說我明天試一試。他說你今天晚上就寫。你知道這老太婆幹什麼給你送吃的來？我說，我累啦。胡說，他說（他沒用「胡說」這個詞），你寫三篇蹩腳小說就累啦。你翻譯一篇我聽聽。

你由我去吧，我說。你不走我怎麼寫呢？所以我坐了起來喝巴爾德佩尼亞斯酒，心想我頭一篇小說如果寫得如我期望的那麼好，我該是多麼了不起的作家。

**記者：**你寫短篇小說的時候，腦子裡構思完整到什麼程度？主題、情節或者人物在寫的過程中變不變化？

**海明威：**有時候你知道故事是什麼樣的，有時候你邊寫邊虛構，不知道最後寫成什麼樣子，一切事物都在運動過程中變化。運動的變化產生故事。有時候，動得慢得好像它已經不在動了。但總是有變化、有運動的。

**記者：**寫長篇小說是不是也如此？還是你先有一個整體計劃，然後嚴格遵守？

**海明威：**《喪鐘爲誰而鳴》是我每天思考的一個問題。我大體上知道下面要發生什麼事，但每天寫的時候，我虛構出小說中所發生的事情。

**記者：**《非洲的青山》、《富有與匱乏》和《渡河入林》是不是都是從短篇小說發展成長篇小說的？如果是的話，那麼這兩種體裁非常相似，作家不必完全改變寫法，就能從一種體裁過渡到另一種體裁，不是嗎？

**海明威：**不，不是這樣。《非洲的青山》不是一部小說，寫這部書的意圖，是想出一部極爲眞實的著作，看看如果眞實地表現一個國土和一個月的活動，能不能與一部虛構的作品相比。我完成《非洲的青山》之後，又寫了《雪山盟》和《弗朗西斯·麥柯伯短暫的幸福生活》這兩個短篇。這些故事是我根據那次長時間遊獵得到的知識和經驗虛構出來的。

那次遊獵中有一個月的經歷，我想把它寫成忠實的紀實，那便是《非洲的青山》。《富有與匱乏》和《渡河入林》這兩部小說，開始時都是作爲短篇寫的。

---

㉗ 指一九二六年。

**記者**：你覺得從一種創作計劃轉變爲另一種創作計劃是容易的嗎？還是你堅持去完成你所開始的寫作計劃？

**海明威**：我中斷嚴肅的工作來回答這些問題，這件事說明我多麼愚蠢，應該受到嚴厲的懲罰。我會受到懲罰的，你放心。

**記者**：你想到自己是和別的作家在比高下嗎？

**海明威**：從來沒有想過。我過去是想超越一些我認爲確有價値的死去的作家。現在，長期以來，我只想盡我的努力寫好。有時候我運氣好，寫得超越我能達到的水準。

**記者**：你認爲作家年齡大了以後，寫作能力會不會衰退？你在《非洲的青山》中提到，美國作家到了一定的年齡，就會變成赫巴德老媽媽了[28]。

**海明威**：那個情況我不了解。明白自己要幹什麼的人，只要他們頭腦好使，就能堅持幹下去。在你提到的那本書裡，如果你查看一下，你就知道，我是和一個沒有幽默感的奧地利人在吹噓美國文學，我當時要做別的事，他非要我談不可。我把當時談話的內容忠實地記了下來，不是想發表不朽的聲明，而是有相當一部分的看法的確不錯。

**記者**：我們還沒有討論過人物的性格。你作品中的人物性格，是不是毫無例外地都取自現實生活呢？

**海明威**：當然不是。有的取自現實生活，而多數是根據對人的知識和了解的經驗之中虛構出來的。

**記者**：你能不能談一談把現實生活中的人物變成虛構人物的這個過程呢？

**海明威**：如果我說明我有時是怎麼變的，那麼這就可以給誹謗罪律師當手冊了。

**記者**：那麼，你是不是也像E．M．福斯特㉙一樣，把「平面」人物與「立體」人物區別開來？

**海明威**：如果你是去描寫一個人，那就是平面的，好比一張照片，在我看來這就是失敗。如果你根據你所了解的經驗去塑造，那他就該是立體的了。

**記者**：你塑造的人物性格中，回想起來感到特別喜愛的是誰？

**海明威**：這名單開起來就太長了。

**記者**：那麼，你重讀你自己作品的時候，並不感覺到要做些修改嗎？

**海明威**：有時我感到難寫下去的時候，我讀讀自己的作品，讓自己高興高興，於是我想到，寫作總是困難的，有時候幾乎是辦不到的。

**記者**：你怎麼給你的人物取名字？

**海明威**：盡我的能力取好。

**記者**：你在寫故事的過程中，書名就想好了嗎？

---

㉘ Old Mother Hubbard，英國兒歌中滑稽可笑的人物。

㉙ 福斯特（一八七九～一九七〇），英國現代小說家。

**海明威：**不是的。我寫完一篇故事或者一本書之後，會開列一大串篇名或者書名——有時候多到一百個。然後開始劃掉，有時劃得一個也不剩。

**記者：**你有的篇名取自小說原文，例如《白象似的群山》，也是這種情況嗎？

**海明威：**是的。題名是後來想的。我在普魯尼爾遇見一位姑娘，我是在吃中飯之前到那兒去吃牡蠣的。我知道她已經墮過一次胎。我走了過去，和她聊天，不是聊墮胎這件事，但是在回去的路上我想到這篇故事，連午餐都沒吃，花了一個下午時間把它趕了出來。

**記者：**這麼說，你不在寫作的時候，也經常在觀察，搜尋可能有用的東西。

**海明威：**那當然。作家不去觀察，就完蛋了。但是他不必有意識地去觀察，也不必去考慮將來如何使用。也許開始的時候是這種情況，但到了後來，他觀察到的東西進入了他所知、所見的大倉庫裡。你知道這一點也許有用——我總是試圖根據冰山的原理去寫作。冰山露出水面的每一部分，八分之七是藏在水面之下的。你刪去你所了解的任何東西，這只會加厚你的冰山，那是不露出水面的部分。如果寫作所略去的是他所不了解的東西，那麼他的小說就會出現漏洞。

《老人與海》本來可以長達一千多頁，把村裡每個人都寫進去，包括他們如何謀生、怎麼出生、受教育、生孩子等等。其他作家這麼寫了，寫得很出色很好。在寫作中，你受制於他人已經取得的、令人滿意的成就。所以我想學著另闢途徑。首先，我試圖把一切不必要向讀者傳達的東西刪去，這樣他或她讀了什麼之後，就會成爲他或她的經驗的一部分，好像確實發生過似的。這件事做起來很難，我一直十分努力在做。

反正，姑且不談怎麼做到的，我這次運氣好得令人難以相信，能夠完全把經驗傳達出來，並且使它成爲沒有人傳達過的經驗。運氣好的就好在我有一個好老頭兒和一個好孩子，近年來作家們已經忘了還有這種事情。還有，大海也和人一樣值得寫。這是我運氣好。我見過馬林魚的配偶，了解那個情況，所以我沒有寫。就在那一片水面上，我看見過五十多頭抹香鯨的鯨群，有一次我叉住了一頭鯨魚，這頭鯨魚幾乎有六十英尺長，卻讓牠逃走了。所以，我也沒有寫進小說裡去。漁村裡我所了解的一切，我都略去不寫。但我所了解的東西，正是冰山在水面以下的部分。

**記者**：阿契巴爾德．麥克利斯㉚說過，有一種向讀者傳達經驗的方法，他說是你過去在《堪薩斯市星報》寫棒球時形成的。這很簡單，就用你保存在內心的細節去傳達經驗，使讀者意識到只有在潛意識才有所感覺的東西，這樣便能達到點明整體的效果……

**海明威**：這個奇聞不可靠。我從來沒有給《星報》寫過關於棒球賽的報導。阿契要回憶的是我一九二〇年前後在芝加哥怎樣努力學習，怎樣探求使人產生情緒而又不被人注意的東西。例如，一位棒球外野手扔掉手套而不回頭看一看手套落在哪裡的那副模樣；一位拳擊手

---

㉚ 麥克利斯（一八九二～一九八二），美國現代詩人。

的平底運動鞋在場上發出吱吱扎扎的聲音；傑克．勃拉克本㉛剛從監獄出來時發灰的膚色等等，我像畫家一樣加以素描。你見過勃拉克本那種奇怪的臉色，剃刀刮破的老傷疤，對不了解他歷史的人說謊話的方式。這些事情使你激動，寫故事是以後的事。

**記者**：不是親自了解的情形，你描寫過沒有？

**海明威**：那是個奇怪的問題。所謂親自了解，你是指性欲方面的了解？如果是的話，答案是肯定的。一個優秀作家是不會去描寫的。他進行創造，或者根據他親身了解和非親身了解的經驗進行虛構，有時他似乎具備無法解釋的知識，這可能來自已經忘卻的種族或家庭的經驗。誰去教會信鴿那樣飛的？一頭鬥牛的勇氣從何而來？一條獵狗的嗅覺又從何而來？我那次在馬德里談話時頭腦靠不住，現在是我對那次談話內容的闡述，或者說是壓縮。

**記者**：你覺得對於一種經驗，應該超脫到什麼程度，才能用小說形式去表現？比如說，你在非洲遇到的飛機碰撞事件？

**海明威**：這要看是什麼經驗了。有一部分經驗，你從一開始就抱完全超脫的態度，另一部分經驗就非常複雜。作家應當隔多久才能去表現，我想這沒有什麼規定，這要看他個人適應調整到什麼程度，要看他或她的復原能力。

對於一位訓練有素的作家來說，飛機著火、碰撞，當然是一次寶貴的經驗，他很快學到一些重要的東西。至於對他有沒有用，決定於他能不能生存下來。生存，榮譽的生存，那個過時而又萬分重要的詞兒，對於作家來說，始終是又困難又重要的。活不下來的人，常常更爲人喜愛，因爲人們看不見他們進行長期的、沉悶的、無情的、既不寬恕別人也不求別人寬恕的拼搏。他們這樣做是因爲他們以爲，他們在死之前應該完成某件任務。那些死得（或離去）較早、較安逸的人們，有一切理由惹人喜愛，是因爲他們能爲人們所理解、富於人性。失敗和僞裝巧妙的膽怯更富於人性，更爲人所愛。

**記者：**我能不能問一下，你認爲作家關心他時代的社會政治問題應該限於什麼程度？

**海明威：**人人都有自己的良心，良心起作用該到什麼程度，不應當有什麼規定。對於一位關心政治的作家，你可以確定的一點是——如果他的作品要經久，你在讀他作品的時候，得把其中的政治部分跳過去。許多所謂參與政治的作家們經常改變他們的政治觀點，這對於他們，對於他們的政治——文學評論，很富於刺激性。有時候，他們甚至不得不改寫他們的政治觀點——而且是匆匆忙忙地改寫。或許作爲一種追求快樂的形式，這也值得尊重吧。

**記者：**依茲拉．龐德對種族隔進主義者卡斯帕發生了影響，這是不是也影響了你，你還認爲那位詩人應該從聖．伊麗莎白醫院釋放出來嗎？㉜

---

㉛ 勃拉克本，美國著名拳擊家

㉜ 美國著名詩人龐德在二次大戰期間為義大利電台廣播，戰爭結束後他被判叛國罪，包括海明威，聯名為他辯護，後以神經失常免罪，但在精神病院關了十二年。本文原註說：「一九五八年，華盛頓聯邦法院撤消對龐德的一切指控，把他從聖．伊麗莎白醫院放了出來。」

**海明威**：不，沒有一點影響。我認爲依茲拉應該釋放，應該允許他在義大利寫詩，條件是他保證今後不再參與任何政治。我能看到卡斯帕盡快入獄就很高興。大詩人未必要當女生嚮導，也未必要當童子軍教練，也不一定要對青年發生好的影響。舉幾個例子，魏爾倫[33]、蘭波[34]、雪萊、拜倫、波特萊爾、普魯斯特、紀德等人，不該禁閉起來，只是因爲害怕他們的思想、舉止或者道德方面爲當地的卡斯帕所模仿。我相信十年之後，這段文字要加個註解才能說明卡斯帕是什麼人。

**記者**：你能說你的作品裡沒有說教的意味嗎？

**海明威**：說教是個誤用的詞，而且用糟了。《午後之死》是一本有教益的書。

**記者**：聽說一個作家，在他通篇作品中，只貫穿一個或兩個思想，你說你的作品反映了一種或兩種思想嗎？

**海明威**：這是誰說的？這話太簡單了。說這話的人，自己可能只有一種或兩種思想。

**記者**：好，也許這樣說更好一些：葛拉姆·格林[35]說過，一書架的小說，由一種占統治地位的感情所支配，形成一種統一的系列。我相信，你自己也說過，偉大的創作，出自對於不正義的感覺。一位小說家就是這樣——被某種緊迫的感覺所支配。你認爲這是重要的嗎？

**海明威**：格林先生發表聲明的才能，我並不具備。在我看來，不可能對一書架的小說、一群鷸鳥或一群鵝做一個概括。不過，我還是想概括一下。一個對正義與非正義沒有感覺的作家，還不如爲特殊學生去編學校年鑑，可以多賺點錢。再概括一條，你看，一目瞭然的事情是不那麼難概括的。一位優秀的作家最主要的才能，在於他是一位天生的、不怕震驚的檢查謊言的人，這是作家的雷達，所有的大作家都具備。

**記者：**最後，我問一個根本性的問題，那就是——你作爲一位創作家，你認爲你創作的藝術具有什麼作用？爲什麼要表現事實而不寫事實本身？

**海明威：**爲什麼要爲那種事費腦筋？你根據已經發生過的事，根據現存的事，根據你知道和你不可能知道的一切事情，根據這一切進行虛構，你創造出來的東西就不是表現，而是一種嶄新的東西，它比實際存在的眞實的東西更爲眞實。你把它寫活了，如果寫得好，它就能夠不朽。這就是爲什麼你要寫作，而不是因爲你所意識到的別的原因。

可是，一切沒人意識到的原因又怎麼樣呢？

**——原載一九五八年春季號《巴黎評論》，譯文據《作家在工作》〈第二輯〉，英國塞克爾與華勃格公司一九六三年版。**

---

㉝ 保爾·魏爾倫（一八四四～一八九六），法國詩人，因槍擊被判過兩年徒刑。

㉞ 阿·蘭波（一八五四～一八九一），法國象徵派詩人。

㉟ 英國當代名作家。

# 老人與海的聯想

曾卓

《老人與海》發表於一九五二年，是海明威生前發表的最後一部震憾力十足的作品。對海明威來說，它是相當重要的。

這個三萬多字的中篇，寫的是一個古巴老漁夫桑提亞哥在海上打魚的故事。海明威自己說，《老人與海》如果由別的作家來寫，篇幅可能要擴大到十幾倍以上，他們可能寫到漁村居民的生活，老人的身世經歷、社會交往和家庭生活等等。他是想用以說明這篇作品的精煉和簡潔。海明威的確創造了一種精煉、簡潔的文體。他在《老人與海》中沒有寫到漁村生活等等，是因爲他認爲這些與他所要表達的主題無關，而並不是由於追求簡潔的文體。他集中寫的是老人在海上幾個晝夜的經歷。關於這場經歷，他倒是寫得十足詳盡。由於是出之於他這樣的藝術大師的筆下，才能夠寫得一點也不沉悶、不枯澀。

關於老人的過去，作者只在故事的敘述中簡略地提到兩筆——他的妻子已經死去，只留下一張照片掛在他破舊的窩棚裡，他有一次看了感到凄涼，就取了下來。他曾經是個飄洋過海的水手，到過非洲。

當年他肯定是個健壯的小伙子，現在他老了，又瘦又憔悴。他的兩隻手，因爲老是用繩拉大魚網的緣故，留下了很深的傷疤。引人注意的是他的一雙眼睛，像海水一樣藍，是愉快的、毫不沮喪的。他是孤獨的，關心他、和他來往較多的，只有一個過去和他一道出海打魚的小男孩。他不關心世事，他看報紙只是想知道棒球比賽的消息，他的生活極其清苦，但並無怨言。

孤獨，與世無爭，向生活要求得極少。就是這樣一個誰也不會注意到的普普通通的老漁夫。但是，到了海上，就顯出了他性格上美好的內在。

他八十四天沒有打到魚。這對於一個以打魚爲生的人來說，實在是太不幸了。那個和他一道出海的小男孩，在第四十天就被家裡命令離開他搭上了另一隻小船，但老人並沒有喪失信心和希望。在第八十五天上，他在黎明前就出發了。他說：「八十五是個吉利的數字。」這只是他的自我安慰。這一次他划向遠海，在三處下了魚鉤。

幸運女神終於走向了他——一條比他的船身還要長的大魚上鉤了。

而同時，他也被置於生死的競技場上。

他無法收攏大魚。上了鉤的大魚拖著小船不慌不忙地游著。老頭兒把釣絲放在脊背上，用手握得緊緊的。他拚命地支撐著身子，抵抗著大魚給釣絲的拉力，幾乎一直保持著緊張狀態。一隻手抽筋了，一雙手勒出了血。骨頭累酸了，頭腦昏暈。他吃一點生魚。當大魚安靜地游著的時候，他弓著腰，用整個身子去撐住釣絲，睡了一會兒覺。

就這樣在海上漂流了兩天兩夜，又花費了極大的氣力，才殺死了那條大魚。

這是一場艱苦的搏鬥。好幾次，老人感到自己支持不下去了。他想起了年輕時的一件往事：在卡薩布蘭加，他跟一個力大無比的黑人碼頭腳夫進行比腕力比賽。堅持了一天一夜。到了天亮，打賭的人都要求算成和局。就在這個時候，他使出了渾身的力量，逼著黑人的手往下落，落，落，一直把那隻手按到桌面上。

從那以後，桑提亞哥斷定，只要他願意，什麼人都會被他打敗的。

現在他老了，身體虛弱，而他以當年同樣的意志堅持著。他說：「魚啊，我到死也要跟你在一塊兒。」這已經不僅是求生的鬥爭，而是爲榮譽而鬥爭，因爲他是一個打魚的，必須戰勝魚。而且，他要讓魚知道，什麼是一個人能夠辦得到的，什麼是一個人忍受得住的。

同時，這裡還有一種奇妙的心情：魚是他搏鬥的對手，他必須戰勝牠，捉他牠，殺死牠，否則自己將被拖死。然而，魚又是他幹活的對象，他依靠牠爲生，因而對牠存有一種感情。他欣賞牠那無所畏懼、信心十足的風度。

人和魚是這樣抗爭著而又交融在一起，是敵人又是兄弟。當老人想把魚拽過來而魚好像在戲耍他似的慢慢地游開的時候，老人想：

「魚呵，你要把我給弄死啦。話又說回來，你是有這個權利的，兄弟。我從來沒見過一件東西比你更龐大、更好看、更沉著、更崇高了。來，把我給弄死吧，管它誰弄死誰。」

當他費盡心機、精疲力竭地終於把大魚殺死綁住在船邊，向回程划的時候，又遇到了新的災難，而且是更可怕的災難。那條死魚成了鯊魚追蹤的目標。開始來的是一條，再來是兩條，後來是成群的。爲了保衛千辛萬苦的收穫，已經疲憊不堪的老人，又不得不與鯊魚戰鬥。起初是用刀子，刀子折斷以後，用棍棒，後來，甚至將舵拆下來當武器。但是，鯊魚還是吃完了他捕獲的大魚。他只帶著一條十八呎長的魚骨架回到了岸邊。

他終於還是被打敗了。

但是，他又是個勝利者。

他，一個衰弱的老人，像一個士兵那樣戰鬥過，他無畏地面對困難、艱辛、死亡。他戰勝了疲累、痛苦，最重要的是，戰勝了不時冒出的軟弱的心情。當老人回到岸上酣睡時，那個陪伴他打魚的小孩來到了窩棚，他看見老頭那雙滿是傷痕的手，放聲哭了起來。這眼淚不僅僅表示同情，也是由於崇敬。

從茫茫的大海上，從死亡的邊緣空手回來的老人，在他破舊的窩棚中酣睡著。他正夢見獅子——說明了他還有著對力的追求、對強者的嚮往。

小說是對勞動者英雄氣概的讚歌。它表明了——勞動者求生的道路是艱難的。他們千辛萬苦得到的勞動收穫，也往往會不幸失去。然而，他們勤勞的勞動態度和勇敢的戰鬥氣概，是值得讚揚的。

還可以擴大一點來看——人生的路是艱難、充滿坎坷的，不要向困難和厄運屈服，需要的是勇敢、頑強、堅忍不拔的搏鬥精神。「痛苦在一個男子漢不算一回事」，「人可不是造出來要給打垮的。人可以被毀滅，卻不能被打敗。」

這是一篇小說，但也可以將它看作是一個寓言。海明威在這裡唱出了對人類頑強戰鬥精神的讚歌。而且小說是以樂觀的調子結束的。透過那個小男孩將再度伴著老人出海，預示了新的戰鬥和新的希望。

我冷靜地思考過，是不是拔高了作品的主題呢？我以爲並不。以上所說的是作品內容所涵蓋的。我也並不認爲作者所歌頌的打不垮的精神，是如某評論家所說的，是既空洞又抽象，「實質上也是一種阿Q式的精神勝利法」。我認爲，無產階級的戰鬥者，也並不是完全不能從中汲取力量的，只要透過正確的理解和消化。

但是，我們當然也要認識到，作爲資產階級個人主義者海明威的局限性。他既看不到社會的出路，也看不到群衆的力量，他是在一個虛弱的立足點上來歌頌個人戰鬥的精神的。因而，他歌頌的英雄只能是失敗的英雄。《老人與海》的樂觀主義，只能是廣闊的暗空中的一抹微光，而且貫穿全篇的是一種憂鬱、痛苦的基調。

老人是個眞實的勞動者的形象，或者如某評論者所說的，不過是個具有勞動者外表的海明威式的知識分子呢？——我們認爲，他是一個眞實的勞動者的形象，雖然，可能稍有一點理想化。一個眞正的作家，是不肯將他筆下的人物簡單地當作是自己的傳聲筒的。如果桑提亞哥只是化裝了的海明威，這篇小說就不會有這樣感人的力量了。桑提亞哥的思想感情，並沒有超出他這樣一個勞動者的思想感情，他在茫茫的海上與大魚生死搏鬥時，那種將大魚既看作是敵人又看作是兄弟的心情，應該是可以理解和體會的。在海明威筆下的這個老人，並不是一個有著深厚社會內容的典型，然而卻是可信的、眞實的形象。

不過，老人桑提亞哥身上，是有作家海明威的影子的。他的兒子格雷戈里．海明威在一篇回憶錄中寫著：「海明威筆下的主人公就是海明威本人，或者說是他身上最好的東西。」

這句話是對的。我們在許多作品的某些人物中，都看到了作家自己的影子。只不過，在《老人與海》中，我們感覺到海明威在思想感情上，與桑提亞哥是更緊密地融合在一起，他喜愛他，歌頌他，他眞正進入了「角色」之中，老人在大海中的感受和感情，是他眞正體驗到的。

在某種意義上和從某個角度來看，老人是海明威的化身，然而，這並不與我們前面所說的老人是一個眞實的藝術形象這一點相矛盾。

在一九二六年，海明威出版了《太陽依舊上升》。在這部長篇小說中，他表達了在第一次世界大戰後，一部分美國年輕的知識分子對現實的深刻的絕望。他因而以「迷惘的一代」的代表的身份受到了注意，而有的人將這部長篇小說看作是「迷惘的一代」的宣言。

從那以後，他一直在進行他的人生探索和社會探索。他參加過西班牙反佛朗哥的鬥爭。他在作品中暴露過資本主義的黑暗，表現過反法西斯的熱情。他同情中國的抗日戰爭。他是一個嚴肅的有正義感的作家。但是，他始終沒有能夠走出個人主義的圈子，因而，也始終沒有擺脫悲觀主義的束縛。

雖然「迷惘的一代」作爲一個文學流派在進入三十年代後就已瓦解，然從思想上說，晚年的海明威依然是個「迷惘者」。從表面上看，海明威是個取得了輝煌成就的大作家，名譽、地位、金錢他都有。他豪放、豁達、慷慨！但是，還有另外一個海明威，卻沒看到人類眞正的出路。而且，由於在戰爭中受過幾次傷，這損害了他的健康，而且他老了，寫作愈來愈困難。他內心是苦悶、抑鬱、悲涼的，在茫茫的人海中掙扎、浮沉。

《老人與海》中是表現了他靈魂深處的某些本質的東西，他不僅在老人桑提亞哥的身上寄托了他對生活的感受，也企圖將老人的英雄氣概作爲激勵自己的榜樣。

據他兒子的回憶，海明威在後期寫作起來，已不如以前那麼輕鬆自如——

「過去是一口噴水井，而現在卻不得不用抽水機把水抽出來。……他已不再是詩人……而變成了一個匠人，埋怨自己的命運，嘆息他的打算成了泡影。」而後來，「猶如小陽春一樣，他的天才又回來了，從而孕育出了一部傑作（指《老人與海》），規模雖然不大，卻充滿了愛、洞察力和眞理。」

無論如何，我們可以同意，由於對題材的愛，由於作者與對象無間地融合在一起，是這部小說能取得某種成就和能感動人的一個重要因素。但是，總的說來，他在寫作上是愈來愈感到困難，以致他不得不說出這樣的話：「那本書我寫不完了，我不行了。」、「我整天都在這張該死的寫字台前……可是我寫不出來，一點也寫不出來。你曉得的，我不行啦。」

他的一位老朋友馬爾科姆．考利說：「如果他不能寫作，他就不想再活下去了。」

一九六一年，他用一顆獵槍子彈結束了自己的生命，恐怕不能僅僅解釋爲病的折磨，這應該也是他所讚賞的老人桑提亞哥英雄氣概的另一表現方式。但是，我們也可以將那看作是對在茫茫人海中掙扎、苦鬥的個人英雄主義者的一聲喪鐘，他們在個人的力量喪盡以後，就看不到更大的希望了。

——摘自〈聽笛人手記〉

# 海明威傳奇

〈傳記〉

周向潮　著

# 序文

儘管對海明威的評價褒貶不一，甚至針鋒相對，但有一點是誰也否認不了的——歐內斯特．海明威是二十世紀最受人注目的美國作家。對於他作品中的人物，評論家常常用一個通稱：「海明威式的英雄」。那麼，究竟什麼樣的人才是海明威式的英雄呢？海明威的第三個兒子格瑞戈里的話頗有見地：「我可以分析爸爸寫的所有小說，但最簡單的解釋是：海明威式的英雄就是海明威自己；或者說，海明威性格中較好的一面。」

確實，海明威的名字閃耀著傳奇色彩。他的傲氣，他的冒險精神，他的好奇心，甚至他的「死要面子，活受罪」，都與他書中的那些硬漢子十分相似。正如人們所說，他是一頭獅子——一頭憤怒的，後來受了傷的獅子。他不買任何人的帳，始終獨來獨往；他有時也會冷靜地舔一下身上的創傷，但更多時候總是咆哮不已……

# 第一章

人生是個大競技場。

——海明威

## 1

在朋友中間，他總是「頭兒」。使他的自尊心滿足的，除了他的才氣和身體條件，還有他背水一戰式的勇氣、好奇和冒險的惡作劇，以及他那股鍥而不捨的頑強勁頭。

十四歲的歐內斯特·海明威，第一次嘗到職業拳擊手拳頭的滋味。

本來，他很可以不參加這個拳擊訓練班，因爲他的母親葛麗絲·霍爾一直反對這種「野蠻活動」。葛麗絲有一副優美的女低音嗓子，做姑娘時曾悉心學習音樂。假如不是因爲眼睛有毛病，受不了舞台燈光的刺激，那麼，她也許會成爲歌劇明星。但她終於沒能當一名演員，而在二十五歲時嫁給了獲得醫學博士學位的埃德·海明威醫生。

於是，她把成爲音樂家的希望放到兒女們身上。對於長子歐內斯特，她更是希望殷切。她甚至一度中斷他的學業，讓他專心練習演奏大提琴。

可是，兒子對於大提琴的興趣遠遠不及釣魚和打獵，就像他接受母親的意見遠遠不及父親的意見一樣。他不想去歌唱班，也不耐煩與姐妹們一起練習演奏優雅的室內樂。因爲他從兩三歲開始就明確地意識到自己是「男子漢」。

他喜歡玩槍、耍棒，拖著棍子當竹馬，嘴裡像獅子那樣吼叫著；他也喜歡把家裡的舊槍扛在肩上，挺胸腆肚地走來走去。他喜歡密西根州華爾頓湖畔他家的白色別墅。在那裡，他跟著父親到森林裡神祕的印第安人營地出診，跟著父親在秀麗的湖邊釣魚，在密密的林子裡打獵。他說自己「什麼也不怕」。當他的願望實現不了時，便大發脾氣，憤怒地亂舞亂踢。他一直盼望有個弟弟，但母親在一連生了三個妹妹後才使他的願望實現，儘管他在大妹妹出世時曾又失望又氣惱地哭過一場。

歐內斯特不是一個容易管教的孩子。拳擊訓練班才開第一課，他便躍躍欲試。他與中量級拳擊手楊．奧赫恩比武。由於勁頭十足，打得很兇，以致奧赫恩忘記了對手只有十四歲，而且是頭一回上場，因此，也就忘記了要手下留情。於是，片刻間海明威便躺倒了，鼻子流著血，眼睛底下又紅又腫。

訓練班的許多人退學了，但歐內斯特鼻子上貼著膠布，帶著劃破的血口子和隆起的腫包堅持戰鬥。假如被打翻在地，他絕不會躺下認輸，只要還有一點勁兒，他就從地上一躍而起。儘管母親爲此大發雷霆，哭哭鬧鬧，他對拳擊的興趣始終如一。大概就是在拳擊場上，他開始形成一種自己的風度，一種生活的態度——從不示弱，主動找仗打；並且，準確地打，光明正大地打，爲了取勝。

葛麗絲，也就是個性堅強又溫文爾雅，愛面子而有教養的海明威夫人，巴望兒子成爲音樂家，爲她臉上增光，但她的希望注定要落空。兒子像頭健壯的小公牛，精力旺盛，總是參加刺激性最強的各種比賽；拳擊之外，還有足球。不是撞破頭，就是挫傷膝蓋，鼻青眼腫，成爲醫院外科的老主顧。

歐內斯特的父親埃德．海明威倒不像母親那樣愛操心。除了在家裡，不得不常常遷就妻子一點外，他倒是個標準的男子漢。他的醫術爲他贏得了無比的尊重。他與妻子一樣是公理會的教徒，只是他對大自然的崇拜，有時超過了對上帝的崇拜。他上教堂的積極性與夫人相比，差了一截。

星期天，他更願意帶兒子到森林裡去打獵——他有一雙犀利的眼睛和一手極準的槍法。他天性喜歡自由，有時甚至不顧什麼法規。他從來不肯閒著。在野外打獵或釣魚時，他總是表現出非凡的耐心和毅力。歐內斯特跟他學會了怎樣在野外生火做飯，怎樣搭簡易住處，怎樣用模子製造子彈，怎樣製作標本。

儘管成名之後的海明威並不願意多談父母，儘管一些傳記作家、評論家指出海明威父母的志趣、愛好南轅北轍，他們都想以自己的理想標準塑造兒子，但兒子終於選擇了父親，然而，事實上，海明威的血管裡仍然是既有父親的血，又有母親的血。父親對大自然的熱愛，對打獵和釣魚的興趣，甚至他告別世界的方式，都被兒子全盤繼承，但母親的自尊好勝，對音樂、藝術的良好感受力以及對語言、文學的愛好，也同樣伴隨了兒子一生。海明威打飛禽走獸的眼力雖不及父親，但他欣賞、鑑別藝術作品的眼力超過了母親。

十四歲時的歐內斯特．海明威，又聰明又健康，渾身充滿青春的活力。他嚮往競爭，嚮往得勝，嚮往當英雄。只要他有興趣的學科，學習成績就要拿第一；他去演說，就要得辯論組的獎；他打籃球，就要當隊長。如果不能獲勝，他寧可放棄這項活動。他沒能當上高中足球隊的主力，一怒之下，就退出足球場，而且再也不上。在朋友中間，他總是「頭兒」。使他的自尊心滿足的，除了他的才氣和身體條件，還有他背水一戰式的勇氣、好奇和冒險的惡作劇，以及他那股鍥而不捨的頑強勁頭。

但是，這個在橡樹園——芝加哥郊外住宅區，中產階級之都——長大，童年幸福自在的孩子，未來的大作家，也許根本沒有想到，自從在拳擊場上被打翻那一刻起，他的生活便眞正開始了。他也許無從得知，那使他嘗到疼痛的味道，使他眼睛受傷的一拳，在他以後生活的道路上所產生的影響。

## 2

他斷然宣布，他要去從軍。大學對他沒有吸引力。父母的反對，他只當成耳邊風。可是，他被軍隊拒絕了。

歐內斯特對學習音樂漫不經心，對於作文，卻傾注了很大的熱情。在名師雲集，注重文科的橡樹園中學，他的作文成績始終名列前茅；而每一次名列前茅，又是他躍向更高標竿的巨大動力。

他從小就表現出豐富的想像力和強勁的語言表達力。還在牙牙學語時，他就喜歡給自己和別人取名字。他改變歌曲的唱詞，隨心所欲地把自己的話唱出來。他喜歡聽故事，聽完後自己再想像一番。五歲時，他能把聽過的美國歷史上偉大人物的故事頭頭是道地覆述出來，覆述的過程中當然要加上自己的想像。

當外祖父病重時，歐內斯特向他吹牛說自己獨力攔住了一匹脫韁的馬，而且說得有鼻子有眼。外祖父哈哈大笑，對女兒說：「這孩子將來會有出息的。」十二歲時，歐內斯特根據泰利．漢考克大叔談過的經驗，寫了一個故事。這也許是他的短篇「處女作」。

他常常把自己寫的故事念給同學聽，使他們大感驚訝又佩服。他對描寫驚險場面興趣很大，文字表達力極強。他有時模仿當時受歡迎的美國作家拉德納的筆調，在校刊上發表幽默小品和專欄通訊，並當了校刊的主編。一開始，他的故事題材便是行兇、復仇、冒險，甚至還有性愛。這和橡樹園這個多數住戶都身具老派文化教養的城鎮之氣氛頗顯得格格不入。

歐內斯特不那麼安分守己，所以，與一般循規蹈矩的橡樹園子弟不同，他早已私闖禁區，接觸了橡樹園以外，或者說橡樹園及其周圍地區另一種色彩的生活。他過於早熟，感到煩悶時，他便離家出走。出走的事兒曾發生過兩次。誰也不知道他出走之後的經歷，他也從來沒有對人詳細談起過。

所以，後來人們只能從他的若干作品中，從他早期短篇小說中時常出現的尼克身上，尋找關於他出走生活的蛛絲馬跡。人們猜測，他有一回被人揍了，也許碰上一個並不出名又失去競技能力的瘋瘋癲癲的職業拳擊手，也許他看見了暴力行爲或兇殺場面，也許他就是那時候見到一些妓女和她們所做的某些勾當。但是，海明威健在時，從來就否認他在小說中描寫的人物、故事有自己生活的影子。「那是虛構的。」他說。

然而，不管如何，歐內斯特蔑視橡樹園傳統的秩序規範是毋庸置疑的。

當時，橡樹園有禁酒的法令，還有人數衆多的禁酒隊。但歐內斯特對此嗤之以鼻。他喊出了一個口號：海明威，酒滿杯。

對於一個十三、四歲的少年來說，人生還剛剛開始。但歐內斯特居然已有了第一個女人。他同橡樹園社交界的一位姑娘發生過初戀；在別墅度假時，跟一個印第安姑娘一起快活地打發時光。他還跟芝加哥一位三十幾歲的婦女關係曖昧。但是，所有這些，都沒有成爲繩子，絆住他的腿腳。他輕鬆地告別了她們，再也不找她們，把她們埋進記憶的深處；只有在寫作時，她們才會出現在他的腦海裡。

但是，在這個年紀時，他還沒有意識到要當一個作家。他滿腦子當英雄的幻想，戰爭對他的誘惑力更強。

一九一四年，歐內斯特十五歲，歐洲爆發了第一次世界大戰。以德國爲首的「同盟國」

和以英法為首的「協約國」兩大軍事集團在歐、亞、非三洲土地上爭奪霸權，主要戰場歐洲戰火紛飛，屍體橫陳。一開始，美國貌似公正，打著「中立」的免戰牌。到了一九一六年，大概已沒有必要「中立」，美國宣布參加「協約國」，對德、奧宣戰。

一時間，美國國內「拯救國家」和「為自由而戰」的宣傳甚囂塵上。凡是血管裡流著血的人都不能不激動，遑論歐內斯特這樣充滿冒險精神、人生幻想又好鬥的年輕人。他斷然宣布，他要去從字軍。大學對他沒有吸引力。父母的反對，他只當成耳邊風。可是，他被軍隊拒絕了——為了那隻在拳擊中受傷的眼睛，他失去了、而且似乎永遠失去了當兵的可能。

在募兵處，他被推到一邊。他眼睜睜看著同去的伙伴被接受了，為自己遭到冷遇，空有健壯魁梧的軀體而忿然不平。他的自尊和驕傲，在他高中快畢業的日子裡碰了釘子。

他的拗勁又上來了。他怒氣沖沖，心裡惡狠狠地說：「走著瞧吧！」

他決定離開橡樹園，另尋途徑。

他的目的地仍未改變——歐洲，戰場。

### 3

儘管這隻眼睛（指他的左眼）不好，我還是要想辦法到歐洲去。我不能看著戰爭的奇怪在持續，而自己卻不參加。

一九一七年，十八歲的歐內斯特·海明威正式步入人生競技場。

在親戚的介紹下，海明威當上堪薩斯城《星報》的見習記者。有時也要打打雜。

他在《星報》的時間雖然連頭接尾，不過七個月，但無論是他對報社還是報社對他，都留下極其深刻的印象。

報社記得的海明威是個出色的小伙子。魁梧、英俊自不必講，最重要的是他的靦腆與勤勉。他從不夸夸其談，採訪時總喜歡親臨現場。交通事故、刑事案件、非正常死亡、暴力和災害，是他最感興趣的報導對象。這，也許可以解釋爲什麼暴力和死亡，會成爲他日後小說故事的主要內容。

對於一個初出茅廬者，他可能過多地看到資本主義文明的另一個側面。採訪時，他總是行動在先，不是坐在警長執行任務的警備車上，便是攀在救護車上，寫報放在觀察了現場之後，因而眞實感很強。他與警長、法醫交了朋友，他們會告訴他許許多多這個城市發生的各類事件，尤其是下層居民區的吸毒、暴力、傳染病等情況。但有時會因行動時沒有跟編輯部聯繫而遭到頭兒責怪。新聞編輯部主任韋林頓說：「我們打電話到醫院找他，他卻跟救護車出去了。他似乎想永遠做到，哪裡有事，他就出現在哪裡。」

海明威記得的報社是一個亂糟糟、鬧烘烘的大房間。那裡通常擠滿了記者、編輯、專欄作家和評論家，打字機的霹啪聲終日不斷。這個地方，除了有磨損的舊寫字台，還有一百一十條嚴格的規定。他必須受這些程序、準則的約束。身爲見習記者，他需要苦幹。他得即興寫出事件的經過。「要眞實可靠」、「要用短句」、「要展現明快的風格」、「要用動詞寫作，刪掉所有不必要的形容詞」、「刪去多餘的句子」、「不要評論」……

總之，要明晰、簡潔、傳神，不說一句可有可無的話，不寫一個可有可無的文詞。不受紀律約束的海明威對這些規定倒很贊成，又能遵守。他後來寫的短篇小說保持了這種新聞報導的風格，成爲海明威式的「電報體」。他畢生追求的也是這樣一種表現風格。

新聞記者的職業雖然合他的胃口，但堪薩斯市這個活動地盤在他看來，還是小了些。暴力、災禍雖然也頗有刺激性，但比起炮火連天，彈痕遍地，屍骨成堆，鮮血成河的戰場畢竟還差了一大截。他心頭從軍的欲望從未熄滅過，所以一碰上從歐洲回來，也到《星報》當記者的布倫貝克，就像乾柴碰上烈火一樣，他的熱情再次燃燒起來。

布倫貝克是堪薩斯市的望族子弟，比海明威大五歲。儘管大學時代因打球意外，丟了一隻眼睛，但他照樣當了兵，在法國的美軍部隊裡開救護車，回國時還穿著軍服。

既然裝了一個玻璃眼珠的布倫貝克能去歐洲戰場，海明威爲什麼不能呢？「儘管這隻眼睛（指他的左眼）不好，我還是要想辦法到歐洲去。我不能看著戰爭的奇觀在持續，而自己卻不參加。」他在給姊姊的信中這樣寫道。他很快與布倫貝克交上了朋友。

一天深夜，他把布倫貝克請到自己住的老式木板房閣樓上的小屋裡。布倫貝克睏極了，在凌晨一點時終於進入夢鄉。海明威卻喝紅酒，大聲朗讀一本勃朗寧的詩集，直至第二天清晨。他「讀完了那本詩，好像什麼事都沒發生過。」布倫貝克後來回憶道。他對海明威過人的充沛精力感到驚訝。海明威不久就和布倫貝克一起，與威爾遜．希克斯商定，過完新年，便向紅十字會申請當救護車駕駛員。經過一番努力，他終於實現了夢寐以求的願望。

一九一八年五月十二日，海明威和布倫貝克正在海灣釣魚，接到了應召入伍的電報。他們匆匆趕回，帶著一身汗臭，滿身泥水，接受了軍銜，領回了紅十字會發給的軍裝。

身爲美國紅十字會戰地服務隊的一員，他在紐約參加了出國參戰部隊的閱兵式，熱血在他的胸中奔騰不已。他自豪地看到堪薩斯市《星報》刊出自己的照片，興奮地讀著宣布本報兩位記者投筆從戎，即將開赴意大利火線的報導文字。他徹夜不眠，被狂熱的朋友們簇擁著，被多情的姑娘們陪伴著。他渴望在戰爭中建立奇勳，驕傲地認爲自己將要投入的是「消滅一切戰爭的戰爭」。

他未滿十九歲，像一頭未脫稚氣的雄獅，瀟灑又莽撞地衝入戰火之中。他和同伴們在紐約碼頭上了「芝加哥」號輪船，橫渡大西洋，到了巴黎，隨後開赴意大利。炮彈的爆炸聲使他激動不已。除了戰爭，什麼也引不起他的興趣。對巴黎這座尚未毀於戰火，但已處處可見殘垣斷牆彈坑的城市，對巴黎的藝術、美酒、女人，他只是打哈欠。只有到了離前線不遠的地方，他才來勁。「十分愉快」、「我眞高興」，這確實是他當時心情的眞實表露。他不耐煩待在叢林中看風景，焦躁不已，大吼大叫，千方百計地找尋戰機。

在意大利的米蘭，海明威頭一次經受了火與血的洗禮。一家軍火工廠爆炸，他和同伴們把傷員抬到安全地帶去包紮。他驚愕地發現，屍體都是女的。過了兩天，他隨隊坐火車，然後又坐救護車，到了皮亞韋前線附近的斯奇奧。隊長在派六輛車去前線運傷員時沒有挑中海明威，使他大爲惱火。他甚至威脅說，要退出這個救護車隊，另找地方去打仗。

終於，他找到了上前線的機會。當需要在前線辦一些臨時餐室時，他頭一個站了出來。只要能上火線，他情願當一個「無足輕重的隨營人員」，在荒村野地餵蚊子，給戰壕裡的意大利士兵送去香菸、巧克力和明信片。

## 4

短短一個月，加上前線野戰醫院那一回，海明威一共開刀十三次，前後共取出二百三十七塊彈片。

一九一八年七月八日深夜，天氣悶熱，沒有月亮，只有照明彈不時劃破黑色的天幕。戰壕裡，意大利傷兵躺在沙袋上。被士兵們稱作「美國小伙子」的海明威來了。像往日一樣，他支著自行車，戴著鋼盔，彎腰走了進來，爲他們帶來香菸、糖果和明信片。他用剛學會的意大利語和手勢對士兵們說，他是從山上來到這裡的。士兵們不解地說：他們寧可到山裡。山裡稍稍平靜些，這裡總是挨炮轟。

海明威手癢癢的，抓起步槍就向敵軍陣地打了一梭子。槍聲激怒了對方，炮彈不停地打過來。彈片像冰雹一樣，四處迸射。

半夜過後不久，一發炮彈在海明威附近爆炸，他的頭部、手腳都挨著了彈片。當他從短暫的昏迷中清醒過來時，感到呼吸困難，兩條腿像穿著膠靴，裡面灌了溫水。他此時沒有一絲一毫恐懼，只有遏制不住的暴怒。在槍炮聲中，他彷彿聽到一聲聲痛苦的呻吟。他向聲音爬去，繞過一具屍體。他甩了甩滿是塵土的頭髮，終於找到那位受了重傷的意大利士兵。

他似乎已忘了自己，背起奄奄一息的傷員，匍匐著，蹣跚著，搖搖晃晃走向指揮所。敵人的炮彈在他前後築起了碎片和塵土的屏障，爆炸的氣浪衝擊得他無法站穩，劇烈震顫的大地使他全身麻木。他的眼前冒著金星，像做夢一樣，既急著邁腿，又跨不開步子。

背上的傷員發出垂死的痛苦尖叫聲。突然，兩道白光「唰」地照到海明威背上，一發重機槍子彈朝他的右膝猛擊。他一下子像突然絆了一跤，倒入泥裡。但他仍然拼力移動著。

他自己也不知道最後那段路是怎麼走完的。當戰壕裡的人接下那個已死去的傷員時，他已經昏迷不醒了。

看著海明威浸透鮮血的衣褲，人們都以為，這個美國小伙子大概完了。他們誰也沒想到，上帝還不願收下這個還差兩星期十九歲的年輕人。在送往野戰醫院的擔架上，他從昏迷中甦醒過來。在前線附近的野戰醫院，醫生從他身上取出了二十八塊彈片和彈頭。五天後，他又被送到米蘭的紅十字會軍醫院。

短短一個月，加上前線野戰醫院那一回，海明威一共開刀十三次，前後共取出二百三十七塊彈片。他像所有從前線抬下來的傷員一樣，肝火很旺。他咬牙切齒地大罵主張為他做截肢手術的醫生。他對著外科醫生嚷著：「我哪怕死了也不肯只剩一條腿！死我不在乎，但我說什麼也不肯撐一根拐棍走路！」

確實，在不知道自己傷勢的嚴重程度時，他想過用手槍自殺。但當他覺察到自己旺盛的生命力並未受到太多損傷時，他就立刻鎮定自如，而且固執己見了。

在米蘭的醫院裡，海明威度過了十九歲的生日。他還不像老年時那般挑剔，所以對護士們的服務感到很滿意。對於只有四個傷員的十八位護士小姐來說，工作並不太沉重，本來就可以很周到地照料他們。海明威很快與姑娘們混熟了。他給她們起綽號，與她們打情罵俏。他最喜歡一位名叫艾格尼絲·馮·庫勞斯基的姑娘。然而，他在米蘭並沒有耽擱多久。儘管他的雙腿中彈特別多，但他四個月後居然又站了起來，重上戰場。

這次上戰場，對海明威來說，實在是畫蛇添足。他已建立了功勳——以他的勇敢和友愛，獲得了意大利的戰功十字勳章和勇敢獎章，並且已具備回國的條件。但此時他認爲回家是一件蠢事。

他在受傷三個月後的一封家信中對父親說：「我要等戰爭結束之後才回家。就是（現在）回國一年，能賺一萬五千元，我也不想回去。這裡是我待的地方。」

他找了一些理由，諸如紅十字會人員不得登記回國，紅十字會是必要的機構，還等待補充人員等等。

實際上，他不想回去的眞正理由還在於，他對一開始募兵單位排斥他仍耿耿於懷。

他說：「我們是因爲參加戰爭不夠條件才（通過紅十字會）到這裡來的。我如果現在回國，那就太說不過去了。我因爲眼睛有毛病，入伍不夠條件。現在我一條腿和一隻腳壞了，世界上沒有一支軍隊肯吸收我入伍了。」也許怕今後再也打不上仗，所以，「我願意留在這兒……我待在這裡，良心上過得去。」

他依然熱情地找仗打。二百三十七塊彈片留下的傷痕剛剛癒合，還不見什麼後遺症狀。他仍然深信，自己是在爲祖國流血作戰，是爲一樁驚天地泣鬼神的大事業獻身。所以，他毫不吝惜自己的七尺男兒之軀。「我的身軀被選中（指陣亡），我覺得驕傲和高興……死在幻想還沒有破滅、幸福的青年時代，光榮地死在生命中最輝煌的時期，要比死在精疲力盡、幻想破滅的老年強得多。」

海明威就帶著這種英雄氣概再次走向前線。這一次，他不再是分發香菸和巧克力的「慰問隊員」。他跟隨意大利步兵，過河入林，眞槍實彈地作戰。

戰鬥中，他是一個好漢，一個勇敢的士兵，一個英雄。

# 第二章

我一直想當一個作家。

——海明威

## 5

也許，在戰場上，恐會被血與火掩蓋，思維也總是讓位於激情。但是，下了戰場，激情冷卻之後，戰爭的陰影終於顯現出來了。

戰爭結束了。帶著一身的硝煙味、傷疤，帶著榮譽軍功章，海明威回到了祖國。身為一個「英雄」，他受到橡樹園的青睞，還被請去發表演講。但是，好景不長，當歡迎「英雄凱旋」的潮頭過去之後，留下的是一片茫茫的沙灘。

軍裝脫下來了，軍功章藏起來了，海明威的生活便立即變得白開水一般。頭上英雄的光環並不能用來鋪墊今後的道路。他不想再進大學讀書，一下子又找不到合適的工作，成天無所事事，悶悶不樂，還不時得聽母親的抱怨。

也許，在戰場上，恐懼會被血與火掩蓋，思維也總是讓位於激情。但是，下了戰場，激情卻之後，戰爭的陰影終於顯現出來。海明威回到彬彬有禮、舒適安閒的家鄉，惡夢卻死死糾纏著他。一到夜晚，他就緊張，那血肉橫飛、屍骨遍地的戰爭慘景總在眼前，劇烈的炮彈爆炸聲和痛苦的呻吟聲總是縈迴在耳邊。他失眠了，害怕黑夜，通宵點著燈；他變得沉默寡言，玩世不恭，沉湎在酒精和女人之中，以此撫平創傷，擺脫孤寂。

他需要恢復，需要安寧和重新生活的勇氣。

父母親不能理解兒子，兒子也不能照父母的要求行事。海明威終於厭煩了母親喋喋不休的教誨和勸告，再次來到密西根他家的別墅。他像一頭受傷的獅子，現在需要平靜地舔淨身上的血跡，養身補元氣。他寫信把布倫貝克叫來，兩人一起狩獵、釣魚，坐在篝火邊，吃著剛釣到，烤得噴香的鮭魚。他已對自己往後的生活做出了選擇。

少年時代，他除了愛競技類活動外，也酷愛寫作，後來又到堪薩斯《星報》見習了半年多。戰爭吸引了他。戰爭結束，他得回到日常生活中來。衆多職業中，只有寫作才能使他怦然心動。他既然已當上戰場的英雄，那麼現在，他將要開始成爲文壇英雄而奮鬥。當時他可能並未想到，這個目標比起前一個目標要遠得多，難接近得多。

在休倫湖畔別墅，海明威待了大半年。他正式動筆創作，寫了一個秋天和半個冬季，成果是十二個短篇。他一次次往外寄，得到的卻是一次次退稿。每一次退稿，都把他氣得臉紅脖子粗，太陽穴上青筋突出。他像籠子裡的野獸，粗魯地叫罵，把屋子的地板踩得直響。但最後還是無可奈何。他有時也恨自己不中用，然後更勤奮地練筆。

這時，父親的一位朋友康納布爾鼓勵他離開家庭，到外頭去闖闖世面。不久，更介紹他當了加拿大多倫多《星報》的特寫記者。

她是那麼溫柔，用那雙飽含讚嘆、憐惜的纖手撫摸他身上那些大大小小的創傷，使他緊張的情緒鬆弛下來。

## 6

海明威在多倫多耽擱得不太久。並不是康納布爾待他不好，更不是在報社發生了什麼不快之事。事實上，人們都喜歡這位虎背熊腰的高個青年，欣賞他那寓於諷刺和戲劇性情節的犀利清新的特寫，歡迎他做比說更多的實幹精神。他只要每周寫出兩三篇帶有加拿大色彩的東西，主筆先生就十分滿意了。而他在這裡，也已不必像在堪薩斯那樣——像鷹犬般尋找需求的味兒，然後千方百計地接近目標，最後走到打字機旁。這時，他已有許多可以隨時拿出來用的生活積累，一開始就坐在打字機旁。但他仍不偷懶，時常出去見見世面，然後撰文尖刻地諷刺自己所不滿的一切事物。他假托橡樹園的事兒，向多倫多的奸商、勢利鬼、暴發戶和官僚發動進攻；他採訪社會名流，力圖將他們勾勒得生動、眞實。採訪常常帶有很強的敘事性而不單是對話。有時候，他不出去，便虛構一些帶刺激性的犯罪和暴力故事。一般來說，他並不把罪犯寫得醜惡不堪，只是按生活中的他們寫出來。

也許他認為這一段練筆已達到預期的要求，也許覺得自己在多倫多已有點大材小用，也許認為近一年的編外記者所幹的活，已足夠報答友人引薦和報社錄用之恩，總之，他打定主意，要回到芝加哥。不過，他同意，有時間的話，仍然給多倫多《星報》撰稿。

芝加哥，這個墮落的城市，一邊是有閒階級太太小姐們漫不經心，忸怩作態，故作高雅，奢侈豪華，一邊是貧民窟骯髒的房子，醉漢打鬥的小酒店，娼妓雲集的下等旅館。有教養的海明威，對達官貴人不感興趣，倒常常在後面這些地方出入。他觀察、思索、選擇，然後，回到打字機旁寫他的小說。

使他氣急敗壞、但無可奈何的是，他的小說依然不被任何一家刊物接受，編輯們甚至根本不承認他寫的東西是小說。他們在退稿信上稱這些稿件為「速寫」或「特寫」。這眞把他氣得夠嗆。可能就從此時起，他就對編輯不抱好感。不過，至今還沒見到他對編輯不滿的正式談話或文章。那也許是他意識到，要出書，就不能跟編輯鬧過頭。

當然，他才二十一歲，此時還不夠公開發脾氣的資格。但他對自己信心十足。他要繼續他的「速寫」。他相信，總有一天，那些退稿的傢伙會後悔當初為什麼不第一個發表他的作品。不過，埋頭寫作的日子過不長。他的房東和他的肚子都提出了強烈抗議，儘管當時他住的是很便宜的公寓，一塊硬麵包和一杯酒就可打發幾小時。他的錢袋空空如洗，再寫那些不見天日的小說，他就可能變成餓殍了。他只好重操舊業，給多倫多寄一些特寫，給《芝加哥論壇報》當犯罪案件的記者。他和朋友合住在北州街的一間房子裡，仍然經常出入於體育館、廉價的餐館，和那些成幫結夥的野小子交朋友，聽那些直截了當的粗話，目睹鬥毆、自殺，有時也逗逗女人。

芝加哥的一所簡易公寓，是海明威曾經獲得心理平衡的地方。這裡住著一個意大利移民的女兒瑪麗亞。她是在海明威從歐洲戰場歸來後悶悶不樂的日子裡闖進他的生活。

那時，海明威常常失眠。他受不了黑夜中的幻影和孤獨的折磨，漫步於芝加哥街頭。一天，他在這座破舊的公寓門口看見了衣衫不整，凍得發抖的瑪麗亞。瑪麗亞喝得半醉，與他搭訕，接著就把他帶進寒酸的屋子。她沒錢，正在挨餓。海明威那勻稱的身材和同情、善良的眼睛使她膽壯。誰也沒有說話，兩人都空虛又無法解脫，兩人都需要一點刺激。夜裡，他得到的是安寧而沒有惡夢的好覺，而她則在第二天一早用他口袋裡的錢買來了麵包和咖啡。

在海明威眼裡，瑪麗亞是個體貼人的姑娘。她長得很瘦弱，一陣風便吹得倒，黑髮瀑布般披在雙肩。她的話是從那雙紫羅蘭似的眼睛裡說出來的。她只有幾件皺巴巴的衣服，一條長圍巾飄垂在背後。她是那麼溫柔，用那雙飽含讚嘆、憐惜的手撫摸他身上那些大大小小的創傷，使他緊張的情緒鬆弛下來。他和她都明白，他們誰對誰都不負有道義上或其它方面的義務。但他們也不是一般的逢場作戲，兩人的交往是眞誠的，因爲當時彼此都需要對方。他知道這只是生活中的一點興奮劑。但他並沒有、也從來不鄙視事實上是暗娼的瑪麗亞。她的給予和誠實，多年後仍保留在他的記憶裡。

這次回芝加哥，他幾次經過瑪麗亞的公寓。但他已經不想重溫舊情。只是有一次，在喝了大半夜廉價酒之後，他又看見那散亂的披肩黑髮和那雙紫羅蘭般的眼睛。瑪麗亞又喝醉了。她憔悴疲憊，他幾乎認不出來了。但她認出了他。她撲上來，熱情而長長地吻著昔日的男友。他此時再也找不回一年多前的熱情，心中只有無限的憐憫、惆悵，還夾雜著一點兒厭惡。他再也不想見她了。

這一切都沒有耽誤他們各自的正事。兩人都一邊用心談戀愛，一邊用行動闖自己的事業。一個沉浸在琴鍵上，一個忙碌於打字機前。

## 7

東芝加哥100號，海明威生活中一個重要的場景。在這個舊而大的老式公寓中，除了海明威和霍恩——靠了史密斯先生的幫助，他們才得以住進這個寬敞的地方——還有一位立志文學創作的人。這些人都在努力，企圖有所進展。他們都窮得叮噹響，只有在哪個人的稿件被採用之後，大家才能湊在一起喝幾杯啤酒。他們常常集中在公寓的大廳裡聽「好消息」或讀退稿信，然後走回各自的房間打開打字機。有人聚在一起討論寫作；有人用退稿信裱牆；也有人切開靜脈自殺。但海明威只管埋頭寫自己的小說。他討厭議論。寫作不靠嘴巴。他惱怒地揉掉一張張打滿字的草稿。字紙簍裡總是滿滿的，紙簍周圍的紙團還夠再裝滿一簍。樓板在他火辣辣的腳下呻吟。

終於，有一天，他也有錢請客了！他在大廳裡高聲宣讀了《兩面派》——一家小雜誌來的信，然後三步併作兩步跳上樓。此時成功的喜悅感恐怕勝過後來享有世界名望的美國大雜誌《生活》或《時代周刊》登出他的稿件時強烈一千倍。

海明威更討大家喜愛了。他本就是一個很討人喜歡的傢伙。他身材高大但為人謙和，臉上既有男子漢的剛強，又有恰到好處的靦腆。人們一眼就可以看出他受過良好的教養（那時他們還未領教過他小說中的某些字眼），而且眼下如此勤奮刻苦。別人講話時，他總是全神貫注地看著，仔細傾聽，從不插嘴打斷。他靠自己的努力，獲得了小小的第一次成功。於是，當時已小有名氣的舍伍德·安德森進入他的視線。接著，聰明嫵媚的哈德莉也進入他的生活。這兩個人，對他日後許多年的生活，發揮了極大的影響。

哈德莉·理查森是個藝術才華洋溢的女郎，曾與海明威有過一面之交。一九二一年，她失去雙親，身心交瘁地接受女友的邀請，從聖路易斯到芝加哥小住。她長著一頭漂亮的棕紅色頭髮，顯得熱情奔放；一雙細長靈巧的手，鋼琴彈得相當出色。她具有海明威母親身上所有的自信、聰慧、堅定及良好的教養。海明威與她一見鍾情。她傾心於他的見多識廣，精力充沛，堅韌刻苦，傾心於他全身每個毛孔中都散發出來的青年男子漢的氣息；他則傾心於她的藝術家氣質。

海明威以他自己特有的方式，走完了這段戀愛路程。他們沒有甜言蜜語，沒有山盟海誓。他們對花前月下的俗套沒有興趣。哈德莉小住後回到聖路易斯，他們就開始每周通信。

她請他去聖路易斯，他卻因買不起火車票而未成行。他將自己養傷時與艾格尼絲的戀情告訴了她，她更熱情地回信說，他是屬於她的，她愛他。

儘管有些朋友竭力勸阻，海明威還是啓程去看哈德莉。不久，哈德莉回訪。他們就結婚的事進行了商量。這一切都沒有耽誤他們各自的正事。兩人都一邊用心談戀愛，一邊用行動闖自己的事業。一個沉浸在琴鍵上，一個忙碌於打字機前。他照樣出入貧民窟、體育館、酒吧和咖啡店，照樣在午夜時分走過黑暗的小胡同，目睹突發的打鬥，傾聽突發的槍聲。但他寫作的勁更足了，因爲哈德莉覺得他的一篇短短的小說比請四百五十個人來參加婚禮還要重要得多。

九月三日，在密西根的別墅附近一家鄉村教堂，他們舉行了婚禮。海明威的父母及妹妹、弟弟出席了儀式。在婚禮進行曲的樂曲聲中，他們雙雙接受了牧師的祝福。過完蜜月，他們開始一起計劃共同的前程。

舍伍德．安德森建議他們到巴黎去，因爲那裡是寫作的好地方；而且，以美元的匯率來說，可以降低生活費用。

海明威夫婦打算採納這個建議，但還得做另一些準備。

# 第三章

巴黎總是值得眷戀的；不管你帶去什麼，總會得到報償。

——海明威

## 8

鬥牛震撼人心。它比拳擊更有魅力。至少海明威是這樣認爲的。這以後，他跟鬥牛一輩子相愛，連對妻子、情人之愛，也未必如此強烈、持久。

一九二二年底。

聖誕前二十天的一場大雪，幾乎打亂了海明威夫婦的計畫。但大雪終究蓋不住路，凍不住大西洋。海明威又一次搭上遠渡的輪船。這一次同行的不是布倫貝爾，而是嬌媚的妻子哈德莉。他的目的地是巴黎。四年前他去過那兒。當時他奔戰火而去，對藝術不屑一顧，這次卻直奔藝術而去。

然而，他決定要先去看一場鬥牛。西班牙的鬥牛對他有不可言喻的吸引力。

夫婦倆到了馬德里。天氣冷得要命，他們沒有足夠的大衣。但他們仍縮著脖子來到鬥牛場。入場券不知塞到哪兒去了，海明威翻了大半天口袋沒找著，就擠入新聞記者隊伍中——反正他也是記者。他這次是以多倫多《星報》海外記者之身到歐洲來的。他們和維持場上秩序的警察很快混熟了，就從邊門進了場子，坐到管理人員的邊上。

鬥牛震撼人心。它比拳擊更有魅力。至少海明威是這樣認爲的。這以後，他跟鬥牛一輩子相愛，連對妻子、情人之愛，也未必如此強烈、持久。

他出神地看著。瞧，幾頭騾子在啪啪的鞭子聲中，甩著鈴鐺，把小公牛拖進場，接著，鬥牛士上場。他們穿著銀色和橘紅色的衣服，繡著金絲、綴著珠寶的腥紅色披風沉重地半疊著，搭在他們的左臂上。他們昂起的頭隨著音樂的節奏搖晃，右手自由地擺動。長矛手騎著馬，緩慢沉著地跟在後面。再後面是鬥牛場的雜役和脖子上拴著鈴的騾子。

當這一行人雄赳赳地穿過鋪沙的鬥牛場，走到主席台時，海明威耳邊響起了觀衆狂熱的大聲歡呼。那氣氛不亞於衝鋒號吹響之時。

這一場的鬥牛士是個老手，雖然禿了頂，但從他威風凜凜的傲氣中，可以看出當年他是個美男子。海明威喜歡他的那種氣質。

鬥牛精彩得要命。鬥牛士動作準確、嫻熟，有時還賣弄點絕技吊人胃口。躁熱的激情加上酒精的作用，海明威如癡如狂。他年方二十一，但已打過一回仗，似乎總是帶著睡夢不醒的疲乏，早就結了疤的傷口還時不時地隱隱作痛。離那場大戰的日子愈遠，他對傷口的感覺反而愈敏銳。

如果說他是一個大病初癒，身體還虛的人，那麼，前不久發表的一篇小說和剛剛締結的婚姻已使他的元氣恢復了一些，而這場鬥牛，則好比一支人參，使他精力旺盛。他強烈地意識到，這才是眞正的男子漢氣概。

「我得像鬥牛士一樣，」他暗暗對自己告誡說：「生活與鬥牛差不多。不是你戰勝牛，就是牛挑死你。」

鬥牛在觀衆熱情的尖叫聲中結束。身爲遠道而來的客人，哈德莉得到了鬥牛士慷慨贈予的紀念品——被殺死的公牛的一隻又硬又乾的耳朵。這牛大概跟鬥牛士一樣，禿了頂，所以耳朵上毛很少。

三天後，他們到了巴黎，在這裡，海明威開始他那刻苦學藝的生涯。用了七年時間，他才攀上文學的高峰。

## 9

他像一隻金雞，抱定「不鳴則已，一鳴驚人」的宗旨；他像不屈的獅子，倔強地站立著，摩拳擦掌，準備出擊。

身爲《星報》的駐歐流動記者，海明威盡可能使自己神氣些。儘管肚子塡不飽，但他總是神采奕奕，風度翩翩。他那健壯的體格和優雅的舉止大幫其忙，使不明底細的人會誤認爲他是報紙的董事長而不是小記者。他四處流動採訪，有時還攜妻子同行。這對囊中空空的人來說，是最好的免費旅行。

他的採訪沒什麼限制，比他寫小說的題材面要寬上一百倍。他有時活躍在首腦們高談闊論戰爭與和平、富強與貧困的最高級會議上，向新聞發布官提一些難以解答的問題，然後加上自己的評述，發回加拿大。他對獨裁者販賣戰爭的言行具有敏銳的洞察力，當不少人受墨索里尼的騙時，他及早而且與衆不同地指出了墨索里尼是一個品性很壞的危險人物。他一個人趕到希土戰爭的疆場，與希臘難民一道通過東方路線撤退。

「早晨六點半鐘，他們（指土耳其人）在一所醫院的牆跟前槍殺了六名（希臘）內閣部長。」海明威不動聲色地敘述說，有一個人病得站不起來，只好托著腦袋，坐在雨裡被一槍打死；「一個被處決者高高舉起一尊小小的耶穌受難像。」

「難民們冒著大雨撤離家園，首尾相連，綿延三十公里的大車裝著他們的全部家當。老人們渾身透濕，跟在車旁驅趕牲口。渾濁的河水幾乎淹沒了馬里查河上的橋面，車輛、牲畜和人都在泥水裡艱難地挪動。」他用簡練而繪聲繪色的文筆發出電訊，再現了戰爭對無辜人民的荼毒。

有時候，他出入於文人名士的聚會場合，觀察他們的舉動，用三言兩語勾勒出他們的形象，寫成電報般濃縮又十分傳神的人物特寫。

在描寫出沒於藝術沙龍的一些人時，他的語調不無尖刻：「這是一夥行爲古怪，相貌也古怪的人，圍坐在圓頂咖啡店的桌子旁。這些人幾乎都是遊手好閒之輩，把藝術家應該用於創作的精力花在閒談上，談論他們想做這樣想做那樣，對那些多少得到承認的藝術家的作品一概予以譴責。」

他深深地厭惡這些人，因爲他自己信奉的是行動，多幹少說。他對這種人的厭惡後來彌漫開來，延伸到文學批評者身上，把他們也歸入「空談藝術，居然也同樣得到滿足」的一夥，講了許多帶攻擊性的話。但很多時候，他又希望一些出了名的人寫文章評論他的新作，而且要說他的好話——這自然是後來的事。

在巴黎，海明威夫婦租了房子。儘管是屬於貧困區的一條街上的房間，但因房租不貴，給多倫多寫通訊的菲薄稿酬便足夠支付。海明威還在一家旅館租了一個房間，作爲自己寫作的工作室——這並不是未發跡的寒酸文人個個辦得到的。不過，那房間在頂樓，不僅冷，還要走六段或八段樓梯，而那時他還用不著進行減肥。

哈德莉在一所公立音樂學院進修音樂。爲此，海明威更有機會四處走走。他喜歡經亨利四世中學、聖艾蒂安蒙特教堂和萬神殿廣場，沿聖米歇爾街背風的一側，要上一杯牛奶咖啡，佔一個座位，然後坐上大半天。這裡的溫度比較適合寫作，氣氛舒適而親切，他從口袋裡掏出筆記本和鉛筆寫起來，一直到中午十二點以後。

身爲一個新聞記者，海明威不花多少力氣就樹立了自己的聲譽。他不一定抱「獨家新聞」，但由於他敏銳的感受力，文稿中的見解往往具有「獨家性質」。但身爲一個小說作者，他卻屢屢受挫。創作界不承認他的獨特文體，就像畢卡索的畫作長期不被承認一樣。他竭心盡力，嘔心瀝血寫出的短篇賣不出去。

編輯們仍然稱他的小說是「速寫」、「短文」、「軼事」。他對此十分惱火。他衝進體育館，在有力的拳擊中發洩怒氣。有時他也把怒氣帶回家中，連巴黎潮濕而寒冷的冬天，也成爲他遷怒的對象。

然而，他無意讓自己適應雜誌和報刊的口味。他像一隻金雞，抱定「不鳴則已，一鳴驚人」的宗旨；他像不屈的獅子，倔強地站立著，摩拳擦掌，準備出擊。在他眼裡，新聞工作不過是賴以生存的手段，他追求的目標是藝術——眞正稱得上藝術的創作。

## 10

晚年，有人問及他的創作。他幾次三番，直接了當地宣告，他學習寫作，從繪畫與音樂中得到的啓示，與從文學名著中得到的一樣多。

剛到巴黎，海明威夫婦在藝術欣賞的共同愛好驅動下，「就像兩個性急的密探那樣，沿街巡視。」他們沒完沒了的在羅浮宮細細觀賞，在拿破崙墓邊徘徊，在書店裡瀏覽，在大街小巷穿行，憑著在芝加哥公寓生活時認識的舍伍德·安德森的介紹信，到巴黎不久，海明威便結識了格·斯泰因女士。

晚年，在回憶錄中，他這樣描寫斯泰因女士：

「斯泰因小姐身材粗壯，但個子不高，結實得像個農婦。她的眼睛非常好看，寬厚的臉龐顯出德國猶太人的血統，又有些像佛里拉諾（意大利北部）人。她的衣著，她那表情豐富的臉，她那光滑、厚實、飄動的頭髮，以及大概從上大學時代便保留至今的髮型，都使我連想到意大利北部的農婦。她總是滔滔不絕地談話，一開始總是談熟人和舊地。

斯泰因女士是僑居巴黎的美國作家，寫有《麥蘭克沙》、《美國人的形成》等作品，屬於實驗主義小說那一派。經過歷史的沖刷，她雖然不能躋身第一流作家之伍，但凡是談到西方現代派文學，她的名字無疑已在文學史上留下一席之地。庫．辛格在他的《海明威傳》中很有把握地說：「她對其他作家的鼓勵和資助，要比她自己的作用更具有永久的意義。」

當時，不想循規蹈矩的西方現代派文學開拓者都簇擁在她周圍。她把自己的家提供出來，在買衣服和買畫之間做出了抉擇——「不要在乎穿什麼，也別管什麼款式，就買舒適、耐穿的衣服。這樣就能省下買衣服的錢去買畫了。」她辦了一個沙龍，這個沙龍成爲當時巴黎的一個藝術中心。

海明威與妻子拜訪了斯泰因女士。不知是斯泰因的博愛心懷，還是因爲明威的獨特魅力，反正他們互相都很有好感。她熱情地接待了海明威夫婦。海明威不無羨慕地看見她有一個相當寬敞華麗的工作室，裡面掛了許多名畫珍品，暖烘烘的，在斯泰因女士那裡，他可以一邊喝著茶或果子酒，一邊吃精美的糕點，一邊欣賞精美的畫作。

大概由於母親的遺傳基因，海明威對美術作品的鑑賞和感受力非常強。晚年，有人問及他的創作。他幾次三番，直截了當地宣告，他學習寫作，從繪畫與音樂中得到的啓示，與從文學名著中得到的一樣多。這話倒是千眞萬確的。

兩三年中，海明威對斯泰因非常友好。他午後從頂樓工作室下來，或從咖啡館出來，每當路過她家，就進去坐一會兒，聽她滔滔不絕地談話，談現代油畫，談她自己的寫作，談其他一些畫家或作家的日常生活，談她對文學語言方面的見解。海明威也曾邀她到自己的「家」裡去，在狹小的房間裡讓她看自的短篇。他滿心歡喜地聽這個女人稱讚自己的作品，不大高興地聽她的批評意見，心裡嘀嘀咕咕：那是我自己的事。

斯泰因女士對海明威關懷備至，不僅給他引見當時的文壇人物，還借給他書看——當時海明威沒有很多的錢買書。

有一天，海明威一反常態，上午就來到斯泰因家。這使斯泰因很感奇怪。更叫她不解的是，海明威喝了早上十點的咖啡，又吃了午餐，最後連晚飯都吃了。直到晚上十點鐘，非回家不可時，他才猶豫著，靦腆地告訴她，哈德莉懷孕了。他氣呼呼地拒絕了她的祝賀。「我還太年輕，不該做父親！」斯泰因女士竭力安撫他，讓他相信，這不會給他帶來害處。後來，當海明威的長子約翰在美國出生後，回到巴黎時，斯泰因送給孩子一把鑲著繡花邊的小椅子、合身的毛線衣，還做了孩子的教母。

著迷於斯泰因女士沙龍的日子不太多。海明威生性喜歡行動，最看不慣空的人。他已飽賞了斯泰因女士的藏畫，更願到盧森堡藝術館去接受塞尙、馬內、莫內的啓發。他已了解並聽厭了斯泰因女士的談話內容。他需要保證寫作的時間，想把自己所知道的每件事都寫成小說。兒時斷續的記憶，第一次世界大戰上白血染紫的腥味土地，那些口袋全部翻出，身邊飄飛著情書家信紙片的意大利士兵的屍體，撤退中的希臘百姓，牆角下被槍殺的內閣大臣，還有密西根州的印第安帳篷，瑪麗亞紫羅蘭的眼睛，上了年紀卻保持勇士的鬥牛士，過了時而風流的有修養的寡婦，以及鐵路邊、酒吧間、弄堂口……發生的各種事件，都使他坐臥不安。他一定要寫，要找到自己獨特的角度和文體。

## 11

親身經歷過的戰爭，他想忘也忘不了。雖然他已不再是一個人度過黑夜，但他仍然要開著燈才能安睡，有時還是不免失眠。

假如說，大戰結束回國之後，「戰鬥英雄」被人迅速淡忘，飽含激情上戰場，一身傷疤，卻因沒有學歷而找工作困難，這些使海明威產生一種失落感和受騙上當之感的話，那麼，在巴黎，目睹到的另一些事同樣刺痛了他那顆敏感的心。

他帶著成爲第一流作家的抱負來到巴黎，告別了自己的昨天。他只是爲了維持生活，使創作得到一定的物質保證而繼續幹特寫記者。但是，記者的職業使他變得善於觀察和思索，而這一習慣又使他並不能完全與自己的昨天一刀兩斷。他還沒有像後來那樣，認爲作家要做生活的局外人。他細緻地觀察，在生活中尋求啓示。他必須寫一些通訊和特寫，這些眞實的事將來還可以成爲寫作素材。

親身經歷過的戰爭，他想忘也忘不了。雖然他已不再是一個人度過黑夜，但他仍然要開著燈才能安睡，有時還是不免失眠。他下意識中總記得戰爭。不信嗎？你看，他最關心的問題是戰爭與和平；他的採訪熱點是首腦們的會議和社會暴力；他感興趣的活動是鬥牛、拳擊、賽馬和賽車。他注意到傷殘士兵戰後當乞丐過活，戰場勇將戰後墮落，吸毒或自殺；他甚至發現了軍功獎章在市場廉價出售。

「現在英勇在市場上賣多少錢？」海明威忿然不平又不無心酸地給他的報社寫道。幾乎所有的店舖都不收購獎章，因爲沒有人要。老板或老板娘用同一種腔調對他說，這些東西在打仗時可能有用。可是，賣不掉的東西，買進來幹什麼呢？

他想要弄個明白。他不厭其煩，沿著舊貨店一家一家地問過去。他的外套有人要，他的錶被估價七角，連他的菸盒也值四角錢。

「有軍功獎章賣嗎？」

一個收購廢品的商人奇怪地看了他一眼，「每天都有人來賣獎章。這麼些年來，你是頭一個來問我買的。」

最後，在一家骯髒的小店裡，海明威發現有出售軍功章。三枚獎章——「一九一四～一九一五年星章」、「服役勳章」、「勝利獎章」，閃閃發光。女店主拼命向他推銷，價錢從三元降到一元。

他感慨地寫道：

「……

「破鬧鐘賣得掉。可是『十字勳章』賣不掉。

「舊口琴，你能處理掉。可是，傑出行爲獎章沒有人要。

「行軍用的綁腿，你賣得掉。可是『一九一四年星章』，你找不到一個買主。

「所以，英勇在市場上值幾個錢，不得而知。」

事實上，一場席捲歐洲大地，持續四年的戰爭，它的紀念品之所以在戰後立即貶值，正反映了人民對待這場非正義戰爭的態度：他們唯恐忘之不及。用形式邏輯的三段式推理作比，戰爭是大前提，流血犧牲換來勳章是小前提。既然大前提是沒有價值的，那麼，血也不值錢，勳章又能有什麼價值呢？

海明威不知該怎樣平衡自己的情緒。理智上，他認識到這場戰爭的殘酷及其對歷史的反動，但感情上，身爲一個擁有兩枚軍功章的大戰「英雄」，他接受不了人們對勳章的冷漠。現實已使他看到那次戰爭是一個騙局，政客們玩了他和與他同時代的青年的激情及信仰。但在內心深處，他依然埋著想當英雄的願望。軍功章本已證明他的英勇，但英勇不被人承認。戰爭留給他的恐怕一直咬嚙著他的靈魂；他怕打仗，可他又竭力掩蓋著他的眞實心理。

這種思想矛盾，以後一直貫穿他的一生和他的創作。只要看到這一點，就能理解，爲什麼他通過作品，反映的是戰爭的恐怖、罪惡和戰爭的後遺症，希望「永別了，武器」，而行動上卻表現出對戰爭的特殊興趣，對武器的極度愛好。

當時，海明威沒有過多地深想這些反差，他甚至沒有時間思考戰爭的性質之類應該搞清的問題。他把所有注意力都集中在寫作這件事本身。他的目標已經確定。他想，他需要的是韌勁、耐心和毅力。

## 12

海明威的不幸在於，他既追求完美，又無法迴避現實，而現實中的人，哪怕是第一流的藝術家，也總是優缺點摻半，而且他們也有自己的美學追求與價值標準。

海明威在巴黎結識了不少朋友，有作家、詩人、藝術家。一開始，他總是能與他們和睦相處；但一段時間之後，當他已經比較全面地了解這些人，往往會離他們而去。

海明威與其他人的友誼之林不太容易建立，人們常說是他的孤傲。這不無道理。他固然也希望交朋友，但他不喜歡任何時候都跟朋友待在一起。中午十二點前是他的寫作時間，他對每一個與他打招呼的人都討厭，視他們爲魔鬼。他可以從喜愛某位作家或藝術家的作品開始，去接受這些作家，但他又怕人家說他曾受惠或受影響於某人；他特別珍惜自己的獨創性，於是總要找機會表白自己或攻擊他人。為維護自己的尊嚴，他樹敵過多，過分嚴厲。所以，直至今日，儘管文壇對他的創作和風格大為讚賞，但始終不能接受他對同行的那種態度。

不過，這些還是浮在表面上的東西。真正影響他與同行交往的，是他理想中的人的價值標準和道德規範。儘管他自己也未必稱職於他理想中的自我形象，但有一點我們可以肯定，他一直在努力。

海明威的不幸在於，他既追求完美，又無法迴避現實，而現實中的人，哪怕是第一流的藝術家，也總是優缺點摻半，而且他們也有自己的美學追求與價值標準。況且他那新聞記者的目光太挑剔、太敏銳，就連很細小的東西也逃不過他的眼睛，他對自己直覺的信任又遠遠超過理智。

斯泰因女士與海明威交好達三、四年。他時常在下午三、四點鐘去她家坐坐。當時，斯泰因女士的文藝沙龍很是興隆。經歷過第一次世界大戰的反傳統青年作家時常在那裡聚集，交流對藝術的見解。埃茲拉．龐德、詹姆斯．喬伊斯、F．克多斯．福特等人，海明威也是在此地認識的。應該說，斯泰因女士對海明威初期的寫作提供了不少鼓勵和幫助。他接受了她「放棄新聞工作」、「把散文修改得更精煉些」、「不要描寫」等等建議，也喜歡跟她一起討論作品。但是，斯泰因女士愛談天，動筆不多，這不符合他的準則，所以，他去她家的次數逐漸減少。斯泰因女士決定親疏時，對作家屬於哪個圈子比作家有多大的才華更注意的判斷方法，也叫他多少有點不快。據他看來，斯因泰女士有時對同輩出色之作家的醋勁，也令人望而生畏。

雖然已有種種不滿，他畢竟是無名小輩，仍然尊重這位已有名氣的女士。

一九二四年暮春，有一天，斯泰因女士的車出了點小毛病。修理工——一個曾在第一次大戰最後一年服役的小伙子幹活很馬虎，斯泰因女士向他的老板告狀。這位老板狠狠訓斥了小伙子一頓，對小伙子說：「你們全都屬於『迷惘的一代』。」

斯泰因女士將此事告訴了海明威，並對他說：「你們就是這一類人。你們全都屬於這一類。你們這些在戰爭中當過兵的年輕人都一樣；你們蔑視一切，喝酒喝到醉死方休……你們全都是迷惘的一代。」

這番話，引起海明威思想的強烈震憾。他想到那個修車的小伙子，設想當那些汽車都改成戰地救護車時，他是否也去開過。他想起了自己開救護車時，那裝滿傷員的車下坡煞車失靈的情景，想到了十九世紀拿破崙打敗仗，從莫斯科撤退，留下米歇爾．內伊率部且戰且退的艱難道路……是的，每一代人都曾由於某種原因而迷惘，過去如此，將來也如此。他想到自己這一代人，戰爭擊碎了青春的狂熱和夢想，只留下難看的傷疤和不值一文的軍功章；戰爭把他們連根拔起，拋向空中，許多人都找不到自己的位置；戰爭使英雄、愛情、鮮血、道義貶值；戰爭把人民的善良挑在刺刀尖上！但是，究竟誰是迷惘者？他覺得，自己這一代，經過了那麼殘酷的戰爭，是清醒、冷靜的一代，更懂得生活的價值。他憤慨地咒罵那汽車修理工的老板：「大概他自己喝醉了。要不，他怎麼會想出那麼漂亮的詞語來呢！」他也在心裡暗暗地給斯泰因女士打了分數：她才迷惘呢——自私而且懶惰！

對F．麥克多斯．福特，海明威從來沒有過好印象，儘管福特編輯的《美洲評論》發過他的作品。福特那講究的穿著、染了色的大鬍子、倒置的大圓木桶般的身材，都叫他不願多看一眼。而福特居高臨下的口吻，賣弄自己的架式，以及對人的無禮，他見了幾乎要嘔吐。哪怕他在心裡一百遍對自己說，福特是一個傑出的作家，但還是不能克制厭惡之情的流露。他只好儘量少與福特來往。

海明威對埃茲拉．龐德要寬容得多。這大概是龐德的天性較隨和之故。龐德此時已成名。他的詩歌理論強調用字精煉，不用廢字，不用修飾，這頗與海明威合轍。海明威贊賞龐德與人為友、樂於助人的慷慨與詩人的藝術才華。他時常和龐德一起喝酒，參加了龐德為支持一些窮文人集中精力寫作募集捐贈而發起組織的文人會，還教龐德拳擊。但他並不掩飾他不贊成龐德的地方：他不欣賞龐德喜歡的日本藝術家的畫、皮卡比亞的畫，也不喜歡龐德的一些朋友。他不願去娜塔麗．巴尼爾小姐那高雅的文藝沙龍，暗地裡把龐德的好友溫德姆．劉易斯叫作「腳丫泥」。其實劉易斯還是很有才華的藝術家，只不過外表不那麼悅目罷了。

後來，在第二次世界大戰，龐德甘心充當墨索里尼的宣傳工具，戰後因叛國罪在美國受審，海明威雖然沒有像某些人那樣，為減輕龐德的罪責奔波，但在記者招待會上仍為龐德說了幾句好話。有些西方作家為此指責他不夠朋友。可是，以海明威的個性，幾十年後，還為二次大戰中站在敵人營壘的龐德，說幾句沒有放棄原則的好話，已經是寬容到不能再寬容的地步了。

一九二五年年底，海明威寫了矛頭對準巴黎和美國文學界的諷刺小說《春潮》。從某種意義上講，它是海明威自我孤立於文學界的宣言書。在此之前，日子還是平靜的。《春潮》出版後，最不滿的要算是斯泰因女士。這也許是她起初與他過於密切，對他期待很高，所以更不能容忍他的嘲諷。

海明威對斯泰因女士的失望與日俱增，除了對她那過分的沾沾自喜和浪費時間不滿，還有對她的生活方式的厭惡——斯泰因女士是個同性戀者，與另一個女人住在一起。有一次去她家，他碰到了進退兩難的尷尬情況，再也不能維持對她的信任了。但那時他還是幫了她一些忙，包括說服福特在《大西洋評論》上連載她的《美國人的形成》，幫她讀一些校樣。所以，並不太注意觀察海明威內心變化的斯泰因女士，直到看到了《春潮》，才發現他已背叛了她。她勃然大怒，罵他是膽小鬼，說他不敢對付另一派文人，妒忌她的成功，是小人，是馬克・吐溫筆下那「密西西比河中平底船上的水手」。從此，他們便絕交了。

舍伍德・安德森也一下子回不過神來。在文人圈子中，到那時爲止，他與海明威交往的時間最長，多次助海明威一臂之力。在芝加哥，就是他把海明威的短篇推薦給《兩面派》；他建議海明威夫婦到巴黎，並爲他寫了推薦、介紹的信，海明威才得以進入斯泰因女士的文藝沙龍；還是他，把海明威介紹給自己的出版商利夫萊特公司，這家公司出版了海明威第一本正式在國內發行的短篇小說集《在我們的時代》。海明威在《春潮》裡居然明譏暗諷，這豈不是過河拆橋？

事實上，海明威對安德森也早有一些看法了。他對批評界評論他的作品有安德森的影響極爲反感。還在一九二三年11月給評論家威爾遜的信裡，他就矢口否認說：「我知道我不是受了他的啓發才寫這篇小說的。」他承認自己跟安德森熟悉，又表白說，兩人已「多年未見」。實際上，到那時爲止，最多是兩年不見。海明威直率地批評安德森「好像不行了」，但那時仍表示自己還喜歡他，因爲他「寫過一些好小說」。

但到了一九二五年，海明威覺得自己羽毛已豐，就像一個剛進入青年期的男孩兒，爲了表明自己已是男子漢，急於斬斷與家庭的聯繫一樣，他果斷而又未免不聰明地嘲諷了安德森，斬斷了這條單方面給予和接受的友誼紐帶，用以表明自己的獨立性和暗示自己比安德森高明。幸而安德森表現得很海量，並不理會他的挑戰，才避免了一場文壇的自相扼殺。但兩人的友誼只能是到此爲止了。

司各特．菲茲吉拉德也是海明威在巴黎認識的朋友。當時，《了不起的蓋茨比》奠定了他在文壇的地位。海明威第一次與他來往是在一家名叫「澳洲犬」的酒吧。菲茲吉拉德長得很精神，滿頭金黃色捲髮，高高的額頭，兩唇細長而柔軟，目光興奮而友善。還在未認識海明威之前，他就從威爾遜那裡看過海明威的幾篇作品，印象很深，便立即催促與他聯繫的斯克利布納公司向海明威約稿。

大概由於信件在路上耽擱了一些時日，所以安德森介紹的利夫萊特公司捷足先登，出版了海明威的第一本小集子，並訂下了後三本書的合同。但由於這公司沒能接受海明威的第二本書稿《春潮》，合同失效。

海明威把後來的書稿都給了接受《春潮》的斯克利布納出版公司。這件事，菲茲吉拉德幫了兩回忙。他們的關係一度很密切，曾一起出去旅行，再從里昂開小車回巴黎。菲茲吉拉德有一輛小汽車。

與其他名家朋友的交往一樣，海明威開頭時對菲茲吉拉德的想像很美好，把他當作「老作家」。但他立即發現，菲茲吉拉德也有一些毛病，會提一些直率得令人難以作答的問題，有時候失約，辦事糊塗，而且有點神經質。在那次旅行中，菲茲吉拉德懷疑個己得了肺炎，緊張得不得了，既折磨自己，也折磨海明威，海明威煩得不行。菲茲吉拉德太愛妻子，在海明威看來，簡直有點婆婆媽媽。後來得知他的妻子有精神病，海明威似乎原諒了他。但是，海明威後來還是把菲茲吉拉德說成是一個「做事不好」、「舉止乖戾」的人，儘管自己與他是朋友。海明威揶揄菲茲吉拉德口齒伶俐，故事講得生動，但讀他未經修改的信件，會覺得他是「近似文盲的人」。

海明威對菲茲吉拉德「如何爲了向雜誌投稿而改頭換面」，很懂得「怎樣改動，才能使作品在雜誌上有銷路」，感到「吃驚」，鄙夷之情頓生，因爲他自己決不屑於迎合出版商和雜誌編輯的口味，隨時準備爲捍衛自己的寫作風格，像公牛一樣，用頭上的角頂撞橫在面前的牆壁。他把迎合口味看作與賣淫一樣下賤。於是，他自覺與菲茲吉拉德不屬一類作家。直到菲茲吉拉德一九四〇年去世，他們一直若即若離。實在按捺不住衝動時，他便會發出一些對這位作家的「攻擊性言論」。

在巴黎的日子，海明威見過、結交過的詩人、小說家、畫家還有很多。二十年代的巴黎是世界藝術之都。後來，他與他們都不來往了，與他們的友誼還不如與鬥牛士的友誼來得地久天長。不少知名度不高者、來往不頻繁者，他甚至不再提起。交往較密切的一些，大概只有對詹姆斯．喬伊斯沒有微詞。

# 第四章

## 最好的寫作一定是在戀愛的時候。

——海明威

### 13

「沒什麼！丟了這些破紙片，也許對我更有好處。」他對自己也對妻子這樣說。他這時候充滿了男子漢氣概，像發表作戰動員令一樣，鼓足兩個人的勇氣：「沒關係！我們一定能重新開始，從頭做起！」

初到巴黎，海明威夫婦住在勒穆瓦納主教街74號。那是一套兩間的公寓，沒有熱水，也不帶衛生設備。但年輕的夫婦對此頗為滿意。只要不下雨，他們就不必關上窗戶，可以眺望遠處。周圍的景色在海明威看來，還算得上優美。地板上舖著「席夢思」；牆上掛著夫婦倆喜歡的畫。

「我發現了一個好地方！」

海明威眉飛色舞，哈德莉也就立刻興高采烈起來。

海明威指的「好地方」，就是「莎士比亞之友」租借圖書館。它在奧德翁路12號，既賣書，又出借圖書。屋裡擺著桌子、書架，架上堆滿了書。櫥窗裡陳列著新書，牆上還掛著許多著名作家的相片，不少是相當自然的生活照。看著他們那親切又充滿活力的一面，你絕對不會想到其中一些人謝世已久。

這裡的主人是西爾維婭·比奇。她有一張線條分明的臉，一頭濃密的波浪式棕色頭髮，一對褐色靈活的眼珠子。她總是露出純眞的笑容、活潑的神情。海明威對她的評價很高，說自己認識的人中，「要算她對我最好了！」、「她對人和藹可親，性情十分開朗，最愛關心別人的事，也愛開玩笑、閒聊天。」

頭一次去那兒，他便一副窘態。他沒錢買書，甚至連加入租借者行列的保證金也交不足。他有點羞澀，開不出口，又不甘空手而歸，像饞孩子般，眼睛始終捨不得離開自己想吃又吃不上的「糕點」。

西爾維婭褐眼珠一轉，便猜透了這位靦腆的美國青年的心思。她經常碰見這樣的年輕人。他們好學，天才洋溢，肯刻苦，但口袋裡沒錢，肚子裡缺少食物。她和藹地，盡可能表現出願意幫助海明威的熱情，又小心地不去傷害他的自尊心：

「沒關係，你可以等有錢時再交保證金。」她爲他塡上一張卡：「住址？」

「勒穆瓦納主教街74號。」海明威忐忑不安。那是貧窮地帶。她會信任我嗎？以前她並不認識我，也沒有任何熟人引薦或保證呀?!

「噢，拉博❶在那兒住過。」她說：「他倒很喜歡那地方，就只覺得沒有飯館不好。」
「要找物美價廉的飯館，最近的就是萬神殿廣場那一家。」海明威說完，咬咬嘴唇。
「該死的嘴，」他想：「幹嘛要說價廉呢？」
「你在家裡吃飯嗎？」
「現在一般都在家吃。」海明威說：「我們有個好廚子。」這句話，隨她怎麼理解吧。
「我對那一帶不熟悉。我們在家吃飯。」
海明威借了屠格涅夫的《獵人筆記》，又拿了一本別的什麼書。
西爾維婭讓他想拿的話再拿幾本。海明威又拿了托爾斯泰的《戰爭與和平》，還有陀斯妥也夫斯基的《賭徒與其它》。
「這些書你要是全部都讀的話，近期內你就來不了啦！」西爾維婭笑著說。
「我會回來付錢的！我家裡還有些錢。」
「我不是那個意思。錢等方便的時候再給，什麼時候都行。」
西爾維婭的慷慨使海明威大爲輕鬆。
所以，當她邀請他和妻子上她家玩時，他終於忍不住說了句笑話：
「你還是先看看我會不會給你錢再說吧！」

---

❶ 瓦萊里·尼古拉·拉博（一八八一～一九五七），法國小說家、批評家。

「你下午一定要去把錢付了。」聽完海明威的敘述，哈德莉認眞地說。

海明威提議兩人一起去，然後沿著塞納河邊散步回來。現在他沒有功夫釣魚，但看看別人垂釣，也很令人興奮。

「還是走塞納路吧！」哈德莉卻著意於路邊的畫廊和商店櫥窗。

「當然。」海明威表示同意，「走到哪兒都行。我們可以找一家新開的咖啡店，那種沒有熟人的地方，喝上一杯酒。」

「可以喝兩杯。」

「然後，找個地方吃飯。」海明威興致勃勃。

「不！別忘了，我們還得付圖書館的錢。」哈德莉嗔道。

「那就回家吃飯吧！」這一天，海明威心情好得出奇。他與哈德莉心心相印。他覺得再也沒有比哈德莉更理解他、爲他著想的人了。

日子過得不富裕，但十分快活。

冬天，海明威夫婦買了三等火車票，到雷阿望旅行。他們一起讀書，一起滑雪，一起在夜裡踩著嘰嘰響的積雪回到住宿的旅店。他們一起躺在溫暖的床上，瞅著窗外藍黑色穹窿的燦燦星光。他們發誓要永遠相愛，永不變心。

春天，海明威總是很早就起床，埋頭寫作。他的作品還很少有地方刊用，但他只顧著寫。他對自己有足夠的信心，因爲不僅斯泰因女士、西爾維婭、舍伍德．安德森、龐德等認爲他有希望，更重要得是，哈德莉對他充滿信任。「你一定會成功的！」哈德莉總是深情地鼓勵他。

大概就從這時候開始，他有了清早寫稿的習慣。寫累了，他便抬抬頭，目光穿過開著的窗戶，可以看到陽光照在對面房頂上。鵝卵石街上，吹風笛的牧羊人走了過來。樓上的一個女人咚咚踩著木板樓梯，抱著個大罐子走下去，牧羊人就挑一頭奶頭鼓鼓的黑母羊，把羊奶擠進罐子。女人給了錢。牧羊人道謝後，又吹著風笛向前走。他興頭很濃地觀看完這幕「戲劇」，收回目光，又埋頭寫作。偶爾，他也會回過頭看看躺在地舖上的妻子。她往往恬靜地酣睡著。

工作結束了，海明威便提議去看賽馬。一度他對賭馬票產生了興趣。當多倫多匯來一些稿費時，他就異想天開，想發點小財。

對於花錢買馬票下賭，哈德莉有點猶豫。她怕輸。本來就缺錢花，輸了不是更缺嗎？

海明威讓妻子說說，她想怎樣用這筆錢。

哈德莉沒說什麼。海明威一直在對她進行「教育」，竭力讓她也接受自己這樣一些看法：埋頭工作並從中得到樂趣的人不會受到貧困侵擾。澡盆、淋浴、抽水馬桶，這些東西屬於比他們低級的人，他們在外出旅行時享用一下就夠了。洗澡隨時可到塞納河邊的公共室；粗茶淡飯可以吃得挺香。只要彼此深深相愛，就什麼都不缺了。

哈德莉本就不是那種貪羨富貴日子的女子，她崇拜的是藝術而不是錢袋。嫁給海明威時，海明威不過是一個寄居他人的公寓，沒有固定收入的窮記者，連到歐洲的起碼用費，多半還來自她那筆數目很小的「託管金」。要是爲了錢，她完全可以另攀合適的人。

「我想，我們應該去看賽馬。」她說。

「你不想把錢用在別處了？」

「不！不看看我們是什麼人……」她驕傲地說。對她而言，最寶貴的莫過於海明威的愛情。她忙著做了三明治，準備了紅葡萄酒。兩人坐車到賽馬場。他們在傾斜的草坪上舖上雨衣，兩個人口對口地從一個瓶子裡喝酒，津津有味地吃著自帶的乾糧。接著，她靠在雨衣上小憩，他則看報，摸清馬情，下賭。

當他們安於貧困時，運氣總是很好的。哈德莉壓住自己想買件衣服的欲望，情願把錢給海明威買馬票。他們常常能贏一些錢。這天，海明威花十法朗買了馬票，結果這馬跑贏了，他們贏得八十五法朗。

哈德莉關心海明威的目標。中午見著他，她就問道：「寫得怎麼樣，親愛的？」她盡可能給他準備不豐富但可口的晚餐。

除了斯泰因女士，「他們共同的朋友還有一位叫欽克的職業軍人。」他們一起度過不少時光。哈德莉不想成爲海明威寫作的局外人，她愛聽海明威與欽克關於情節、文字或燈光、結構等的爭論，有時也參與進去。她感到自豪的是，欽克覺得她在和海明威共同探險。

當他們深深相愛時，海明威文思泉湧。他常常找個咖啡館寫作，又快又順當。

當他們深深相愛時，天大的事也只有一粒芝麻大。

就在一九二二年，海明威以記者的身分，去瑞士的洛桑採訪在那兒召開的國際會議。這又是一次半價旅行（哈德莉得花自己的錢買火車票）的機會。爲了讓海明威出乎意外地高興一陣，臨出發，哈德莉悄悄地把他所有放在家裡的手稿——一部長篇、十八個短篇，還有三十首詩的原稿、打字稿和複印都夾入文件夾，放進手提箱。可是，在里昂車站候車時，手提箱卻不見了。她後悔極了，害怕得直哆嗦。但她只是哭著，淚水毫無節制地流淌，一個字也說不出來。

「親愛的，怎麼啦？」海明威撫著她的紅頭髮，笨拙但誠心誠意地安慰她。哈德莉幾次張張口，卻發不出聲音。她明白那些手稿在他心中的地位。她做了什麼傻事呀！她的心發痛，嗓子乾澀。

「再可怕的事，也不見得說不出來呀！」海明威耐著性子勸說她：「不用害怕！我們能想出辦法來的。」

終於，哈德莉說出丟了手稿的事。海明威像被電擊一樣呆住了。這個二十四歲，尙在攀登階段，一心要當第一流作家的人，還有比手稿更寶貴的東西嗎？他那挨過一槍的膝蓋頓時發軟了。他竭力遏制著拱上心頭的急躁情緒，問了一句無關緊要的話：

「你爲什麼要把它們都帶上呢？」

「我想……你去山區，會覺得待不住的……我想，你帶上，不，我帶上它們，你可以利用時間修改……也許你能高興地多住一段時間……」

哈德莉面色蒼白，抽抽嗒嗒，語無倫次。

海明威說什麼也不信她會把所有的稿子，甚至連複印本也放進箱子。他連夜趕回巴黎。哈德莉說的全是實話，幾年的心血，現在只有一片空白。他控制不住自己，激怒中，他已搞不清自己幹了些什麼，說了些什麼。哈德莉像一隻可憐的羔羊，怯怯地卻又心甘情願地承受著丈夫的埋怨、指責。這又使他心軟。對哈德莉的愛憐終於戰勝了不快。暴風雨過去，天空立即放晴。

「沒什麼！丟了這些破紙片，也許對我更有好處。」他對自己也對妻子這樣說。他這時候充滿了男子漢氣概，像發表作戰動員令一樣，鼓足兩個人的勇氣：「沒關係！我們一定能重新開始，從頭做起！」

於是，一場風波立即平息，夫婦倆接吻時的嘴唇比任何時候都更燙。

丟失原稿的事，以後夫婦倆誰也不再提起。連海明威自己也未必意識到，這件事在他與哈德莉感情關係中的影響。就像一個杯子，開水沖下去後，它輕輕地響了一下，雖然還沒有任何裂痕出現，實際上它的壽命已受影響。

哈德莉摯愛著海明威，對清苦的生活從無怨言。她遷就他，寧可吃差點而讓他有錢付借書的保證金，寧可放棄買衣服而依著他去賭馬票。前者她做對了，後者就不免太大意了。

她也許疏忽了海明威生活中的另一面：儘管他對她灌輸的是安於貧困的觀念，自己卻還是喜歡享受的。他希望有錢。當然，其動機主要是爲了取得更好的物質基礎，以保證創作。但馬票和妻子的衣服，在他的砝碼上並不是一般重，得贏了錢，再考慮衣服。這裡面可能透露出某種信息：有時，錢比愛情更吸引他。

## 14

飢餓在某種意義上講，是一種有益的磨煉和有效的催化劑。就在海明威不斷吃不飽肚子的同時，他的作品已逐漸被人們接受了。

在丟失原稿這件使海明威「恨不得去做外科手術」的事發生後，他重起爐灶。他的自我感覺良好，開始走向成功。「我是越寫越好了！」他這樣對哈德莉吹牛。

一九二三年春天，巴黎的《小評論》發表了海明威的六個短篇，《詩歌》雜誌也通知說，將刊登他的六首短詩。夏天，他的第一個作品集《三篇故事和十首詩》在法國印行。儘管並非由正式的出版商出版，印數只有三百本，但這已足夠使他相信自己達到了某一個高度。他不無驕傲地寫信告訴橡樹園那些關心他的鄉親，而橡樹園也不無驕傲地訂閱了三冊，在圖書館上架出借。可是，當那些習慣於貴族文學之「斯文」傳統的橡樹園居民打開這本小冊子時，不由得心驚肉跳。正如斯泰因女士說《在密西根》「不登大雅之堂」一樣，橡樹園的鄉親們也以爲那樣一些髒字，那種題材，都是不能寫進書裡的。但海明威對這些議論不在乎；或者說，根本不屑一顧。

他此時像一個荒野上的行者。前進路上的荊棘已經被他砍掉，路的形態似乎已隱約可見。但是，實際問題還很多，像橫七豎八倒在地上的樹幹，必須跨越才能過去。

哈德莉的懷孕使他有點惱火。他不希望二十四歲的生日剛過就成爲父親。或者說，他對要提供三人生活的錢有點緊張，對將有一個孩子的哭聲在耳邊響動感到害怕。成功的動力正加速度地驅趕他的雄心，而臨盆的哈德莉叫他不得不分心。他聽取斯泰因女士的勸告，決定陪她返回北美，到芝加哥或多倫多分娩。他期望在多倫多能攢一些錢，以便再到巴黎時日子可以好過些。

多倫多《星報》改組，擊碎了海明威的期望。他的朋友，原先的主編克蘭斯頓調任其它職位，新編輯部不欣賞他的才華。他們認爲他在歐洲享受得可以了，要求他以後的稿件必須適合他們的版面安排，合他們的胃口。

這讓他大爲憤怒。他已不是一九一七年時的見習記者，也不是一九一九年時的編外記者。他的傲氣、火氣和他的名氣已同步增長。本來，這家報館的稿酬菲薄，他不過是顧及克蘭斯頓的友情才不時發回稿件的。儘管他自己埋頭搞創作，但他發回的稿件抵得上三個記者。誰都知道他的勤奮。新編輯部的人在他眼裡都是一批庸人，他們只知小打小鬧，登一些無關痛癢的「火災」、「地震」之類的消息，而拒絕他自認爲很成功的政治家訪問記；他們根本缺少對戰爭的感覺細胞，把他好不容易到手的一位匈牙利外交官提供的原始文件付諸一炬——那文件揭露了早期納粹法西斯的陰謀。

海明威只好背水一戰。他毅然決定辭去起初幫他成功，現在卻束縛他手腳的記者職位，臨時改變了準備在多倫多待兩三年的計畫。在兒子約翰只有一百天時，全家三人又冒著紛飛的大雪，再次飄洋過海，回到巴黎。他們在戴尙聖母院路安了新家。新家樓下是鋸木廠，成天鋸聲不斷。

很多年後，有人問他，他是否建議年輕作家從事新聞工作。他不無調皮地回答：「新聞工作不會損害一位年輕的作家。如果他及時把它擺脫，對他是有幫助的。」、「過了一個特定的時刻，新聞工作對於一位嚴肅而有創造力的作家會是一種日常的自我毀滅。」不過，這可能是後來才在腦中清晰起來的答案。當時離開多倫多《星報》，一半是不想幹，一半也確是無法幹下去了。

生活更拮据了。《大西洋評論》發表作品的稿酬，畢竟沒有寫新聞那樣有把握和優厚。兒子嗷嗷待哺，妻子免不了跟著他挨餓。爲了讓哈德莉獨享午餐，也爲了躲避兒子的吵鬧，海明威常常藉口跟別人一起進午餐而上街溜達。一路走，一路上伴隨他的感覺幾乎只有一個——飢腸轆轆。尤其是當他瀏覽商店櫥窗內陳列的各種各樣食品，聞到飯館和咖啡店裡飄出的香味，看見人行道邊正在用餐的人時，更感飢餓難忍。

經過多次尋找，他才確定一條較好的路線，可以暫時擺脫食物的誘惑——去盧森堡公園，從觀景台廣場過去，到伏吉阿路。盧森堡藝術館的油畫，只有在肚子咕咕叫時才變得格外醒目、清晰、美麗。在享受了塞尙的作品之後，他可以從費羅路走到聖緒爾比斯廣場。那裡也沒有飯館，只有樹木和長凳，還有一處獅子雕像噴泉。獅子是他喜歡的動物。然後，他得盡可能避開不多的幾家食品店，到達西爾維婭的圖書館。那裡豐富的藏書可以使他進入另一個天地。

西爾維婭關切地看著眼前這個年輕人：「你太瘦了，海明威。」她猜到他吃不飽飯，委婉地邀他和哈德莉到她家吃飯。她也替他著急，但嘴上盡是鼓勵打氣的話：「你的小說會有銷路的。」

海明威想：自己的短篇寫得不錯，將來在美國總會有人出版的。

「不要計較你的小說眼下得錢多少，關鍵在於你能寫作，這就行了。」西爾維婭對他想忍又忍不住地訴苦並不見怪。她常常聽見不少作家訴苦。一個職業作家，當他還沒有取得名聲、地位時，不挨幾頓餓，那才不正常呢。

海明威知道西爾維婭寬容他、了解他、信任他，但仍然很窘。堂堂七尺男兒，飯都吃不飽，實在丟人。他竭力打腫臉充胖子，說是得回家吃午餐（此時已下午一點多），哈德莉會給他留飯的。因爲西爾維婭已不止一次借錢給他，他很不好意思。

幸虧這天西爾維婭處有他的一封信。他的一篇稿子被接受了，還附了一些預支的稿酬。他不無快活地「逃」出圖書館。西爾維婭褐色的眼睛裡流露出一絲會意的微笑。

飢餓在某種意義上講是一種有益的磨煉和有效的催化劑。就在海明威不斷吃不飽肚子的時同時，他的作品已逐漸被人們接受。美國文壇的評論家艾德蒙．威爾遜可算是獨具慧眼，他最早發現海明威的才能。他向當時的《紐約論壇報》文學主筆伯頓．拉斯科推薦海明威發表在《小評論》上的六個短篇，後者將此事寫在報紙的星期刊上。海明威讀後，對素不相識的威爾遜產生了好感。一九二三年十一月回多倫多期間，他致信威爾遜，並寄了自己的那本小冊子，請對方「指正」，並要求對方給自己介紹幾名評論家。威爾遜覆了信，答應在《日晷》上發一點評論文字，還幫助他聯繫出版商。

繼法國的雜誌發表海明威的作品之後，德國一家大出版公司也發表了他的幾篇特寫。他先被歐洲承認，然後再打回老家。終於，美國的《大西洋月刊》率先發了《五萬美元》。這個短篇說的是：「傑克與幾個賭徒約定，以犧牲自己的榮譽、前程，輸拳而獲取一半賭金——二萬五千元。誰知對方故意犯規，把他擊倒。他被推向這樣的境地，挨了揍，倒下了，輸了，但又是贏了。因爲裁判根據法規，將判他贏。他將既失去名譽，又失去金錢。唯一的辦法是不承認他是被犯規的一拳打翻。傑克不能容忍那夥賭徒的惡作劇，他忍痛咬牙爬出來，拳擊繼續進行。最後，他以其人之道還治其人之身，用明顯犯規的動作打倒了對方，維護了自己的尊嚴，又輸了拳擊，拿到了賭金。

海明威的《在我們的時代》一九二四年在巴黎非正式出版時，只售出一七〇冊。這在經濟上幫不了他和哈德莉的忙，但在創作上無疑是一個大進展。安德森就是這時把他推薦給莉夫萊特出版公司。這家公司願意出版《在我們的時代》美國版增訂本。這將是海明威第一個正式出版的短篇小說集。秋天，他收到了預支稿酬。

艱苦的日子即將過去，成功的曙光已經出現。但是，家庭也發生了小小的爭吵。

約翰來到海明威夫婦中間，海明威並沒有立刻進入父親的角色。他畢竟太年輕，才二十四歲。然而，比他大了八歲的哈德莉也比他成熟。身爲母親，她把大部分注意力轉向兒子。在丈夫攙她外出時，她總是不放心兒子。海明威委屈地感覺到哈德莉對自己的熱情大不如前，哈德莉則對海明威拒絕一份優厚待遇的記者合約深感惋惜。她不是貪錢的人，但總不能太虧待兒子。孩子到世上來，不是爲了挨餓的。也怪海明威，他太傾心於自己的寫作，因此對兒子偶然的啼哭大爲光火；他那過分強烈的自尊心驅使下的「到別人那裡吃午餐」的謊話掩蓋了好心，不明眞相的哈德莉以爲他不愛妻兒，只顧自己享受。他們開始爭吵。海明威發完火，就緊繃著臉一聲不吭。哈德莉想起以前甜蜜的日子，倍感傷心。

不過，他們的愛情還是很深。海明威高興時，也會抱抱兒子，餵他一瓶奶或逗逗與兒子作伴的小貓。夫婦倆都盼著能有足夠的錢去買一輛小車。爲了購一幅喜歡的畫作，他們寧願借債勒緊腰帶。所以，當海明威拿到《在我們的時代》的稿酬，又賣出了一部分作品，他們早就忘掉了曾經發生的不愉快，又心往一處想、勁往一處拼命地精打細算，籌劃著攢些錢去西班牙度假。

## 15

他們原先的價值觀破壞了，眼下找不到自己在社會中的位置。他們消極遁世，放蕩不羈，反對一切傳統的束縛，但又無所適從。他們缺乏社會責任感，認爲社會本就不曾對他們負責過。

第一次世界大戰對海明威來說，是人生的第一個大轉折點。意大利前線那位幼稚的海明威死了，復活的海明威對戰爭沒有好印象。

但是，要認識這場戰爭不是一件容易的事。離這場戰爭越遠，海明威對戰爭的看法也越明晰。他早就醞釀著要從一個新的角度表現這場戰爭的心願。但直到十年以後，他的心願才得以實現。

一九二五年，經過一段時間的沈潛，他終於產生了強烈的創作衝動——他管它叫作「活力」。他要寫一部長篇，表現自己這一代人所遭受的戰爭創傷。他將徹底拋棄舊文學的矯揉造作，把戰爭眞實地呈現在世人眼前。夏天「聖福明」節前後，他和哈德莉在西班牙各城市度假，看鬥牛。過節時，他拿起了筆。從二十六歲生日的那天——七月二十一日起，他一口氣寫了六個星期，完成了初稿。這就是使他一舉成名的《太陽照樣升起》。當時，他的心情激動不能自已，於是又接下去寫《春潮》。據他自己說，寫完《春潮》，只花了七天。

《春潮》使文學界的朋友大爲憤慨，人人都指責海明威濫用才華，忘恩負義。利夫萊特公司幾經猶豫，終於決定退回。他們對他今後能否搞出暢銷書沒有把握。那麼，何必爲這個無名小子不怎麼樣的作品開罪美國的文壇呢？但是，急於把海明威納入自家範圍的斯克利布納出版公司接受了。《春潮》的編輯馬克斯韋爾·帕金斯看中了先於這部作品而寫，但尚未修改完稿的《太陽照樣升起》。爲了爭得出版權，他還答應給予優惠的預支稿酬待遇。

《太陽照樣升起》獲得極大的成功。可以想像利夫萊特公司如何惱羞成怒。是他們出了海明威的第一本集子《在我們的時代》，才使他得到比較充裕的生活來源，可以集中精力寫作和修改《太陽照樣升起》。至少他們這樣認爲。不過，當時他們剛退回《春潮》，海明威的稿子也還沒有改出來，而且並沒有確定究竟給哪家出版商。海明威和哈德莉高高興興地帶著兒子約翰跑到奧地利的席龍去度假。冬天，他們總不習慣巴黎瀟瀟寒雨的陰濕氣候，在感恩節時便全家出動，奔向那把雨變成雪，天氣通常很晴朗的地方。

剛到巴黎的那年冬天，海明威和哈德莉到瑞士逃避陰雨天時，就雙雙迷上了滑雪。那些日子彷彿是又一次度蜜月。從此，滑雪就有了雙重意義，既是健身的運動，又是愛情的象徵。一九二三年，哈德莉快生兒子時，他們也去滑過雪。哈德莉「有一雙美麗而強健的腿，又有控制滑雪板的能力。」夫婦倆都學會了在粉狀的厚雪中滑雪。

一九二五年到一九二六年冬春之際，到奧地利福拉貝爾的席龍去滑雪成爲一件樂事。海明威夫婦手頭比過去寬鬆，所以這次走得最遠，而且帶著孩子，還找了個年輕姑娘當孩子的保母。

席龍是一個陽光燦爛的小鎮，鎮上有鋸木廠、商店、小客棧。每年冬天，這裡都要接待許多遠客。海明威夫婦這次住在長年開放的「好旅館」飛鴿飯店。房間寬敞、溫暖，屋內有火爐。大玻璃窗戶，鋪著柔軟的毛毯和羽毛床罩的大床，簡單可口的伙食，便宜的價格，一切都使他們非常滿意。

修改《太陽照樣升起》就在這裡進行。這裡是寫作的合適場所。海明威還寫了另一些作品，大多是在雪崩期間完成。那年冬天光照足，氣候較往年暖，發生了多次大大小小的雪崩，死了不少遊客。海明威夫婦安然無恙。他們雙雙報名，進了瓦爾特·倫特先生的高山滑雪學校，獲得不少有關雪的知識。高興時，他們出去「遠足」，沿著穿過林子上邊的山間果園和田地的雪道，飽覽農家田園風光，經過山谷，到一家小旅店住一夜，第二天頂著星星登山，然後從山上一溜而下。他們時常找個伐木工人的小屋，躺在樹葉做成的床墊上小憩，嗅著松樹林的清香，往林中追逐狐狸和野兔。

有時，在「家」裡讀讀書也很有意思。書是向西爾維婭借的，從巴黎帶過來。也有時，他們到旅館對面的小胡同和鎮上的人玩滾木球。每周，海明威還可以與倫特先生幾個玩一次撲克。那地方禁賭，玩撲克，警察會來找麻煩。

《太陽照樣升起》是一部「迷惘的一代」的宣言。小說寫的是：男主人公傑克·巴尼斯參加了第一次世界大戰，在戰爭中，陰部受了傷，喪失了正常的性功能。戰後他當了新聞記者，旅居法國。戰爭使他失去了男性氣概，心靈一片空虛。女主人公布萊特在大戰期間失去了未婚夫。戰後，她又有了第二個未婚夫柯恩。但遇上傑克．巴尼斯後，她愛上了他。傷殘妨礙了巴尼斯，他不能使布萊特得到滿足。所以，雖然愛著巴尼斯，布萊特仍然與別的男人鬼混。柯恩是糊塗又容易激動的人，像個傻瓜。爲了得到布萊特的愛，他痛打了唯一的朋友；而後他才發現，布萊特根本不愛他。至於布萊特，戰爭不僅破壞了她的愛情，也完全扭曲了她對愛情的理解，扭曲了她的性別。

海明威就是在咖啡店、酒吧、旅館、鬥牛場等背景上，勾勒了一代思想混亂、精神失去平衡，心情苦悶、靈魂空虛的青年人。他們的身心受到戰爭的無情摧殘，前途茫茫。他們厭恨戰爭，對動盪不安的社會不滿。他們都想重建自己的尊嚴，卻找不到出路，只好企求於愛情、友誼、尋歡作樂。可是，愛情扭曲了，友誼破裂了，尋歡作樂之後，跟隨著更多的空虛。他們逃避現實，跑到大自然中尋求心靈的平衡。最後，他們從鬥牛中獲得了力量和勇氣，找到了生活的眞諦。

海明威用《聖經》中的一句話，也就是一年前汽車修理工的老板和斯泰因女士都說過的那句意味深長的話作爲小說的題辭——

「你們都是迷惘的一代。」

《太陽照樣升起》標誌著海明威這顆美國文壇新星的得到承認。這部長篇以準確深刻的筆觸，毫不掩飾地暴露了經歷過戰爭的一代年輕人的精神創作。他們原先的價值觀破壞了，眼下找不到自己在社會中的位置。他們消極遁世，放蕩不羈，反對一切傳統的束縛，但又無所適從。他們缺乏社會責任感，認爲社會本就不曾對他們負責過。

《太陽照樣升起》是海明威寫作生涯的第一個里程碑。小說不僅成爲暢銷書，評論的反映也很好。評論家毫不吝嗇地使用了褒獎的語言。他們說，這部小說中，海明威的諷刺手法比得上馬克．吐溫，他的明快恰似辛克萊．劉易斯，他的力度可以跟厄普頓．辛克萊媲美，他的生動活潑酷似沃爾特．惠特曼。書中人物成了「迷惘的一代」的典型，海明威成了同時代青年作家的「首領」。人們把與他年齡相仿、經歷相似、感情接近，創作了許多不同於傳統創作的人看成一種文學思潮產生的文學流派。這時，他那題辭中的「迷惘的一代」就成了這個文學思潮和流派的共同名稱。

# 第五章

## 兩人相愛，最後總是以悲劇收場

——海明威

## 16

你千萬別去改變海明威。多數妻子都想改變她們的丈夫。對他，這將是一個可怕的錯誤。

一九二三年八月下旬，海明威夫婦收拾好行李，把小狗送給鄰居，打算回多倫多迎接第一個孩子的出世。當時，埃茲拉·龐德把哈德莉叫到一邊，悄悄吩咐：「你千萬別去改變海明威。多數妻子都想改變她們的丈夫。對他，這將是一個可怕的錯誤。你從多倫多回來，會變一個人的。女人當了母親以後，思想會經歷一個軟化的過程。」

可惜，哈德莉當時沒有記下這句話。不僅因爲當時她並未試圖「改變」海明威，還因爲她對龐德印象也不好。她認爲他太傲慢、太專橫。她永遠記得他們去他家時，他的故作姿態，他妻子那英國式彬彬有禮的冷淡，她和海明威拘束得不敢大聲說話的情形。

一九二五年夏天，哈德莉再如此粗心，就更可惜了。

波琳·法伊弗就是在這一年夏天闖入哈德莉、海明威和約翰的三人家庭中來。

自從海明威辭去記者之職，他的小說越寫越好，發表的作品也越來越多，還出了幾個小集子。這就引起期刊雜誌和出版商的注意，約稿人逐漸上門。波琳當時是雜誌編輯，她也是奉命上門來約稿的人之一。

起初，波琳認爲海明威是一個不修邊幅，舉止粗魯的二流子，因爲他的作品總是那麼粗獷。但見過他不久，她的看法便全然改變，一往情深地愛上了他。

當時，海明威正寫完《春潮》。幾乎所有讀過手稿的朋友都勸他不要把手稿拿出去。這篇小說模仿安德森的某些不成功的筆法，極盡所能地諷刺安德森，也嘲諷了斯泰因女士及巴黎、美國文壇的一些作家、藝術家。

哈德莉也不贊成這部小說。她對安德森有好感，一直不能忘記他對她和海明威的許多幫助。但海明威對別人的勸說毫不理睬。他哼著小調，旁若無人。在衆多反對者的對面，只有波琳支持他，欣賞《春潮》，並催他立即交出去。海明威對波琳理解和欣賞自己充滿了感激，雖然他可能不認爲這種好感算是感激。

波琳是個聰明的小個子姑娘，算不上美麗，但和氣、坦率。她先是與哈德莉交上了朋友，時常和這對夫婦待在一起。十二月，海明威夫婦到了席龍，《春潮》出版一事變得更戲劇化了。利夫萊特表示不能接受《春潮》，斯克利布納公司和哈考特·布雷德等出版商急向海明威送來秋波。波琳追蹤到席龍，向海明威講述她所了解的《春潮》出版的有關情況。回到巴黎，她不斷給哈德莉寫信，十分友好。

海明威決定親自去一趟紐約，辦理《春潮》及《太陽照樣升起》的出版合約事宜。波琳在巴黎等他。她說，她很想與他同行，希望像青藤一樣繞著他這棵樹。結果，海明威還是獨自去了紐約，與斯克利布納公司簽了合約。

後來，在回憶錄中，海明威對他與波琳的關係發展這樣描述：

一個未婚的年輕女子一時成了另一個已婚女子的最好的朋友，和這對已婚夫婦住在一起，然後不知不覺、單純而不屈不撓地打算和已婚婦女的丈夫結婚。丈夫是一位作家，正在進行艱苦的創作，大部分時間很忙，整天基本上沒有時間陪伴自己的妻子。在這種情況下，在你不知道是怎麼一回事之前，那位未婚女子做這樣的安排當然有它的好處。丈夫的工作完成時，身邊有兩個迷人的姑娘。一個是不熟悉的、陌生的。如果他運氣不佳，他會把她們兩個都愛上。

海明威既然與哈德莉已時有不和，那麼一個總是與他喜好相同，心心相印的溫柔的女編輯就更能引起他的好感。何況他在性生活方面也並不那麼循規蹈矩。事情當然有一個過程：開頭，他還撒謊瞞過哈德莉，覺得對不起她。從紐約回來，他在巴黎與波琳一起享受「銷魂的快樂」之後，又爲自己的「自私變節行爲」、「痛悔莫及」。回到席龍，看見在月台上迎接他的妻子哈德莉和胖嘟嘟金髮碧眼的兒子後，他想，如果我不愛她而去愛別人，眞不如死了的好。但是，重返巴黎之後，波琳發動了愛的攻勢，並直率地與哈德莉攤牌。哈德莉天性剛直，衝突不可避免地發生了。

那天，海明威又失眠了。患了感冒一直未好的哈德莉說她有理由認爲海明威正和波琳戀愛，捅開了這層薄紙。海明威紅了臉，惱羞成怒，反過來說哈德莉不該提這件事，錯的是她。他大步衝到街上，冒雨徘徊。哈德莉嚶嚶地哭了。

矛盾不斷尖銳化。夫婦倆取消了回英國的計畫。一切亂了套。儘管波琳回到巴黎，而海明威夫婦在西班牙，但他們無法與對方分手。最後，這次旅行已像一盤變了味的菜餚。海明威與哈德莉分居了。

## 17

海明威信念越堅定，傲氣也越足。他能夠忍受別人不理解他，不看他的作品，但不能容忍別人批評他的作品。

《太陽照樣升起》於一九二六年問世。它使海明威名利雙收。初版印了六千冊，後來兩次重印，各二千冊，成爲暢銷書。但海明威這時不僅正在品嘗婚姻破裂的苦果，而且跟家裡人鬧翻了。

海明威醫生和葛麗絲．海明威太太都是文學斯文傳統的維護者。儘管他們在教育孩子時手法相悖，但談到這本書，兩人都覺得這個兒子不可思議。父親的勸告比較溫和，他在信中委婉地說，他希望讀到兒子「更爲健康的作品」，並表示相信兒子會描寫「更高尚」的題材。直率的母親寫給這個她原指望他成爲音樂家的兒子的信，則指責他在作品中使用「髒字」，批評《太陽照樣升起》是該年度「最下流的作品之一」，她「不能再沉默下去」。她說，她要幫兒子找到「正確的立足點」，「找到上帝」，表現「忠誠、高貴和榮譽」。

父母高喊「回頭是岸」，兒子卻橫下心一往直前。海明威對父親解釋說，他想表現的是自己對生活的感覺。他不願像十九世紀的前輩小說作家那樣描繪或批判生活，他認爲那是司湯達爾、托爾斯泰等優秀作家已站得很高，光芒耀眼的地方。他得另闢蹊徑。他要把生活「寫活」。也就是說，作者就在這生活中，讀者談到這個故事時，也在這生活中。生活不是描寫的對象，而是一種氛圍。所以，他不能只寫美好的，不寫醜惡的，因爲它不能讓人相信，不眞實。對於母親的「討伐」，他則針鋒相對。他在信中直截了當地對母親說：

「您談到《太陽》❶一書的那封信，我沒有回，因爲一寫信我就忍不住要生氣，而寫生氣的信是一件蠢事，跟自己的媽媽寫這種信更是蠢事。」

---

❶ 指《太陽照樣升起》

這裡，他藉由說自己而暗示母親寫那封信是「蠢事」，因爲她不是寫了生氣的信嗎？接著，他用了外交辭令，說他對母親厭惡這本書感到遺憾。

在信中，他向母親宣布，他並不爲這本書感到羞愧，相信「它不會比我們橡樹園某些最有地位的家庭那眞正的內在生活更叫人不愉快」，因爲它把「人們在生活中一切最壞的東西都揭示出來了。而在國內，外界看到的只是非常可愛的一面，還有我在沒見過世面之前，習以爲常的那類東西。」他明確地告訴母親，他要寫的就是「頹唐的、空虛的、垮掉的」人。他勸母親不要評論他選擇什麼題材，這是他的自由。至於橡樹園讀書俱樂部痛心疾首的那批人，他根本不屑一顧。他說，俱樂部指導者伯吉爾小姐「並不是一位理解力很強的評論者」，那些「好女士對自己談論的東西一竅不通，說的盡是蠢話。」

誠如海明威對父母的信中所說，他「寫什麼都是眞誠的」，他的寫作態度確實非常嚴肅。他不理睬評論界，不去迎合什麼「市場銷路」。從安德森和菲茲吉拉德的某些事上，他得到了教訓。他只是努力照自己的要求將作品寫好，只有在認爲已完成這天的寫作任務後，他才去喝酒。《太陽照樣升起》帶來了成功，也帶來了壓力。他不想立刻接著再寫長篇，打算先寫一些小東西。他立志，下一部長篇一定要比這一部寫得更好。

海明威信念越堅定，傲氣也越足。他能夠忍受別人不理解他，不看他的作品，但不能容忍別人批評他的作品。他對那些拒絕他的作品的編輯還只是聳聳肩、白白眼，但對那些試圖勸他修正文章中的某些語言、句式的編輯則憤然吼叫，似乎他們立意要傷害他似的。對於那些批評家，他總是抱著戒心。海明威初露頭角時也請他們評評自己的作品，但必須說些好聽的，評得稱他心，否則，他會像被刺了一槍似的咆哮不已，嚇得別人只好敬而遠之。

海明威已經取得了他期望取得的成功，人們把他抬上「迷惘的一代」之首席，同輩作家衆星拱月似地圍著他，不少人從他的作品中得到啓發，甚至模仿他。他的虛榮心大大地滿足了。但是，他注意到了二十七歲生日那一天，沒有一個美國作家記得寫信或打電話來祝賀他生日愉快，孤獨感一下子塡滿他的心胸。他板著面孔，狠狠地罵了一通，心中的怨氣才稍稍發洩了一點。

## 18

假如你有幸在巴黎度過青年時代，那麼，在此後的生涯中，不論走到哪裡，巴黎都會駐留在你的心中，因爲，巴黎是一個流動的聖節。

一九二五年八月，海明威在讀完《太陽照樣升起》的校樣之後。儘管夫婦已開始分居，但在給馬克斯．珀金斯的附信中夾上他給自己的第一部長篇小說的獻辭中，海明威仍然這樣寫道——

**謹以此書獻給哈德莉和約翰．哈德莉．尼卡諾。**

他的心情並不好。他明白一個男人不能同時愛上兩個女人，但他確感難以抉擇。一方面，他的心被波琳吸住了，但另一方面，對於共同度過艱苦的創業年代的哈德莉，他又十分內疚，感到對不起她。

這時，哈德莉又走錯了一步。她在一張小紙條上對海明威發出了「通牒」；假如海明威與波琳分開一百天，仍彼此相愛，她就退出這場愛的角逐。

哈德莉一定沒有研究過心理學。她不懂得，在不相干的兩個人身上，距離對阻止感情的交流有很大的作用；但對於已有感情的兩個人，空間距離遠了，常常會使他們的心理距離拉得更近。三個月的分離，在巴黎的海明威似乎感到自己不能活下去，大洋那一邊的波琳則兩天一封信，訴說自己的「極度憂鬱」。

這一期間，海明威寫了短篇《癡心姑娘》和《在異鄉》。後一篇描寫一位意大利少校，右手受傷致殘，妻子又死於肺炎，心情極度悲傷、消沉。他躺在理療台上，向身邊的一另一個美國青年訴說自己遭受雙重損失的痛苦。

現在，失去妻子的痛苦也即將降臨到海明威頭上。哈德莉給海明威寄了一張索要她的衣物及一些家具的清單，讓他把東西送到她的新住所去。海明威租了一輛手推車，運了好幾趟。他運頭一車時，突然痛哭失聲。

在哈德莉離開巴黎，考慮如何解決這次婚變時，海明威和兒子住在一起。兒子能講許多笑話，說的是法語。他管爸爸叫「爸爸女士」。海明威帶他上街，給他買了一個口琴。約翰在吃冰淇淋時，一手抓著口琴，眼睛瞪得滾圓，看著往來行人。他似乎很滿意地說：「還是和爸爸一起好。」

海明威寫信告訴哈德莉，他認爲她是個勇敢、無私、慷慨的人。他已告訴他的出版商，請他們把《太陽照樣升起》的版稅全部轉給她。他做過許多傷害她的事，現在至少可以做這些事來幫助她。他還誠懇地說，沒有她的忠誠、自我犧牲、激勵、愛情和經濟上的幫助，他寫不出那些作品。他許諾說，今後他的全部稿酬收入都將存入兒子的託管金。他爲兒子有一個心地善良、雙手靈巧的母親感到慶幸。他說，在他認識的人當中，她是最好、最忠實、最可愛的。

第二天，哈德莉覆信給海明威，她取消讓他與波琳分離一百天的協議，同意馬上辦理離婚手續。她接受他轉讓的版稅，表示感謝。她問他要不要來取他放在她餐室裡的箱子？他能吃好、睡好、保養好、工作好嗎？

夫妻的感情畢竟像爆烈的玻璃杯一樣不可修復了。哈德莉帶著兒子返回美國，返回橡樹園，去看了孩子的祖父和祖母。

一九二七年一月二十七日，哈德莉正式與海明威離婚。可愛的約翰在三個月時離開美國，三歲時又離開了爸爸。五月，海明威與波琳結婚，婚禮在巴黎舉行。波琳的家族顯然比哈德莉這個孤兒的家庭富有得多，親戚們送了禮，其中有好幾張一千美元的支票。

第一次婚姻的破裂和與母親的隔閡，使海明威在看待家庭生活時帶上了黑色眼鏡。當年，他出版了新的短篇小說集《沒有女人的男人》，充分流露了他對家庭生活的不滿與失望。他筆下的女人柔弱、偏狹、獨佔欲強，愛喋喋不休地抱怨，而男人則無需女人的愛也充滿活力。他們為滿足性欲而去找女人，為鍛鍊身體而去狩獵，為生存而去打仗；他們彼此間互相憎恨，是一些堅強又孤獨的「硬漢子」。

這個集子出版時，海明威已成為美國讀者十分歡迎的作家了。《太陽照樣升起》印行了二萬餘冊，他的聲名洋溢。那種像窮人般時常吃不飽，像學生般尊敬地聽成名作家談話，像學徒般刻苦練筆的生活結束了，他現在臉上有光，袋裡有錢，屁股後跟了一大幫編輯、記者，巴黎對他就不是一個好地方了，就像搖籃已不適合三歲的約翰一樣。安靜的時候，他感到寂寞，略帶妒意地對別人搭架子不滿；成名後，他又對圍著他要求簽名、要求握手、要求發表演說、要求發獨家新聞、要求接見、要求洽談電影版權、要求……的人，十分厭煩。他想躲開喧鬧，繼續寫作。於是他告別了巴黎，踏上歸國之路。

離開巴黎時，三十歲的海明威也許對七年的巴黎生活想得不多。他有許多需要思考的事。剛剛走出頭一步，他的人生之旅長著呢。年輕人總是對未來充滿興趣，目光盯著明天。但是，巴黎那給他知識與技巧的溫暖、豐富的圖書館，那留下他青春年華之足跡的鵝卵石廣場，那見證著他第一次甜蜜又純潔之愛情的塞納河，那安置他那三口之家的充滿噪音的公寓，那買便宜飲料便可坐一上午，進行寫作的丁香園咖啡館，都在他記憶的大腦皮層刻下深深的「溝紋」。到了晚年，當病痛纏身，已有三次婚姻破裂，創作靈感枯竭之時，他不由得滿懷眷戀地追憶起在巴黎的生活。巴黎給他留下了最美好的記憶，他在那裡享受過愛和創作的無窮樂趣。

他在回憶錄中說：假如你有幸在巴黎度過青年時代，那麼，在此後的生涯中，不論走到哪裡，巴黎都會駐留在你的心中，因爲，巴黎是一個流動的聖節。

哈里．斯通貝克博士指出：「巴黎是一個流動的聖節」一語，也許是讚美巴黎的話語中最廣爲人知的名言。

## 19

如果說，《太陽照樣升起》表現了一代人的迷惘，那麼，《永別了，武器》可說是揭示了產生迷惘的原因。

一九二八年在海明威的生涯中十分重要。

這一年帶來很多不愉快，卻也有創作成功的喜悅。

海明威不急於當爸爸，他的第二個兒子帕特里克卻急於來到人間。他正在動手寫一部決心超過《太陽照樣升起》的新長篇，死亡與愛情是書中的主線。他文思泉湧，鉛筆和打字機的速度都跟不上他的思路。寫得快時，一天要用掉六、七支鉛筆。柔順的波琳懷孕期間病病歪歪，使他不能專心致志，而她剖腹分娩帶來的麻煩又使他的寫作受到耽擱。最大的事件發生在修改初稿的階段。他得到不幸的消息：他所愛的父親克拉倫斯·埃德蒙茲·海明威醫生因爲不能挽回自己的健康，不堪忍受糖尿病的折磨，或許還有家庭生活齬齟的因素，用心愛的那支內戰時期用過的老槍打碎了自己的顱骨。

這噩耗無疑對海明威產生很大的刺激。他回家處理了父親的喪事，並向母親索要了父親的左輪手槍。

但是，他的創作激情壓倒了悲傷與震驚。他生活在自己敘述的氛圍中，與他的中尉亨利和護士凱瑟琳同呼吸、共命運。在《永別了，武器》中，亨利像他一樣，是個美國青年。不過，不是高中畢業，而是在意大利學建築。第一次世界大戰爆發後，亨利志願參加了意大利軍隊。在戰鬥空隙中，他結識了戰地醫院的英籍護士凱瑟琳小姐。她長得很美，她那訂婚八年的情人在大戰中已經陣亡。不久，亨利在前線一次運送傷員時受了傷，住進後方醫院，又遇見了凱瑟琳，兩人一見如故，終於墜入愛河。亨利傷勢漸癒，同凱瑟琳一起度過聽不見槍炮聲的一段快樂的夏天。

不久，亨利重返前線。意大利軍隊進攻失利，全線潰退，兵敗如山倒。無辜的難民攜老扶幼，雞鴨牛馬也加入了撤退的行列。天沒完沒了地下著雨，大隊人馬行動遲緩。亨利帶著他指揮的三輛車岔上小道，汽車陷入泥中，他們只好棄車而行。途中，一個司機被流彈打死，一個跑散了。

夜晚，在漲了水的河邊，亨利被當作逃兵抓住了。在即將遭到槍殺之際，他跳入河中，抓住一塊木頭。任憑子彈在身邊、頭頂炸響。最後他終於逃離了死亡，但原先的他已經死了。「憤怒在河邊洗掉了，任何義務、職責也一同洗掉了。」他代表自己與戰爭告別，「單獨媾和」了。他輾轉多處，終於找到了凱瑟琳。他們開了最好的房間，在裡面尋歡作樂，猶如新婚燕爾。

他們忘掉了戰事，戰爭卻沒忘掉他們。警察來抓逃兵，他們只好連夜逃往中立國瑞士。這裡和平寧靜，連泥土都給人可愛的快感。但是，幸福並不久駐。後來凱瑟琳死於難產。亨利痛苦到極處，近於麻木。他永別了武器，永別了情人的懷抱，獨自冒雨走在黑夜中。他失去了過去，沒有現在，也望不見未來。

兩人相愛，最後總是以悲劇收場。

通過亨利這一形象，海明威真實地再現了自己及自己那一代人從狂熱到迷惘、失望的幻滅過程。亨利的創傷是他的創傷，亨利的感受也是他的感受。

如果說，《太陽照樣升起》表現了一代人的迷惘，那麼，《永別了，武器》可說是揭示了產生迷惘的原因。小說帶著同情，敘述了各種各樣帶著天真和熱情參戰的人，嚴厲譴責了那些操縱戰爭機器的人。作品帶有強烈的反戰情緒，散發著濃郁的血腥味，籠罩著陰暗的戰爭氣氛。戰爭中沒有好天氣，沒有人情，沒有光榮，沒有神聖。

戰爭是一堆把無辜者像螞蟻一樣燒死的邪惡者，是一所把人民當牛羊一樣送上斷頭台的屠宰場，是一座慘絕人寰，充滿軟綿綿之屍體的地獄。從這場毫無意義的戰爭中僥倖存活下來的人，怎能不產生幻滅感，不感覺到空虛渺茫呢？

如果說，《太陽照樣升起》是「迷惘的一代」之宣言，那麼，《永別了，武器》可稱作是「迷惘的一代」文學的峰顛。作品中透露的反戰情緒引起了整個社會強烈的共鳴。對戰爭記憶猶新的那些人愛讀，關心著當時的世界局勢，感受到新的戰爭威脅的人也欣賞。小說出版後，一下子售出了十萬冊。海明威再次獲得巨大的成功。

眼下，海明威可以說是個十分幸福的人。他經濟富裕，不用再租舊公寓，有了自己中意的住宅。他已擺脫了與哈德莉離婚和父親自殺的陰影，身邊有嬌妻愛子相隨；他功名已就，也許可以稍稍鬆口氣了。但是，他天生是個不安分的人，沒有刺激的生活，對他來說，簡直不可想像。既然他已與第一次大戰「永別」，那麼，下一步的焦點放在哪裡呢？

# 第六章

一本完成了的書，就像一頭死獅子。

——海明威

## 20

他總是大度、海量、風趣、友好地接待他們；但一想到寫作時間受到侵犯，就心疼至極。

一九三〇年，海明威帶同妻子回到了美國，在最南端佛羅里達州的一個小漁村——基韋斯特定居。

基韋斯特是一個氣候溫暖、風景優美的小島，島上居民有一半屬於古巴血統。這裡海產十分豐富，是良好的天然漁場。從小酷愛釣魚的海明威，天性在此得到充分的滿足。他對妻子和兒子的關心淹沒在對釣馬林魚的熱情之中。他常常駕舟盪海，首創了「釣大魚」活動。一次，他獨自奮鬥近一個小時，拉上了一條四百五十英磅重的大馬林魚。他捕魚技術高超，後來在秘魯曾捕到一條一噸重的馬林魚，大概達到了創紀錄的水平。

海明威是爲了享受清靜，來到基韋斯特，基韋斯特卻因爲有了他而越來越不清靜。駐漁村的海軍人員、捕蝦的古巴漁夫，因爲有了海明威，酒喝得更歡；那裡的夜總會因爲有了海明威，更熱鬧非凡。那一帶的海洋，因爲海明威釣到大魚，吸引了成群結隊的旅遊者；諸如釣魚協會一類的組織也在他的倡導下醞釀成立。

在棕櫚和黃蝶樹濃蔭裡的四四方方，舊得很有氣派的大房子裡，來訪者絡繹不絕，攝影記者、廣告商作家、神父、鬥牛士、拳擊家、好萊塢製片經紀人、出版公司的組稿人……通常在下午或晚上濟濟一堂。他總是大度、海量、風趣、友好地接待他們；但一想到寫作時間受到侵犯，就心疼至極。

海明威的小兒子格雷戈里也來到了人間，雖然父親希望這該是一個女孩。帕特里克老是闖禍，不是在噴霧器中裝了滅蚊劑，朝著小弟弟的搖籃邊亂噴一氣，便是把砒霜當糖吃到嘴裡。海明威的妹妹也住在這裡，後頭有一位百折不撓的求婚者。

《永別了，武器》成了暢銷書，並且被改編成戲劇、電影。但海明威已把注意力放在「下一頭獅子」上了。他蓄謀已久，要寫一本有關鬥牛士的書。

一九二一年底，海明威頭一次看鬥牛，就愛上這種在舞台上動眞格的生死搏鬥。以後，他多次到西班牙度假，每次都要看好幾場鬥牛。他與鬥牛士交了朋友。一九二五年，他就想寫一本關於鬥牛的書。《太陽照樣升起》中，眞正男子漢的殊榮也給了鬥牛士羅米羅。聖福明節，九年中有七個節，海明威在西班牙度過。在潘普洛納，他還親自下水，拿出拳擊家的勇氣和技巧。可惜他穿著白色衣褲，而且個頭太大。鬥牛士都是小巧靈活，穿紅色衣服。海明威像推土機一樣，衝著公牛壓過去，卻被公牛撞到一邊，一眨眼功夫就負傷敗走。這更加深了他對鬥牛士的讚嘆。花了不少時間，他終於寫成了自己得意的鬥牛士故事《午後之死》。小說中，他寫了非凡的勇敢，寫了怯懦，寫了固執而勇敢的復仇者吉卜賽人。

但這部著作問世後，並沒有引起很大的反響。這使他多少有點傷心。它被譽爲同類題材中的佼佼者，那是後來的事。當時，整個世界被經濟危機席捲，一片蕭條。人們關心的是食物、物價、失業和戰爭的危險，許多知識分子對現實不滿而傾向革命。

海明威似乎並不想站到左派陣營中。他是一個持「自由」立場的孤獨主意者，依然熱衷於釣魚、拳擊、鬥牛。所以，《午後之死》讀者不多，批評者倒有幾位。

其中一位叫馬克斯．伊斯曼。他在文章中嘲笑海明威沒有男子氣概，說只有膽小鬼才會覺得殺公牛是光榮的。他半戲謔地寫道：「只有胸脯上沒長毛的男人才可能成爲鬥牛迷。」海明威用的是一種「往胸脯上粘假毛的文學風格」，硬要往書中「拉扯一些光榮、榮譽的概念」。那是因爲某種情況需要作者「證明自己具有那種充滿活力的男子氣概」。

海明威暴跳如雷。雙方開始舌戰，曠日持久。了結的方式也很奇特。那是一九三八年的事了。那天。海明威在帕金斯的辦公室裡撞見了正在那裡聊天的伊斯曼。

他招呼道：「喂，你這個頭號大混蛋！」

他們先是用暗裡藏針的語言客客氣氣地交談幾句。突然，海明威扯開胸脯，想起了什麼似的，要對方看看清楚自己是否男子漢。

兩人唇槍舌劍。靦腆溫和的帕金斯在一旁徒勞地充當和事佬，可誰也聽不進他的話，甚至沒有注意到他嘴唇的抖動。

最後，海明威一眼看見收有評論《午後之死》之文章的伊斯曼新出版的論文集，更爲惱火。他打開書，要對方讀一讀。對方不理他。他火冒三丈，將書狠狠朝對方臉上甩去。於是，拳擊家與摔角手糾纏到一塊兒。一陣撕扯，幾年的憤怒也就發完了。

事後，伊斯曼爲此事寫了文章。海明威則回答了紐約時報的記者問。他們各自都把自己扮成「武鬥」的勝利者，把對方說得不堪一擊。但此後誰也不再提及此事，友誼好像也沒有因此了結。

在基韋斯特待厭了，海明威有時也到外地去。他帶著波琳到西班牙和古巴看鬥牛；到蒙大拿、俄亥俄等地做短暫旅行。早幾年，他從一本他曾讀過的黑人作家的書中感受到非洲的神奇吸引力，於是，這時他心血來潮，讓波琳立即收拾行囊，把兩個孩子丟在基韋斯特，兩人同奔非洲而去。

## 21

鎮定！到能夠看清豹子的胸口時再開槍！瞄準！

一九三三年八月，海明威夫婦的打獵旅行隊進入非洲。他們運氣不壞，正遇上大群野獸遷徙。海明威本是訓練有素的獵手，沒費多少勁就獵到許多羚羊和鬣狗。他開槍打死了一頭大雄獅，這使他感到非常高興。後來，在非洲海岸獵獅子，成爲《老人與海》中那位老人驕傲的回憶，一次又一次出現在他的腦海中、睡夢裡。

打豹子很危險，而海明威在危險面前總是勇往直前，因爲他知道這樣才算得上是一個英雄、一個硬漢。害怕只在事後才會出現。

在肯亞，他們發現一頭大豹子的足跡。「我從未見過這麼大的豹子！」連陪獵者都激動得不能自己。

他們布好誘餌，把斑馬、狒狒和羚羊的肉掛在樹上。他們小心地藏好了自己的一切東西，儘量不留下一點人味兒。

第二天一早，海明威頭一個跳起身，用拳頭捶醒了所有的伙計。進入現場之後，他們果然看見了那隻豹子。牠豎著機警的耳朵，已經發現了獵手。

「砰！」海明威的槍響了。可惜未擊中要害。豹子跑入了草叢。

大家都很失望，陪獵者甚至爲沒能獵得這頭前所未有的大豹子而毫不害臊地哭出聲來，波琳也埋怨個不停。

豹子沒打到，還是次要的事。倒楣的是，這隻受了傷的兇獸在森林裡掙扎、發怒，整個狩獵隊全都陷入危險的境地。

榮譽、責任和男子氣概都不允許海明威撤退，陪獵者也一樣。他倆重又埋伏到隱蔽處，任憑酷熱、黑螞蟻和牛蠅夾擊。

直至第二天傍晚時分，那隻豹子終於又出現了。所有其他動物全都一溜了之。豹子走到樹邊，渾身花斑映著夕陽，兩隻耳朵豎立著，兇猛中帶著一絲慌張。

鎮定！到能夠看清豹子的胸口時再開槍！瞄準！

豹子倒下了，在血泊中掙扎。突然，牠又站起身來，跳入草莽。

他們繼續伏在隱蔽處，熬過了比一個世紀還久的擔驚受怕的十分鐘。豹子的吼聲叫人頭皮發麻，天又將黑，人人焦急不安。幸好，又看見那隻豹子了。牠喝醉酒似地走著，走著。突然，一陣猛烈的扭動、抽搐，牠不動了，栽倒在地。

最大的豹子被海明威打死了。海明威被同伴們拋向空中。

非洲滿足了海明威的英雄夢。要不是生病，他還不想回家。對非洲的河流、樹林、草叢、沼澤、人民，他都充滿了好感。

這次非洲之行，他在創作方面也打了一頭獅子——《非洲的青山》。這本書，沒有人認為它能與《太陽照樣升起》和《永別了，武器》相媲美，有些評論家甚至對作者表示失望。他沒有達到各界希望他達到的高度。「它完全是眞實的。」海明威辯解道。

但是，他的短篇小說《弗朗西斯．麥康伯短暫的幸福生活》和《乞力馬扎羅的積雪》獲得了很高的評價，後者更被認爲是他的最佳短篇之一。這部作品寫的是一位瀕臨死亡的作者在非洲原野上的所思所憶，對自己沒有寫出更多的好作品十分焦急。

如果仔細考究，短篇小說中透露的某些情緒也許是海明威自己的情緒。他歉疚地回憶起前妻的好處，抱怨現在那有錢的妻子用錢銷蝕了他的創作靈感和活力，甚至她的溫順也成了過失。

## 22

### 出了名也是負擔。他得盡力保住自己的名聲。

海明威平生最不愛空談寫作，但人們又往往要從他嘴裡掏出成功的祕訣。這可眞是件麻煩事兒。

一個想當作家的年輕人跑到基韋斯特找他「取經」。這年輕人對寫作的態度十分嚴肅、認眞，但似乎才能還不太夠。

海明威滿足了年輕人的要求，讓他跟自己出海。只不過，他一開口提「創作」，海明威就恨不得把酒瓶朝他扔過去。但他們多少總得談一些。

海明威告訴這個年輕的學藝者，眞正的創作首在眞實。態度要誠實，不能說假話。生活越多，經驗越豐富，寫的東西也就越容易做到眞實。其次要有創造性，不要描述，要加入想像。還有，要不厭其煩地修改，寫到最順利處停筆。

「我寫《永別了，武器》，那個結尾改了三十九次。」海明威津津樂道這件事。他很樂意地給這位求學者開了一張長長的必讀書目。托爾斯泰、馬克・吐溫、福樓拜、司湯達爾、杜斯妥也夫斯基、屠格涅夫、莫泊桑、喬伊斯……一大串名家名著。

「聽著。你寫前人已經寫過的東西，那是沒有用處的，除非你能超過它。我們這個時代的作家要做的事是寫前人沒有寫過的作品；或者說，超過死人寫的東西。說明一位作家寫得好不好，唯一的辦法是同死人比。活著的作家多數並不存在。」他趁機攻擊了一票批評家，然後繼續發揮他的觀點：「一個認眞的作家只有同死去的作家比高低……這好比長跑運動員爭的是計時錶上的時間，而不僅僅是超越同他一起賽跑的人。」

他把自認爲有益的訓練方法告訴了這位年輕人。

年輕人聽了，仍然迷迷糊糊，覺得無從著手，信心不足地問老師：「您看，我能成爲作家嗎？」

海明威回答：「寫。寫他五年，你發現自己不行，還跟現在似的，那就自殺算了。」

不知是否眞正有過這麼一個年輕人，也不知他是成了作家呢，還是自殺了。不過，這樣的好態度只留給那些誠實、幼稚的好人。對於另一些打擾他的人，海明威的態度時常令人哭笑不得。

《老爺》雜誌上曾發表過海明威的一篇隨筆，題爲《懷特海街的名勝》。文中的海明威僱了一個害過痲瘋病的老黑人來嚇退遊人。對一個打上門來的「商界士人」，一個根本不讀他的作品，把寫作看成賺錢的買賣、一本萬利的「問題先生」，他極盡冷嘲熱諷之能事，貌似認眞，實則開惡作劇的玩笑，說自己所有作品都是不滿十歲的兒子們寫的。聽者居然信以爲眞。這是一篇很滑稽的文字，誇張中透著幽默，能讀懂它的人都會啞然失笑。

基韋斯特的生活太平淡了，海明威有點覺得無聊。他一邊盡情地在這富足而平和的日子裡享受各種樂趣，包括精神層面和感官層面，釣魚、喝酒作樂、寫作、打牌，有時也找女人，一邊又在心中厭倦地把爲他營造這個安樂窩的妻子稱作「富人」，儘管她對他一往情深，他卻覺得自己似乎並不怎麼愛她，有時甚至需要對她撒謊了。他埋怨這種安閒的生活破壞了他的創造力。確實，比起在巴黎的日子，他寫得似乎不那麼順手，沒有一書本超越《永別了，武器》。

出了名也是負擔。他得盡力保住自己的名聲。出版商迫不及待地搖樹等錢，衷情於他的讀者仰著脖子等著讀新作。同代作家的創作成果對他來說，意味著自己競爭的失敗，而他渴望當「常勝將軍」，永遠位居第一，決不能容忍別人超過他。更使他不好受的是評論家的批評，尤其是威爾遜——第一個發現他的藝術才華，他一開始十分尊重的美國評論家，在讀了《非洲的青山》之後也撰文批評他，好像他已經「江郎才盡」似的。

和波琳的感情開始轉淡。海明威認爲波琳太嘮叨，而且不像過去那樣全心全意地圍著他轉，做他要求她做的一切。身體並不強健的波琳，爲了跟海明威出海釣魚吃夠了苦。她對釣魚並沒有多大的熱情。絡繹不絕的各種客人弄得她心煩意亂，接待他們使她疲憊不堪。她從不跟海明威吵架，也叫他老大不高興。有時，他會莫名其妙地覺得，跟哈德莉大吵大鬧的生活才有味兒、有愛情。

爲了多一點刺激，海明威訂製了一艘快艇，取名「拜勒號」，駕駛著它繞行加勒比海和巴哈馬群島。在一個小島上，他甚至擺開擂台，與別人進行拳擊比賽，賽場就在海灘上。當地的漁夫和蔗農與他交手，自不是他的對手。當時在此遊覽的英國拳擊冠軍湯姆．希尼比應戰，打了幾個回合後退出戰鬥，因爲他覺得沒有報酬不合算。而海明威則利用這個機會大誇海口，說是到五個回合時自己便能獲勝。

## 23

「一個人不行，現一個人不行了！」

說海明威一點也不關心世界上發生的事件，不關心影響整個歐美的經濟危機，不關心人民的生活，那也有點冤枉。儘管從三十年代中期開始，他認爲作家應當是「自由人」，不能帶有黨派的色彩傾向，但畢竟接受了一些左翼作家的影響。寫了《勝者一無所得》之後，他又寫完了長篇《有的和沒有的》。這本書出版於一九三七年。

《有的和沒有的》寫的是古巴漁夫亨．利摩根的故事。他本來靠自己的勞動——出租機器船給人遊覽而生活。由於經濟太蕭條，僱主越來越少，他無法生活，不得不鋌而走險，進行走私活動。後遭警察緝捕，被打斷了胳膊，而且失去了機器船。最後，他在運送中國奴隸時，打死了人口販子；運送古巴「革命者」時，爲搶他們的巨款而在槍戰中被打死。摩根是個個人主義反抗的「英雄」，夠一條漢子。他憎恨富人，孤軍奮戰，並以殺死別人，掠奪別人的東西致富。

這部小說一寫成，海明威自己的評價就不高。因爲他寫窮人時沒有寫酒吧、鬥牛、拳擊、迷惘的退役軍人那樣得心應手，那些靠勞動生存的人物形象總要帶一點浪蕩子的習性。但這部作品畢竟是他當時思想的一面折射鏡。通過主人公之口，他說出了自己當時的認識：「一個人不行，現一個人不行了！」

# 第七章

沒有行動，十分痛苦，簡直痛不欲生！

——海明威

## 24

他對墨索里尼從來就懷著惡感，對希特勒與納粹黨徒十年前就發出不滿之辭。他不能容忍他們把美麗的西班牙拋入血海，不能忍受無辜的人民碎屍戰場。

西班牙發生了戰爭。

佛朗哥爲首的法西斯分子發動了反對共和政府的武裝叛亂。德、意、法西斯出動飛機、艦艇支持叛亂，西班牙人民在以共產黨爲核心的人民陣線領導下，爲保共和國英勇奮戰，浴血苦鬥。各國工人階級派自己的優秀兒女組成了國際縱隊，加入了西班牙人民反法西斯鬥爭的行列，不少傾向於民主、自由、共和的新聞記者、作家、醫生等知識分子也積極益也投身於這場反法西斯的鬥爭。

海明威當時正著手準備去懷俄明州的一座牧場重遊。他並沒有放棄這次旅遊，只是縮短了時間。通過沃爾特．溫切爾的閒話專欄，他透露出想去西班牙的打算。

海明威不是共產主義者，而且一再公開說自己不參加任何黨派，不介入政治。但是，對西班牙的熱愛和對挑起戰爭者的憎惡，使他一開始就站到反法西斯陣線一邊。這一抉擇也許出自他的直覺，但做出選擇即說明他具有正義感和從現實出發而不從概念出發的思維方式。

海明威對西班牙深蘊感情。他愛那裡的南國風味，愛那個國家的特色娛樂——鬥牛，更愛那裡熱情奔放的人民。他對墨索里尼從來就懷著惡感，對希特勒與納粹黨徒十年前就發出不滿之辭。他不能容忍他們把美麗的西班牙拋入血海，不能忍受無辜的人民碎屍戰場。

一九三六年冬天，內戰開始不久，海明威便在美國為西班牙共和政府募捐。他不顧波琳的反對，接受了北美報業聯盟經理惠勒的要求，答應考慮為這一組織提供有關西班牙內戰的報導。這意味著他得中斷作家的生涯，重操舊業。

對西班牙共和的最初幫助，是為兩位志願赴戰地記者支付路費。他還借了一千五百美元，分兩個月付給美國西班牙民主之友醫療署。

一九三七年一月，他自告奮勇，出任西班牙共和國美國友人組織醫療部救護車隊委員會主席，並用稿費收入四萬美元購買戰地救護車。他花了許多時間，與年輕作家德佩雷達共同為記錄片《戰火中的西班牙》重寫解說詞。接著，他急不可耐地採取了行動，到西班牙戰場，先以戰地記者的身分進行採訪，向世界報導前線戰況，繼而親臨前線，參加國際縱隊，一直打到西班牙人民反法西斯戰爭暫時失敗為止。

登上巴黎號輪時，海明威對記者們發表談話，說他此行的目的是讓美國人民了解佛朗哥和他的外國盟友現在正發動這場戰爭。他的目的地是馬德里，但他計劃四處走走，看看戰爭給百姓們帶來的災難。他也會上前線，「看看大兵們手裡拿著上一次戰爭以後得到的新武器在幹些什麼。」

他這時三十七歲，一定想起了二十年前他所參加的另一場戰爭。但這位「迷惘的一代」領唱的歌手，反戰的著名作家，此時絲毫不見害怕戰爭的神色。他長滿黑鬍子的臉紅潤潤的，精神抖擻，充滿了臨戰前的興奮。

他完全陶醉在自己的行動中。此時，新聞記者的靈魂又開始指揮他的行動。他和共和軍戰士一起啃著玉米餅，睡在冷冰冰的濕草地上，背著步槍，激戰在山區戰場。

成千上萬擁護共和的人不分國界、民族、膚色、語言、性別，共同戰鬥，以血和身軀直擋著法西斯的炮火、炸彈。海明威看到了共產黨人和共產主義者反抗法西斯的堅定性。他闖入國際縱隊的指揮中心，採訪那些身負重任的指揮官；他從游擊隊員那裡學會了製造一種酒瓶手榴彈，並跟隨他們點燃炸藥包，炸翻了敵人的軍車。

他憤怒地看到，英、法、美爲把戰火引向東方而對西班牙戰爭採取所謂「中立」態度，使法西斯更加猖狂不可一世。當墨索里尼將軍隊和武器一火車接一火車運入西班牙戰場時，法國辦理一個用筆桿子報導戰況的記者的簽證還得花去十天半個月。他回紐約募款時，對美國人民發表演說：「一個不願撒謊的作家不可能在法西斯的統治下生活和工作。」

他在炮彈不斷轟擊下的馬德里創作了一生中唯一的劇本《第五縱隊》，書中的主人公放棄了個人的幸福，自覺地抵制了金錢、美女、舒適之生活的誘惑，獻身於正義事業。

在西班牙，海明威又受了一次傷，但很快恢復了。他多次得了重感冒，發著高燒，但每次都迅速恢復健康。戰爭失利，他的肝火極旺，對著任何一個不中他意的人大發其火。他的好友，在以共產黨人爲骨幹組成的十一旅當醫官的海爾布倫不幸被炸死，他傷心地把短篇小說《西班牙土地》的稿酬匯給了這位醫官的遺孀。海明威受西班牙民主政府的委託，出面向羅斯福總統求援，又向法國求助。但「自由世界」仍在縱容玩火者。

一九三九年，西班牙首都馬德里終於陷落。海明威無可奈何，罵罵咧咧，一步三回頭，不甘心地與最後一批撤退的人一起越過比利牛斯山，進入法國。

## 25

現在我要到什麼地方去，就一個人獨自去，或者同與我抱有同樣目的的人去。

一九三六年十二月的一天，海明威與他的第三個妻子瑪莎．蓋爾霍恩在基韋斯特的斯洛皮．喬酒吧邂逅。

瑪莎是個不甘寂寞的女子。她年紀雖輕，已開始寫作。她的短篇小說集九月剛出版。與衆多年輕人一樣，她崇拜海明威。她的第一部小說《瘋狂的追求》借用濟慈的詩句作標題，卷首語則借用海明威的話。她前不久在德國寫自己的第二本書，對納粹分子十分痛恨。

海明威以特有的方式引起瑪莎的注意。當她看見這個穿著短褲和髒汗衫的大塊頭時，並不想理睬他。但這個健壯的人果斷地走近她，怯生生地用喉音做了自我介紹。他極力與這位金髮姑娘的母親找話談，帶她及瑪莎姐弟參觀島上名勝，邀她們到家裡做客。不久，母親動身回家，弟弟也回去上學，而瑪莎又逗留了近一個月。她常常與海明威待在一起。旁觀者有理由認爲海明威已進入戀愛的角色。波琳不會如此痲木，覺察不到這一點。但她與哈德莉不同。哈德莉是立即與海明威公開挑明，吵鬧後再下通牒，最後「退出」的。波琳則默不作聲。她希望海明威不至於下決心使事情不可挽回。

瑪莎回去了。海明威也找了個理由前往紐約。他們在邁阿密見面，同乘一列火車，途中各奔東西。幾天後，瑪莎從聖路易斯家裡寄來一封信，談到對在邁阿密吃的牛排很滿意。那是海明威請的客。瑪莎毫不隱諱地說自己欽佩海明威，把他叫作歐內斯蒂諾。波琳雖不動聲色，但她一定會想起自己當年給哈德莉寫的那幾封信。

海明威在馬德里又碰上了瑪莎。瑪莎認爲自己比「歐內斯蒂諾」更有政治覺悟，反法西斯立場更堅定。這次會面，氣氛不是太好，因爲海明威用了瑪莎需要幫助，是他幫助了她的口氣說話。實際上，除了打過一兩次電話，他什麼也沒做。瑪莎是持著《柯里爾》雜誌社一位朋友提供的「假信」，搞到必要的證件，才來到西班牙的。

一九三七年十月，海明威與瑪莎，還有馬修斯、德爾默一道去布魯尼達前線，他們的車上掛著美、英兩國國旗以示「中立」。但這輛福特牌汽車被敵方認爲是某種超級參謀車，炮彈朝他們行進的公路傾洩過來。幸虧德爾默技術嫻熟，他們才免於被打死。在尤瑟拉前線，海明威以記者的身分接受邀請，檢閱了八百名軍人的隊列。瑪莎則在爬出防空洞時重重地撞著了腦袋。

在西班牙，海明威發現自己對波琳已失去了感情。他的《第五縱隊》中男主人公菲利普與女主人公多蘿茜的戀愛心理，實際上也透露了他當時婚姻、愛情的一些信息。菲利普在沒有公務時與多蘿茜去過的那些地方，就是歐內斯特與波琳當年到過的地方。菲利普說：「現在我要到什麼地方去，就一個人獨自去，或者同與我抱有同樣目的的人去。」這一切都過去了，意味著他與波琳的一切都將成爲過去。菲利普認爲多蘿茜確實「野心勃勃」，但又美麗、單純、勇敢、友好、迷人。這其實也可作爲海明威對瑪莎的評價。

海明威與瑪莎一起在加泰羅尼亞慶祝聖誕節時，波琳一個人來到巴黎。爲了喚起海明威的溫情，她甚至留起了和瑪莎一樣的長髮髻。海明威回到巴黎，他們之間爆發了第一次爲人所知的激烈爭吵，波琳威脅說要從陽台上跳下去。幾天後，夫婦倆坐船回英國。這時，兩個人的心情都壞到了極點。不多時，海明威又回到巴黎，與瑪莎重逢，繼續參加西班牙戰爭。

海明威與波琳的離婚事宜，一直拖到西班牙戰爭結束，他的又一部小說問世之時，但那時他已住進瑪莎看中而買下的瞭望農莊。這是古巴首都哈瓦那附近的一座莊園。

## 26

「我一生中做了些好事，努力發揮了我的才智。」
「我為我的信仰而鬥爭……我沒有虛度此生。」

瞭望農莊大約佔地十五英畝，到海邊只需十五分鐘。房子是乳白色的西班牙式建築，拔地而起，像一座矩形高塔聳立海灣，又像一位婷婷少女凝視著蔚藍色的海水。這所住宅已有上百年歷史。經瑪莎精心籌劃，僱人裝修，室內寬敞、舒服。住宅四周圍了籬笆，花園裡有繁茂的樹木和芬芳的花朵。對從戰場上下來的人來說，這是一個很安靜的休息地；對於海明威，它又是寫作的好地方。西班牙戰爭大大地鼓起了這位作家的激情。戰爭使他又回到朋友中間，驅逐了在基韋斯特的孤獨感。他無私地把自己獻給戰爭，危險、死亡、偉業喚醒了他的活力。身為作家，他獲得了新生，恢復了青春。退出戰場後，他花了一年半的時間，創作了最具影響的長篇小說《喪鐘為誰而鳴》。

這部小說標誌著海明威從反戰和平主義作家到反法西斯戰爭民主戰士的思想轉化，也標誌著他創作橫桿的再次升高。它超越了《太陽照樣升起》和《永別了，武器》，成為他登上的第三台階。全書比前兩部長篇情節更集中，結構更嚴密，語言更具表現力。

故事集中表現了法西斯戰線後方的一次炸橋戰鬥，前後只有三天多時間，行動地帶局限於一座山谷。主人公是國際縱隊的美國志願兵羅伯特．喬登。他奉命在西班牙一支游擊隊幫助下，於指定時間內將橋炸掉，以便共和軍向法西斯軍發起主攻時，阻止從其它地方趕來的敵人援軍。海明威用簡潔的文筆、敘述性的語言，將故事寫得精彩豐滿，又一次顯出他獨特藝術風格的魅力。

通過羅伯特．喬登執行任務之過程中時斷時續的思維之流，讀者可以越過三天的時間限制和作戰之山谷的空間限制，得悉喬登過去是美國蒙大拿州一所大學的西班牙語助教，從前也曾到過西班牙，考察民俗風情並研究語言。西班牙戰爭一爆發，他就志願參戰了。在一年的戰鬥中，他多次與來自蘇聯的戰友卡什金一起完成各種炸橋、炸車的爆破任務。卡什金在不久前的一次行動中英勇捐軀了。所以，這一次他只得單獨完成任務。不過，這一帶有一些本地農民的游擊隊，他可以取得他們的幫助。

戰鬥的大幕由這裡拉開。喬登首先遇到的困難是游擊隊長、赫赫有名的巴勃洛不想幹了。他過去是馬販子，戰爭中打得很出色，贏得了農民的尊重。但現在他已有了五匹好馬，想過一段安寧的時日。炸橋後，他的游擊隊就無法再待在這個地區了。他不想再度冒險。巴勃洛的妻子庇拉是個勇敢而富有正義感和仁慈心腸的女人，她告訴喬登，巴勃洛靠不住，建議他與鄰近另一支游擊隊的隊長索多談談。索多同意配合。喬登的嚮導、巴勃洛游擊隊的老戰士安賽爾莫及其他游擊隊員都支持喬登炸橋，表示願為共和國的命運而戰。他們不再奉巴勃洛為領頭人，願意聽從庇拉的指揮。

喬登忘我而緊張地做著戰鬥前的準備。頭一天下午，他抓緊時間，觀察了鐵橋附近的地形。第二天上午，他與索多和庇拉商定了炸橋計畫，講定分隊行動，炸橋後集中撤退。因爲馬匹不足，他派索多的游擊隊趁著夜間，到附近村莊去搞些馬來。

瑪麗婭是巴勃洛游擊隊裡最美的姑娘。戰爭一開始，她就飽受法西斯蹂躪。後被游擊隊救出。庇拉像母親般照管她，游擊隊員都悄悄愛著她。喬登與瑪麗婭一見鍾情，但他的行動表現出他是一個眞正的男子漢。好心腸的庇拉給了他們足夠的時間。從索多營地歸來的路上，她藉故先行。瑪麗婭與喬登手拉著手，在荒草叢生的山坡上走著，在午後的陽光下做了一個甜蜜的愛情之夢……

傍晚時分下起了雪。這是個不祥的徵兆。第三天在令人不安的事連串發生中度過：上午，敵人的一個騎兵進入營地，喬登將他打死。索多和他的隊員昨晚偷馬時，在雪地上留下了足跡，大隊敵方騎兵繞開喬登的營地，直撲索多的營地。索多和五名隊員且戰且走，引開並打死了許多敵人，最後在前來助戰的敵機轟炸中英勇犧牲。

派出去偵察的安賽莫爾，傍晚帶來了令人不安的情報：敵人已探知共和軍的反攻計畫，調動頻繁，正在部署防禦。喬登派隊員安德列立即出發給總部送信，建議改變計畫，暫不進行反攻。但是，信未能及時送到最高軍事指揮那兒。這是由於共和軍指揮機構中人與人的一些矛盾。待軍事指揮官看到信時，再改變已爲時過遲。

半夜，巴勃洛爲阻止炸橋，偷走了喬登帶來的雷管，將它們扔進河中。但最後巴勃洛終於良心發現，向喬登承認了錯誤，並帶來五個人、五匹馬，幫助喬登炸橋。

黎明來臨。共和軍未能調整進攻計畫。在聽到共和軍轟炸機進攻的聲音時，喬登等人如期炸毀了鐵橋。安賽莫爾在炸橋時犧牲，巴勃洛帶來的五名隊員打磨坊助戰時也先後犧牲，庇拉也有兩名隊員犧牲。所有人員在松林裡集中後撤退，全體隊員都衝過了敵人的火力封鎖線，只剩下擔任掩護的喬登。這時，一顆炮彈飛來。他受了重傷。他倚在樹幹上，總結回顧了自己的一生。大道上來了一大隊敵方騎兵。喬登對四周景物留戀地一一環視，最後抬頭望了望嵌著朵朵白雲的藍天。他手指扳著槍機，靜靜地等待敵人進入自己的射程……

在某種意義上說，喬登代表了海明威的想法和立場。他擁護共和，但不是共產主義者。他把西班牙戰爭等同於美國的南北戰爭。他熱愛這個國家，仇恨法西斯；他持續行動，直到生命的最後一刻。

喬登與《太陽照樣升起》中的傑克·巴尼斯不同。巴尼斯沒有理想、信仰、勇氣，戰爭毀壞了他的肉體和精神；他活著，但並不比死了好多少。喬登則有信仰和理想。直到臨死，他還認爲：「我一生中做了些好事，努力發揮了我的才智。」、「我爲我的信仰而鬥爭……我沒有虛度此生。」

喬登也不是《永別了，武器》中的亨利，《午後之死》裡的鬥牛士。他們是孤獨的，靠的是個人的力量。喬登始終與游擊隊員待在一起；雖然最後他犧牲時只有一個人，但他只有在庇拉、索多、安賽莫爾等游擊隊員密切配合協助下才能完成任務。他說：「我不是孤立的，我們大家在一起。」這也是海明威在西班牙戰場時的切身感受。

但西班牙的戰鬥最後失敗了。海明威從樂觀轉向失望。所以，儘管他寫了喬登和戰友們的頑強、勇敢、誓死如歸，是眞正的英雄，但作品中還是不斷流露出「悲音」和傷感。這種雄壯的悲劇，籠罩著失敗的濃重陰影。

《喪鐘爲誰而鳴》在美國文壇上不亞於重磅炮彈。不同政治立場的文學評論家從不同的角度評論它，互相激烈地爭論。

海明威跟他的兒子在一起度過一段時間，然後到基韋斯特辦完了與波琳的離婚手續。波琳以「遺棄」爲由，同他離婚。

一個月後，他與瑪莎結婚，婚後一起到中國當戰地記者，報導中國人民抗日戰爭的情況。在報導中，他客觀而一針見血地預言日本如果進攻美國在太平洋或東南亞的基地，美日之間的戰爭便不可避免。此語不幸而言中，不久之後，日軍偷襲珍珠港，美國對日宣戰。

也許是海明威對東方民族的了解遠不如對拉丁民族的了解，他對中國抗日戰爭的熱忱程度不及西班牙戰爭，也許他已在西班牙經歷了一次正義的失敗，生怕在中國再次看到日本法西斯的猖獗，反正他沒有像斯諾他們那樣深入中國敵後抗日根據地，也沒有像白求恩、柯棣華他們那樣投身戰爭，在東方戰線當一名戰士。他與瑪莎在中國待了不久，就一起回到瞭望農莊。那裡除了海明威與妻子，近五千冊的藏書、成群結隊的小貓都是主人。

## 27

「他媽的！這幫傢伙全在胡說！我從小就抱著槍睡覺，我到死也要抱著槍。」

第二次世界大戰終於爆發了。火藥味衝入恬靜的瞭望農莊。珍珠港事件爆發之後，美國正式投入反法西斯戰爭。不甘清閒的海明威又沒有心思當他的作家了；而且，他似乎已認識到，自己只有行動之後，才會有好作品問世。於是，他把自己的遊艇「拜勒號」改裝了一番，成爲美國海軍的「獨立大隊」。船艙不再是擺著擦得乾乾淨淨的圓桌的咖啡廳。備貨充足的酒庫，釣杆、漁具被冷落到一邊，機槍、炸藥塡塞了空間。反坦克炮裝上了，外部也做了僞裝。「拜勒號」從此便是游弋在加勒比海沿岸的流動監視哨了，它的任務是搜索德國法西斯潛艇的行蹤，報告海軍總部。

「拜勒號」沒有遇上夠刺激的危險。海明威和他的船員用無線讓把發現的情況上報，美國海軍了解到德國潛艇的方位並設法炸沉它們。雖然情報來自多方，但海明威大概也立下不小的功勞，因爲他有受到海軍的表揚。到一九四一年，加勒比海一帶水城的全部納粹潛艇都被消滅，海明威就不想當海軍了。他自己設法與英國皇家空軍掛上鉤，簽約擔任他們的戰地記者。他一下子從海裡升到空中，負責報導皇家空軍對德國的夜襲。在空中，他幸運得很，沒有撞上死神，倒是在地面上，一天夜裡，倫敦燈火管制，他坐的汽車撞到哪裡翻了，使他的頭部、膝部再次受傷，留下了腦震盪的後遺症。
當時他的注意力全在戰爭上，這點傷他並不在意。他設法以「柯里爾」雜誌記者的身分來到巴頓將軍的陸軍第三軍。但這位大名鼎鼎的作家現在顧不上寫稿，他更傾心於作戰。
軍隊的指揮員大概並不歡迎記者隨車，他們總是盡可能製造麻煩。巴頓的部下同樣不讓海明威參戰。他長吁短嘆，牢騷滿腹。結果他又成為海軍陸戰隊的隨行記者，乘坐第一批登陸艦，目睹了舉世聞名的聯軍諾曼底登陸這一偉大的歷史性場面。接著，他又鑽到第一軍的第四步兵師，混進二十二團。這個團的團長混名「花花公子」，此時正率部下浴血奮戰，連續進攻。戰鬥異常艱苦，傷亡慘重，大半個團的戰士倒在血泊中。海明威又一次感受到戰爭的殘酷。這位喜歡「游擊戰」，從西班牙戰爭中闖出來的「戰略家」一邊行軍作戰，一邊詛咒「該死的正面攻擊」。同行的記者說他只帶了鉛筆和紙片，背著兩個裝滿酒的鐵罐。海明威駁斥道：「他媽的！這幫傢伙全在胡說！我從小就抱著槍睡覺，我到死也要抱著槍。」
看來他是對的，他死時確實抱著槍。按他的脾性，戰爭中他不會不拿槍。但根據國際公法，記者不能直接參戰，當然也不能拿槍。
「寧做雞頭，不當牛尾。」這句中國人的俗語恐怕頗合海明威的心理。他既不滿足於當一個隨軍記者，也不甘心做一個普通的士兵。他總想參與指揮。正規軍不睬他，他就去指揮游擊隊員。在巴黎郊外的哨所，他指揮法國抵抗運動的游擊隊員和自己的朋友進行偵察、盤查和搜索，在一家旅館裡設立了「司令部」，自封司令官。後來，他把得來的情報都報給指揮包圍巴黎的萊克勒克將軍。據美國戰略情報局宣稱，那些情報對解放巴黎很有價值。

解放巴黎的戰鬥打響之後，海明威再也按捺不住激情。他嫌聯軍進攻速度太慢，決定自任「將軍」。他的「部隊」一身便服，腳穿木屐，抓到了一幫德國俘虜。海明威帶著老式的鋼架眼鏡，威嚴地坐在桌子後面，用德語審訊俘虜，並及時把情況送給萊克勒克。在大部隊攻入巴黎時，海明威的「部下」已達二百人之多。他想了各種辦法，使自己的「部隊」摩托化。他下令突破塞納河左岸，他們很快攻入城中。他後來吹牛說，他們是最早進入巴黎的戰士。在凱旋門附近，他們打得很英勇。但海明威終於抗拒不了酒的誘惑，他指揮部下佔領了里茲飯店。這裡的老窖藏酒享有「世界聲譽」，海明威派了一個年輕的「士兵」在飯店門口貼了一張「告示」，上面寫著——

## 海明威佔領好飯店，地窖裡美酒喝不完。

他屬下的「游擊隊員」對這位「將軍」佩服至極，但記者同行中有人告了狀，而且糾集了一批未經訓練的「老百姓」參戰。第三軍的軍法部門和總檢查署受理了這樁「案子」，傳他出庭。

但是，海明威違規不違理。他仗打得不壞。艾森豪·威爾將軍發話說，對於看起來似乎會運用自己的想像力求得戰爭之勝利的人不應追究。於是，「案件」就此終結了。

歷史似乎頗愛跟海明威開玩笑。第一次世界大戰，他做了戰爭的犧牲品，卻得到兩枚軍功章；這次大戰，他爲反西斯戰爭做出貢獻，卻得出庭受審。不過，他似乎沒有計較這些，也許還沒來得及計較，或是他尙未從高昂興奮的情緒中走出來，無暇生氣。最後，美國陸軍頒發給他一枚青銅星獎章。

在當代美國作家中，恐怕很難找到另一個人，在經歷第一次世界大戰之後，內心對戰爭產生了恐懼，寫出了反戰作品，卻又再次投入另一次大戰，並一直在火線上冒險。同樣，也很難找出第二個在兩次世界大戰中都得過軍功章的文人。

第二次世界大戰，給海明威的「英雄形象」塗上最後，也是最重、最美的一筆。

戰爭結束了。海明威沒有馬上離開歐洲。他得開始另一場用筆的戰鬥——創作新作品。但這一次不像寫《喪鐘爲誰而鳴》那樣順手。他忍著一隻眼睛發炎的痛苦，爭分奪秒，用另一隻好眼睛寫出了長篇小說《過河入林》的初稿。這部小說五年後才出版，可見他對它並不放心。他明白自己要寫出超過《喪鐘爲誰而鳴》的力作並非易事。

# 第八章

一個人可以被毀滅，卻不能被打敗。

——海明威

## 28

海明威找到了瑪麗，愛情的航船才算靠上最合適的避風港。這時他才眞正相信自己需要也能夠享受愛情。爲此，他花了二十五年時間，付出了離婚三次的代價。

瑪莎與海明威的愛情就像他們的中國行一樣短暫。瑪莎太有主見，太自尊自大了，在波琳面前發號施令慣了的海明威常常受不了。到中國才三個月，瑪莎便與丈夫分手，前往雅加達等地，使海明威很不高興。瑪莎熱衷於社交活動，在瞭望農莊待不住，也使海明威惱火。海明威時常邋裡邋遢，朋友不可勝數，把家裡搞得亂七八糟，讓酷愛整潔的瑪莎生氣。

正如海明威的朋友所說，瑪莎的才能與海明威的天才經常發生衝突：「歐內斯特可以算是最親熱、最體貼的主人之一。但要跟他在一起過有組織的生活，那可就苦透了。」瑪莎認爲海明威的利己主義太嚴重。她夏秋兩季外出，除了事業之需外，也有一小部分原因是爲了反抗他完全佔有她的意圖。他們開始爲一些小事爭爭吵吵。有一天，海明威突然當衆責怪瑪莎小氣，給傭人的聖誕禮物太少，罵完後便把她丟在哈瓦那，自己一個人駕車回來。瑪莎也報復了他。一天，他喝了不少酒。瑪莎堅持替他開車，把車故意開過水溝，撞到樹上，然後步行回家，把海明威撂在那兒。

眞正的分歧大概更在於政治態度上。海明威裝修「拜勒號」，在瑪莎看來，那是「騙子工廠」，她從心底認裡認爲他應該到前線去。她問他：「你的愛國心、自尊心到哪裡去了？」她自己率先離開了古巴，取道里斯本到倫敦，把他一個人扔在家裡。一九四四年三月，她又從歐洲飛回，敦促他盡早上前線。

海明威戰時在倫敦坐車受傷是由於在燈火管制的夜晚去參加一個晚會。他頭上縫了五十七針，躺在醫院裡。瑪莎剛到倫敦，聽人說了此事，趕到醫院看丈夫。但她認爲，在戰爭期間搞晚會之類尋歡作樂的活動是可恥的，對此感到生氣。所以，海明威想從她那兒得到同情的希望完全落空了。她被海明威頭上綁著厚厚的繃帶的怪樣子逗笑了。這使丈夫傷心不已。以後幾個月中，他一直報怨老婆不近人情。她接著指責他參加的那次晚會，嘲笑他居然也稱得上戰士。海明威只得強詞奪理。瑪莎生氣了。他說她缺乏幽默感。

當他們的愛情正危機四伏時，海明威偏偏又結識了另一位女記者瑪麗．威爾斯。

和瑪麗的第一次相遇是在倫敦。這個女記者有男孩般的身材和誠實的笑容，給海明威留下深刻的印象。他們有時會出乎意外地在某處相遇。一段時間碰不上面，海明威發現自己確實愛上了這一位，便捎信給她，叫她來看他，卻又立即否定說：「不！還是我來看妳。」

他寧願撂下瑪莎，去粘瑪麗，又使瑪莎與他的爭吵進一步升級。

一九四五年秋，海明威與瑪莎離婚，之後（隔年）與瑪麗結了婚。他們雙雙回到哈瓦那郊區的瞭望農莊。

海明威的私生活並不檢點，他喜歡許多女人，包括女明星瑪琳·黛德麗和英格麗·褒曼，但他對這兩人的喜歡表現爲尊重和友誼。而瑪麗，從見面起，他便預感到自己的命運將與她連在一起。

瑪麗與海明威的前三個妻子一樣，具有良好的藝術修養。她出身書香門第，容貌姣好，一頭蜷曲的短髮像小男孩。她身體健康，精力充沛，可以勝任海明威捕魚、狩獵的助手角色。她兼有哈德莉的果斷、波琳的藝術鑑賞力和瑪莎的社會活動力，同時還具有經濟頭腦。她對海明威關懷備至，是他的護士、侍從、廚師和情人、打字員、作品的第一評論者，以及瞭望農莊產業和海明威作品的精明管理人。

海明威找到了瑪麗，愛情的航船才算靠上最合適的避風港。這時他才眞正相信自己需要也能夠享受愛情。爲此，他花了二十五年時間，付出了離婚三次的代價。並不是哈德莉、波琳或瑪莎有什麼過錯，要埋怨的大概只能是海明威自己對愛情的看法。

海明威對瑪麗的愛溢於言表。他甚至寫文章稱讚他的瑪麗「始終不渝」、「她勇敢、嫵媚、機靈，看看她就叫人感奮，伴著她就覺得其樂無窮」，還說她「又懂斯瓦西里語、法語和意大利語」，還會唱歌「嗓音準確、眞實」。她若不在家，整座房子就像空酒瓶，「我也就生活在眞空中了！那種孤寂的情形活像電池用完後又沒有電流可接的無線電眞空管。」

哈德莉與海明威共同度過了他創業時的清貧而刻苦的歲月，後來雖然分手了，但他曾爲離婚懊悔、自責了兩三年，而且一直時斷時續地與她保持聯繫。他之所以四十歲時給她寫信，還署上他們過去的昵稱、小名，他與波琳、瑪莎關係緊張時，都會給她寫信，訴說自己的窘境和心情，大概是因爲他們曾同過艱難。而瑪麗更甚於哈德莉，她與海明威十五年的婚姻生活幾乎可稱得上同生死。

起初，兩口子也免不了爭吵。海明威畢竟不是個好相處的男人。但發生了一件事，使瑪麗增加了對他的信任感。那是婚後，瑪麗因子宮外孕造成大出血，生命垂危。偏巧主治醫生不在，實習醫生忙得喘不過氣來。瑪麗的脈搏不跳了，死神一步步接近。海明威雖然在《永別了，武器》中寫過亨利向凱瑟琳告別的場面，但他畢竟做不到亨利那樣冷靜、麻木。他從實習醫生那裡搶過醫療器械，親自爲妻子輸血、輸氧。奇蹟出現了，瑪麗居然活了過來。主治醫生及時趕到，死神終於退卻。瑪麗爲他把她從死亡中救出來深深感動了，她說：「他是一個在危難中可以依靠的好男人！」

瑪麗也不愧爲一個「好女人」。爲海明威的健康著想，她在農莊裡養了一大群懶貓、懶狗。據說這有益於血壓的穩定。她陪伴海明威出門，甚至飛機出事，也沒有離開他一步。

這事發生於一九五四年一月。海明威夫婦以《展望》雜誌的記者身分飛往肯亞。熱帶叢林中正興起反抗殖民主義者和種族歧視、種族壓迫的鬥爭。他們租了一架小飛機。在飛過尼羅河源頭氣勢雄偉的默奇森瀑布時，海明威來了勁兒，要求低飛。結果飛機與一群朱鷺狹路相逢，駕駛員被迫俯衝，飛機墜毀。海明威頭部又受了重傷。瑪麗卻說自己只是擦破點皮，撞出了幾個疙瘩。三個人慶幸命大，躺在河邊空地上度過漫長的一夜。瑪麗居然還睡得著覺，海明威卻緊張地聽著河邊大衆的踏步聲和河中鱷魚的撲水聲。他試圖用大聲吼叫，驅逐內心的不安，但招來的是野獸們更大聲的回應。

天剛放亮，他們就棄機尋路。就在此時，一個英國航空公司的駕駛員從空中看見了墜落的飛機殘骸。他沒看見倖存者，只看清了飛機牌號。於是，瞬間，一條新聞在上午發出的報紙上搶登出來——海明威座機墜毀，作家下落不明。

就在報童們沿街叫賣報紙時，海明威一行三人已搭上尼羅河上的一艘汽船，免費到達了布提亞巴。海明威又租了一架輕型飛機，打算到烏干達去。

不可思議的是，他們又碰上了飛機失事。剛起飛的飛機一頭栽到地上，轟地爆炸了。大火和濃煙，使各報又發布一次海明威的消息。這一次是訃文——海明威及夫人遭難。有的報紙甚至借用了他作品的題目——死於午後，喪鐘爲誰而鳴。

更令人不可思議的是，海明威夫婦再一次雙雙倖免。

海明威用頭撞開機艙。他那已受重傷的腦袋竟仍如此有力！他們從火焰中爬出來。瑪麗這一次斷了兩根肋骨，躺在地上動不了。海明威卻精神亢奮，展現了硬漢子的風度，擠進撲火農民的隊列，衝來衝去，指揮滅火。

「跑慢些！昨天就受了傷，你記得嗎？」瑪麗急得直叫。

「我得先滅火！幹完了就來。」這個「大孩子」回答道。

在烏干達首都的醫院病床上，海明威談到了二十五種語言文字發表的他的訃文。難受之餘，他又很得意——還有誰能活著讀到報上關於自己死訊的訃文呢？

在醫院，他一醒過來就問：「瑪麗呢？」

瑪麗卻對他說，她根本沒什麼。讓她痛苦的事只有一件，那就是他——海明威受了傷。

兩次世界大戰，海明威早已傷痕累累。非洲兩次連續的飛機失事，嚴重損壞了他的健康。腦震盪的嚴重後遺症、精力不濟，破壞了他的寫作能力。以後幾年，他雖然堅持每天上午在打字機前寫作，但速度和創造力都不比以前。他計劃中的作品遲遲出不來，有的初稿完成後他並不滿意，只好將它們鎖入保險箱。

多半時間，他在瑪麗陪伴下會朋友、看鬥牛或鬥雞、看病，喝點愛喝的酒，寫一些必要的信件，

## 29

當友人向他祝賀時，他氣哼哼地說：「我早應該得到那鬼玩意兒了！」

在第二次世界大戰結束之後，海明威打算寫一部全面反映這次大戰的大部頭作品，題目也初步擬好了：「海洋、天空、島嶼三部曲」。但他相信，過一段時間，回過頭來，他能寫得更好。於是他先寫出了《過河入林》。

一九五〇年，《過河入林》出版，反應不夠強烈，評論界好話很少。海明威憤憤地罵那些評論家退化了，讀不懂他的作品。他怒火中燒，發誓要來一個更厲害的給他們瞧瞧。

《老人與海》就這樣與讀者見面了。《生活》雜誌跑在出版公司前面，首次刊登這部小說。據海明威自己說，它原是海洋小說的最後一部分，即可作尾，又可獨立。大概他自認爲它是合格的得意之作，所以最後決定拿出來，以中篇之作單獨出版。他做到了「不讓它在新出的好書中遜色」。

這部中篇是海明威集基韋斯特和瞭望農莊生活的經驗所寫的關於大海的最佳作品。桑提亞哥使他筆下的硬漢子達到了聚焦突顯的最強烈效果。整部作品就像他的創作主張一樣，是浮在海面上的冰山。雖然人們只看到它的尖頂，但已可以從中感受到水下的龐大體積。它的線條簡練、明瞭，但水下部分可以任人想像。它給人純樸、厚實、含蓄之美感。

運氣不佳的古巴老漁夫桑提亞哥在海上連續打魚八十四天，卻一條魚也沒捕到。第八十五天，他決定走得遠遠的，捉一條大魚。他孤身一人出海。果然，一條大馬林魚咬上了鉤。吞了鉤的大魚拖著小船向深海漂去。陸地看不見了。三天又三夜中難以想像的艱苦搏鬥，他終於征服了大魚。大魚被他的魚叉刺中了要害。

老人設法把大魚和小船拴在一起，拖著大魚往回移動。他已十分疲乏，便躺在船上。但是，大魚的血隨著海水飄散。一群鯊魚跟了上來。牠們搶食大魚的肉。老人用魚叉打死了一條鯊魚，又用綁著刀子的船槳打退了兩條。但鯊魚仍不斷襲來，而且越來越多……半夜時分，老人知道自己鬥不贏了，但仍用棍棒、舵把，一切可用的東西，打、劈、砍，連氣都喘不過來了。後半夜，他終於靠了岸，跌跌撞撞走進自己的茅棚。

第二天，人們看到了小船和他的大魚。大魚的肉被鯊魚吃光了，只剩下頭和骨架。人們量了那骨架，驚嘆這條魚的巨大。

而累得夠嗆的老人在茅棚裡睡著。夢裡，他又看到自己年輕時去過的非洲。那海岸線，那被打中的獅子。

《老人與海》被視爲一部蘊涵著豐富之哲理、寓言性質的敘事散文詩。它爲海明威帶來了更大的榮譽。

一九五三年，海明威獲得了美國文學獎普利茲獎。本來，在一九四〇年，他的《喪鐘爲誰而鳴》便得到提名，但終於未被選上。這遲到的獎勵並未使他產生多少激動。他在三、四十年代對此也許看得很重，但這時他說自己已無所謂了。

一九五四年，海明威在非洲險些喪生後不久，瑞典諾貝爾獎金的評獎委員終於決定授予他諾貝爾文學獎。瑞典科學院當時的常務祕書這樣評價海明威——

勇氣是海明威的中心主題……是使人敢於經受考驗的支柱；勇氣能使人堅強起來，迎戰缺乏勇氣時看來是嚴酷的現實，敢於喝退大難臨頭時的死神。

海明威對評獎委員會面面俱到，四平八穩的官樣文章頗不滿意。那文章表揚他對現代對話藝術的有力和獨具風格的掌握，談到英雄主義情感構成了他對生活的基本感受，以及他對冒險和危險的男人式愛好、對每一個在充滿暴力和死亡的現實中勇敢戰鬥的人自然而然的崇敬。但文章中也說他的早期作品玩世不恭，冷漠、粗野。這使他滿蓄著一肚子怨氣。當友人向他祝賀時，他氣哼哼地說：「我早應該得到那鬼玩意兒了！」

他傷痛在身，沒有前往瑞典出席授獎儀式，由當時駐瑞典的美國大使約翰．卡波特代他受獎，並代讀了他的書面發言。

海明威的書面發言也像他的作品那樣簡潔和耐人尋味。他說：「沒有一個作家，當他知道在他以前，不少偉大的作家並沒有獲得此項獎金的時候，能夠心安理得地領獎而不感到受之有愧。」

這是海明威式的謙虛。接下去，他又巧妙地說出了創作的甘苦：「寫作在最成功的時候，是一種孤寂的生涯……對一個眞正的作家來說，每一本書都應該成爲他繼續探索那些尙未達到的領域的一個新起點……我們的前輩大師留下了偉大的業績。正因如此，一個普通作家常被他們逼人的光輝驅趕到遠離他可能到達的地方，陷入孤立無助的境地。」

他似乎感到自己已站在峰顛，再往上就沒有路了。從二十二歲到巴黎之日起，他就立誓要當第一流作家。他未嘗不想得到諾貝爾文學獎，但對得獎，他又有另一種恐懼。他一直認爲，得了獎，從某種意義上說，是一種危險。「沒有一個得過諾貝爾獎的鬼傢伙，後來還寫過什麼值得看的東西！」他說。

## 30

《老人與海》在世界上得到的反應叫海明威興奮、吃驚，但《老人與海》也給他的小說打上了句號。

四十年代後期開始，海明威就一直有一種緊迫感和危機感。他似乎看到生命正在一分一秒地減少，生怕來不及寫他可能寫出的最好作品。十餘年中，他的朋友、對手、出版者、編輯，他的親人，一個個相繼辭世，其中有菲茲吉拉德要安德森、斯克利布納、珀金斯，有他的母親葛麗絲和他的第二個妻子波琳，還有瑪麗的父親。

海明威在非洲雖然逃脫了死神的魔爪，但頭部的多次受傷使他感到精力大不如前，寫作也不太順利了。當終於得到諾貝爾文學獎時，他對自己在文學上的貢獻和地位也有了一個基本的估計。

他說過，他要當第一流的作家。爲此，他幾十年如一日，晨曦中便起床，上午總心情愉快地坐在打字機旁。他用自己的眼睛觀察生活，用自己獨特的角度表現生活。他不喜歡理論，不歡迎別人對他作品的非議，而且害怕同行超越他。所以，到了晚年，他顯得脾氣急躁，態度粗暴，愛找岔兒與同行們過不去；甚至出爾反爾，一會兒心平氣和，轉眼間又出語狂妄尖刻。

海明威沒有上過大學，也不屑於跟那些學者型的作家為伍，所以有人認為他具有「反知識」經驗型作家的特徵。他的知識更多的來自個人經歷，來自戰場、鬥牛場、大海、咖啡店、非洲的群山和美國的牧場。西爾維婭圖書館的藏書為他提供了前輩作家的經驗，巴黎的羅浮宮、藝術館向他展示了多姿多彩的藝術世界。年輕時，他拼命地寫，力求在文壇上打開天地。他做到了。三十年代、四十年代，他用那支訓練有素的新聞記者的筆竭力創造自己的文體風格，為保住自己的榮譽而奮鬥。現在，到了五十歲，他對自己的成就多少有點得意。

他從來就不太謙虛，所以，受他稱讚的作家不多。馬克·吐溫和喬伊斯大概是他所推崇的作家。他喜歡「與死者相比」，而且用的是拳擊術語——

「跟屠格涅夫幹——我們兩個人（另一人指福克納）都痛痛快快地K了他一頓，像體重二〇五磅的拳擊手對付體重一一五磅的選手。」

「我先幹屠格涅夫先生。不難幹！再試試莫泊桑先生。我用四篇最好的小說K他，他被擊敗了！」

「亨利·詹姆斯先生呢！他一揪住我，我就壓他一下，接著馬上朝他沒肉的地方給了一拳，就叫裁判停止比賽啦！」

他認爲自己已超過屠格涅夫、莫泊桑、詹姆斯，跟福樓拜、司湯達爾、杜斯妥也夫斯基差不多遠了。不過，他也不算沒有自知之明，知道還「打不過」莎士比亞和托爾斯泰。但他說，假如他有托爾斯泰那樣長壽，說不定可以跟他們打打看。至於馬克·吐溫和喬伊斯，他小心翼翼地避開他們的名字。對同時代有名的作家，他則不太友好，早年嘲諷安德森和菲茲吉拉德，後來又與福克納翻了臉，罵他是個「喝玉米糊，滿口甜言蜜語的老混蛋。」其實福克納並沒有惹他。

《老人與海》獲獎後，海明威再也沒有發表更好的作品。這當然是他創作活力日益衰退之故，但害怕失敗也不能不是主觀原因之一。他後來還寫了不少短篇，寫了回憶錄，還有他一直想寫得好一些的海洋、天空、島嶼的三部曲。但他寧可將初稿打好字，放在保險箱裡，也不願在活著的日子裡公之於世。

《老人與海》在世界上得到的反應叫海明威興奮、吃驚，但《老人與海》也給他的小說打上了句號。

## 31

他想到父母望子成龍的殷切期望和自己的反抗，忍不住微笑搖頭，決定做個開朗的父親——不去干涉兒子們的志願。

海明威舉止隨意，不注意傳統，但他在家庭生活中的一些觀念卻和中國人有相似之點。他對愛情一直持將信將疑的態度，對兒子們卻都鍾愛。晚年，回想起自己童年時的種種淘氣、自作主張，他有時會自責是「不肖子」。他想到父母望子成龍的殷切期望和自己的反抗，忍不住微笑搖頭，決定做個開朗的父親——不去干涉兒子們的志願。

可是，他的潛意識中或許還有點「子承父業」的念頭吧，所以，當他的小兒子格瑞戈里（小名吉吉）說自己長大後要做個作家時，他興奮極了，又是談自己的體會，又是開書單，讓兒子學藝。

那一年，吉吉十八歲，到瞭望農莊度假。當他幾乎讀完了爸爸所列的圖書時，海明威要他自己寫一篇小說。吉吉坐在桌邊苦思冥想，看著枝頭小鳥跳上跳下。貓在屋裡叫喚，他又忙著把牠趕跑。

折騰了大半天，他交卷了，是用爸爸的打字機打的。海明威架上眼鏡——就是伴隨他經過兩次大戰的那副金屬架眼鏡，戴它時，他總要在玻璃邊上夾一層紙以防擦破臉。他邊喝酒邊讀故事，讀完後說：「非常好，吉吉！比我在你這個年紀的時候好多了。」他指出兒子的一個毛病，「突然之間」應該為「突然」，用詞越少越好，可以保持動作的連貫性。他顯得十分高興，話也多了一倍。

父親絕對相信兒子將來能成為作家。他請兒子喝一口以示祝賀，還說這篇小說可以在學校的短篇小說比賽中獲獎。

「得獎的該是屠格涅夫。」兒子在十幾年後撰寫的回憶父親的文章中寫道：「這篇小說是他寫的。我只是抄錄下來，變了變背景，換了換名字。這是我從一本書中發現的。我估計爸爸沒有讀過這本書，因爲有幾頁書尚未裁開。」

兒子當時對那篇小說唯一的貢獻，就是把「突然」改成「突然之間」。但父親否定了他。後來海明威大概發現了這取巧之行，所以當被問道格瑞戈里會不會寫小說時，他滿面笑容地回答「他有時候做點蹩腳的校對。」

儘管兒子們一個也沒有成爲作家，海明威仍爲他們驕傲。大兒子約翰參加了第二次世界大戰，以戰略情報官的身分榮獲高級勳章；在後改業經商。二兒子帕特里克是哈佛的畢業生，後來當了牧師，住在肯亞。小兒子，調皮的吉吉後來繼承的是祖父的職業——從醫了。海明威爲他的三個兒子都喜歡打魚、狩獵、體育運動而感到欣慰。

## 32

只有文壇的作家、評論家才知道他依然好鬥，有時不惹他，還會招來他憤怒的吼聲。

一九五九年，海明威做了最後一次西班牙之行。

他已是花甲之年的老人了，在他身上，已找不到一九一八年那英俊而幼稚的娃娃兵神態，看不到二十年代那刻苦、靦腆，風度翩翩的文學青年身影，也不再有三、四十年代「老戰士」、「將軍」的雄風。他的身材仍然魁梧，但已顯得肥胖而行動不夠靈便了。那身結實的肌肉鬆弛了，四十年間的傷疤密密地排在上邊。歲月將他的雙鬢染白，那一大把聖誕老人式的鬍子使他變得面善。這時的海明威，在世人眼裡是一位名作家，一位經歷過九死一生的勇敢的男子漢，一位談笑風生的慈祥的「老爸爸」。只有文壇的作家、評論家才知道他依然好鬥，有時不惹他，還會招來他憤怒的吼聲。

他患有多種疾病、失眠、視力不好、腦震盪留下了頭痛病，還有高血壓、皮膚病、精神上的恐懼多疑，可能還有鐵質代謝紊亂和糖尿病。更使他沮喪的是，他寫不出東西來。

他在西班牙逗留了不短的日子。他找到已故的鬥牛士、當年的好友卡塔耶．奧多涅斯的兒子安東尼奧．奧多涅斯，與他一起周遊西班牙全國。他觀看鬥牛，參加狂歡節的娛樂活動，並在馬加拉舉辦了盛大的生日活動，慶祝自己的六十壽辰。誰也想像不出，他慶賀生日是多麼慷慨、鄭重。

本來他還想去非洲。船票都買好了。但因健康不佳，沒能成行。

從西班牙歸來，他動手寫下記述這次旅行的《危險的夏天》。但這作品不僅遠不及《老人與海》，也無法跟《午後之死》相比。

海明威明白了。

## 33

他明白自己再也打不動「下一頭獅子」了，那些靈感、活力「再也不來了」。他流下了眼淚。

一九六一年七月二日，離海明威的六十二歲生日還有幾天。

清晨，槍聲驚醒了酣睡的瑪麗。她從樓上奔下來。悲慘的情景使她幾乎承受不住。

海明威用那桿最心愛的雙筒鑲銀的獵槍自盡了。他倒在血泊之中，顱骨崩成碎片，頭部血肉模糊。

驗屍報告認爲，死者口含獵槍，扣動板機。海明威是自殺身亡。

瑪麗堅持用這樣的話告訴朋友：這是擦槍走火，海明威死於意外事故。

多年過去了，現在，人們一般都接受了「作家不堪疾病折磨，不能再寫出優秀作品而自己告別了世界」這個說法。

事實上，海明威曾有許多次談過這個問題。

三十年代，他在一篇文章中說：「假如你還是寫不好，那就自殺！」

在《喪鐘爲誰而鳴》中，他寫道：「死亡只在拖延時日，痛苦之至，令人難堪這一點上才是壞事。」

海明威寧願繁忙不堪，毫不妥協地再活七十小時，也不肯無所事事地再活七十年。「等到這些事（指賽馬、辦俱樂部等）都辦完了，那我就會成爲繼美男子弗洛伊德之後的最好看的死屍。」

他明白自己再也打不動「下一頭獅子」了，那些靈感、活力「再也不來了」。他流下了眼淚。他終於放棄與托爾斯泰較量的宏願了。

他沒有死於午後，他死在清晨。喪鐘爲他而鳴，世界爲失去文壇巨匠而震驚。然而，太陽照樣升起，在他倒下的地方，又出現一批新的健兒。

他的保險箱已開啓，《流動的聖節》、《海洋中的島嶼》、《海明威書信集》等陸續問世。但是，不是作家親自送到出版商手裡的作品，其枝節問題的爭議難免多了些。

這頭老獅子終於安靜地躺在墓地裡了。但是，他「決不會被打敗」。他那傳奇般的一生經歷，他的鮮明個性，他的一部部作品，不管人們怎樣予以評說，都將流傳世上，刻入歷史的年輪中。

# 海明威年表

**一八九九年** 七月二十一日生於伊利諾州芝加哥郊區的橡樹園，取名歐內斯特．密勒．海明威。父親克拉倫斯．愛德蒙．海明威是一位醫生，母親葛麗絲．赫爾．海明威愛好音樂繪畫，他們有六個子女，海明威排行第二，爲長子。

**一九〇九年** 海明威生日，父親贈以獵槍。

**一九一三年** 進橡樹園中學。在校中編輯校刊，參加游泳等體育活動。

**一九一七年** 中學畢業，原擬從軍，參加第一次世界大戰，因打拳的眼疾作罷；任堪薩斯市《星報》實習記者。

**一九一八年** 辭去《星報》職務，應徵爲紅十字會會員，赴義大利前線。七月八日晚在義大利北部戰場負重傷，進米蘭醫院治療三個月。

**一九一九年** 一月復員回國，學習寫作。

**一九二〇～一九二四年** 先後任多倫多《星報》和《星報周刊》記者和駐歐記者。

**一九二一年** 與哈德莉．里查遜結婚；十二月赴歐。

**一九二二年** 該年起，在巴黎一面當記者一面學習學作，與僑居巴黎的美國女作家葛．斯泰因、詩人龐德結識。報導希土戰爭和洛桑和平會議消息。

一九二三年　在巴黎發表《三篇故事與十首詩》。

一九二四年　巴黎版《在我們的時代》（速寫集）出版。旅行西班牙到潘普羅納看鬥牛。

一九二五年　短篇小說集《我們的時代》在美國出版，包括十五個短篇。（《大雙心河》一分爲二，作者算它兩篇）——

《印第安人營地》
《醫生與醫生太太》
《一件事情的了結》
《三天大風》
《拳擊家》
《一篇非常短的故事》
《士兵之家》
《革命者》
《艾略特夫婦》
《雨中的貓》
《不合時令》
《越過雪原》

《我的老頭子》

《大雙心河》（一）

《大雙心河》（二）

在這本集子裡，每篇小說之間都插了一篇速寫短文，共十六篇。短文無題，敘述故事但與小說無關。爲什麼採取「插敘」的形式？海明威在致批評家艾·威爾遜的信中解釋說，「每篇之間插入一段文字，是便於細讀時有一個整體的印象。」或者說，「叫你先看看，然後進去，生活在其中——接著走出來，再回頭看看！」

## 一九二六年

發表取笑舍伍德·安德森的楷模小說《春潮》。

被譽爲「迷惘的一代」代表作的《太陽依舊上升》出版。

## 一九二七年

與第一個妻子哈德莉離婚。同記者波琳·法伊弗結婚。

短篇小說集《沒有女人的男人》出版，包括十四篇——

《沒有被打敗的人》

《在異鄉》

《白象似的群山》

《殺人者》

《祖國告訴你什麼？》

《五萬元》
《一句簡單的問話》
《十個印第安人》
《給她買了一隻金絲雀》
《阿爾卑斯山牧歌》
《一場追逐賽》
《今天星期五》
《平凡的故事》
《現在我躺下》

**一九二八～一九三八年**　一九二八年返美，十年間多數時間居住在佛羅里達州的基維斯島。

**一九二八年**　父親克拉倫斯・愛德蒙・海明威用槍自殺。

**一九二九年**　長篇小說《永別了，武器》出版。

**一九三一年**　至西班牙旅遊。

**一九三二年**　出版關於西班牙鬥牛的專著《午後之死》。

**一九三三年**　短篇小說集《勝者一無所得》出版。年底至非洲狩獵。
《勝者一無所得》包括十四個短篇——
《風暴過後》

《一個乾淨明亮的地方》
《世上的光》
《上帝願你們快活，先生們》
《海的變幻》
《你們決不會這樣》
《最佳者的母親》
《一個讀者寫信》
《向瑞士致敬》
《等了一天》
《死者的自然史》
《懷俄明的酒》
《賭徒、修女和收音機》
《兩代父子》

**一九三四年** 至非洲旅遊。

**一九三五年** 描寫非洲狩獵的《非洲的青山》出版。

**一九三六年** 西班牙內戰爆發，寫文章，發表演說，爲西班牙共和政府捐助資金。兩篇重要的短篇小說《雪山盟》和《弗朗西斯·麥柯伯短暫的幸福生活》在雜誌上發表。

**一九三七年** 以北美報業聯盟記者身分至西班牙採訪；出席第二次美國作家大會，作題爲《作家與戰爭》的演講。出版長篇小說《有的和沒有的》。

**一九三八年** 爲紀錄片《西班牙大地》編寫腳本。發表《〈第五縱隊〉與最初四十九個短篇小說集》。《第五縱隊》係描寫西班牙內戰的劇本。「最初四十九個短篇小說集」除上面提到的所有短篇之外，還增加《世界之都》、《橋邊的老人》、《在密西根北部》和《在斯密爾納碼頭上》等篇。前面附有海明威爲該書寫的短序。

**一九三九年** 佛朗哥政府勝利，西班牙內戰結束。第二次世界大戰爆發。

**一九四〇年** 長篇小說《喪鐘爲誰而鳴》出版。與第二個妻子波琳離婚，和作家瑪莎·蓋爾霍恩結婚。

**一九四一年** 與瑪莎至中國採訪抗日戰爭。居住於古巴哈瓦那附近的瞭望農場。

**一九四二年** 改裝私人漁船「拜勒號」，搜索古巴近海德軍潛艇；爲描寫歷代戰爭的文學作品選《戰爭中的人們》寫序。

**一九四四年** 以《柯里爾》雜誌特派記者身分至歐洲採訪。在倫敦遭車禍，頭部負傷。爲解放巴黎，與游擊隊一起收集情報。因有嫌違反戰時記者不得參與戰鬥的規定而接受審查。

**一九四五年** 大戰結束，回古巴。和瑪莎·蓋爾霍恩離婚。

**一九四六年** 與瑪麗·威爾斯（《時代》雜誌倫敦分社工作人員）結婚。

**一九四七年** 因戰時報導的功績獲銅星勛章。

**一九四九年** 旅居義大利時槍傷眼部。

**一九五〇年** 發表長篇小說《渡河入林》。

**一九五二年** 中篇小說《老人與海》在《生活》雜誌發表，同年出單行本。

**一九五三年** 《老人與海》得普立茲獎。至西班牙、非洲旅遊。

**一九五四年** 在非洲飛機失事，頭部又受重傷。獲諾貝爾文學獎。

**一九五九年** 至西班牙看鬥牛。

**一九六〇年** 遷居愛達荷州。《生活》雜誌連載發表以鬥牛爲題材的《危險的夏天》。病重住院。

**一九六一年** 出院。七月二日在家中廚房自殺。

**一九六四年** 他妻子瑪麗發表他關於二十年代巴黎生活的回憶錄《不固定的聖節》（前譯《流動的宴會》）。

**一九六七年** 經威廉姆·懷特整理的《海明威四十年報刊文選》出版。

**一九六九年** 海明威生前正式認定的傳記作者卡洛斯·貝克爾教授發表《海明威的生平故事》。

一九七〇年　他妻子與出版者整理發表大約寫於《老人與海》同時的另一部長篇小說《灣流中的島嶼》。

一九七二年　《尼克·亞當斯故事集》出版，收集以尼克為主人公的短篇小說二十四篇，其中未發表過的有八篇——

《三聲槍響》

《印第安人搬走了》

《最後一片淨土》（尚未完成）

《渡過密西西比河》

《登陸前夕》

《夏天的人們》

《結婚之日》

《寫作》

一九八一年　經貝克爾選編、整理的《海明威書簡》出版，收集一九一七至一九六一年間海明威書信近六百封。

一九八六年　長篇小說《伊甸園》（一九四六年寫）出版。

國家圖書館出版品預行編目資料

老人與海／海明威／著-- 修訂一版-- 新北市：
新潮社，2018.12
面；　公分
ISBN　978-986-316-731-0（平裝）

874.57　　　　107017466

**老人與海**

海明威／著

【策　劃】林郁
【出版人】翁天培
【企　劃】天蠍座文創
【出　版】新潮社文化事業有限公司
電話：(02) 8666-5711
傳真：(02) 8666-5833
E-mail：service@xcsbook.com.tw

【總經銷】創智文化有限公司
新北市土城區忠承路89號6F（永寧科技園區）
電話：(02) 2268-3489
傳真：(02) 2269-6560

印前作業　東豪印刷事業有限公司

修訂一版　2018年12月
一版五刷　2022年11月